Le mystère de Listerdale

Collection de romans d'aventures
créée par Albert Pigasse

Agatha Christie

Le mystère de Listerdale

Traduit de l'anglais par Thierry Arson et Jean-Marc Mendel

ÉDITIONS DU MASQUE
17, rue Jacob, 75006 PARIS

Titre de l'édition originale :

THE LISTERDALE MYSTERY

Il comprend douze nouvelles :

LE MYSTÈRE DE LISTERDALE
The Listerdale Mystery

COTTAGE PHILOMÈLE
Philomel Cottage

L'INCONNUE DANS LE TRAIN
The Girl in the train

SIX PENCE POUR UNE CHANSON
Sing a Song of six pence

L'ÉMANCIPATION D'EDWARD ROBINSON
The Manhood of E. Robinson

UN ACCIDENT
Accident

JANE TROUVE DU TRAVAIL
Jane in search of a job

LE FRUIT D'UN DIMANCHE
A Fruit full sunday

MR EASTWOOD CHERCHE UNE HISTOIRE
Mr Eastwood adventure

LE BALLON D'OR
The Golden ball

L'ÉMERAUDE DU RADJAH
Rajah's emerald

LE CHANT DU CYGNE
Swang song

ISBN: 978-2-7024-2366-0

1

LE MYSTÈRE DE LISTERDALE

Mrs Saint Vincent alignait des colonnes de chiffres. Elle s'interrompait parfois pour soupirer, ou pour passer la main sur un front battu par des vagues de migraine. Elle avait toujours détesté les calculs. Et voilà que maintenant il lui semblait que sa vie n'était qu'une perpétuelle addition de dépenses aussi nécessaires que dérisoires. Leur total ne manquait jamais de l'étonner et de l'inquiéter.

Elle n'en était quand même pas *là* ! Elle refit l'opération. A part une erreur de quelques pence, tout était juste.

Mrs Saint Vincent poussa un nouveau soupir. Sa migraine la faisait maintenant beaucoup souffrir. Elle leva les yeux vers sa fille qui entrait dans la pièce. Barbara Saint Vincent était ravissante. De sa mère, elle avait hérité des traits d'une grande finesse et un port altier. Mais elle avait les yeux foncés, et non pas bleus, et pas la même bouche non plus. L'incarnat de ses lèvres boudeuses ne manquait pas de séduction.

— Oh ! mère, s'écria-t-elle. Toujours plongée dans votre horrible comptabilité ? Fichez tout ça au feu !

— Il faut bien que je sache où nous en sommes, hasarda Mrs Saint Vincent.

La jeune fille haussa les épaules :

— Je peux vous le dire, moi. A la côte... A sec. Nous n'avons plus un sou, comme d'habitude.

— Si seulement..., soupira Mrs Saint Vincent.

— Il faut que je trouve du travail, coupa Barbara

d'un ton sans réplique. Après tout, j'ai appris la sténodactylo. Le problème, c'est qu'il y a à peu près un million de filles qui en savent autant ! Je connais le refrain : « Quelle est votre expérience professionnelle ? — Je débute, mais... — Très bien. Au revoir. On vous écrira... » Et ils n'écrivent jamais ! Il faut vraiment que je cherche ailleurs. Un *job,* n'importe lequel.

— Ne te précipite pas, supplia sa mère. Patiente encore un peu.

Barbara alla jusqu'à la fenêtre et fixa sans le voir l'alignement de maisons décaties de l'autre côté de la rue.

— Quelquefois, souffla-t-elle, il m'arrive de regretter que notre cousine Amy m'ait invitée en Egypte l'hiver dernier. C'est vrai que je me suis bien amusée, pour la première et peut-être la dernière fois de ma vie. C'était *vraiment* formidable. Mais, après, tu comprends... Enfin, je veux dire... Se retrouver *ici*...

Du geste, elle désigna la pièce. Le visage de Mrs Saint Vincent se crispa. Les lieux portaient les stigmates caractéristiques des meublés à bas prix : un aspidistra poussiéreux dans un coin, des meubles qui rivalisaient de mauvais goût, et un papier peint dont les tons criards se fanaient par plaques. Mais on pouvait voir que les actuels locataires avaient essayé de lutter, d'apporter leur touche personnelle en disposant une ou deux porcelaines de bonne facture — mais bien trop ébréchées et raccommodées pour conserver la moindre valeur marchande —, une étoffe brodée jetée sur le dos du canapé, un portrait à l'aquarelle de Mrs Saint Vincent jeune fille. La ressemblance était suffisante pour que, vingt ans plus tard, on ne puisse s'y tromper.

— Ce serait sans importance, reprit Barbara, si nous n'avions jamais rien connu d'autre. Mais quand je pense à Ansteys...

Elle laissa sa phrase en suspens. Elle n'avait pas le courage de parler encore de la demeure tant aimée. La famille Saint Vincent la possédait depuis des siècles. Il avait fallu la vendre à des étrangers.

— Si seulement père n'avait pas... spéculé... fait des dettes...

— Ma chérie, coupa Mrs Saint Vincent, avec une sorte de douceur résignée, ton cher père n'a jamais eu, hélas ! le moindre sens des affaires.

Barbara déposa sur les cheveux de sa mère un baiser distrait.

— Ma pauvre maman, lâcha-t-elle dans un souffle. Je n'en parlerai plus.

Mrs Saint Vincent reprit son porte-plume et ses papiers. A la fenêtre, Barbara dit soudain :

— Mère, j'ai eu des nouvelles, ce matin. De Jim Masterton. Il veut venir me voir.

Mrs Saint Vincent, posant la plume, la regarda dans les yeux :

— Ici ? s'exclama-t-elle.

— Je ne crois pas que nous puissions l'inviter au Ritz, riposta Barbara, amère.

Sa mère, l'air peiné, jeta autour d'elle un regard de dégoût.

— Vous avez raison, dit Barbara. Cet endroit est répugnant. Parlons-en, de la bourgeoisie ruinée ! A l'oreille, ça sonne plutôt bien... On imagine un cottage blanchi à la chaux, dans une campagne reculée, des rideaux de chintz accusant leur âge, mais de belle qualité, des vases débordants de roses, et jusqu'au service à thé de chez Derby que l'on lave soi-même. C'est ce que disent les romans. Mais, dans la vie, quand on a un fils qui débute dans la City au bas de l'échelle, il faut bien habiter Londres. Et supporter les logeuses qui traînent la savate, les enfants mal tenus qui jouent dans les escaliers, les colocataires dans la débine, et au petit déjeuner, des harengs plus très... J'en passe, et des meilleures.

— Si seulement..., commença Mrs Saint Vincent. Mais je commence à croire que nous ne pourrons pas continuer à payer notre loyer très longtemps.

— Quelle horreur ! Alors, ce sera une chambre meublée pour vous et moi, et un cagibi sous les toits pour Rupert. Et quand Jim viendra, il faudra que je le reçoive en bas, dans ce qui tiendra lieu de salon, au milieu de vieilles toupies qui nous guetteront derrière leur tricot en toussotant de manière affreuse.

Il y eut un silence, bientôt rompu par Mrs Saint Vincent :

— Barbara, est-ce que tu as l'intention... Je veux dire... Tu voudrais ?...

Elle rougissait un peu.

— Ne prenez pas de gants, mère. C'est très démodé aujourd'hui. Vous voulez savoir si j'ai envie d'épouser Jim ? Je donnerais tout pour qu'il me le demande. Mais il ne le fera jamais, j'en ai bien peur.

— Barbara chérie !...

— Vous savez, c'est une chose que de me rencontrer dans la meilleure société — comme on dit dans les romans à quatre sous — en compagnie de la cousine Amy. Je lui plais, c'est un fait. Mais imaginez qu'il vienne *ici*... Jim est un drôle de garçon, vous savez. Il est vieux jeu, un peu raide. Mais... Mais c'est ce que j'aime en lui. Il me fait penser à Ansteys et au village. A ces choses qui ont cent ans et qui ont conservé un parfum... Comme la lavande dans les armoires !...

Elle rit, un peu gênée de sa franchise. Mais Mrs Saint Vincent lui répondit avec une sorte de tranquille simplicité :

— J'aimerais beaucoup que tu épouses Jim Masterton. Il est... Eh bien il est de notre milieu. Et puis il a de l'argent, encore que, pour moi, cela n'ait pas une grande importance.

— Pour moi, si, répliqua Barbara. Je n'en peux plus d'être fauchée.

— Barbara, j'espère que ce n'est pas...

— Pour son argent ? Non. Je l'aime vraiment. Mère, ne *comprenez*-vous pas que je l'aime ?

Le visage de Mrs Saint Vincent reflétait sa tristesse.

— Je voudrais tant pouvoir te donner le cadre que tu mérites, ma chérie, dit-elle avec regret.

— Allons ! répliqua Barbara. Prenons notre mal en patience et faisons preuve d'optimisme. Désolée de m'être emportée. Souriez-moi, mère.

Elle effleura encore les cheveux de sa mère et tira la porte derrière elle. Mrs Saint Vincent renonça à démêler l'état de ses finances et s'installa sur le canapé mal rembourré. Elle tournait et retournait les mêmes idées :

« On peut dire ce qu'on veut. Les apparences

peuvent décourager un homme. Evidemment, plus tard... Enfin, s'ils se fiancent vraiment. Il verra bien qu'elle est délicieuse. Mais les jeunes gens se laissent si facilement influencer par leur entourage. Rupert, par exemple, il a vraiment changé. Je ne veux pas que mes enfants soient snobs, pas une seconde. Mais comment supporter qu'il puisse jamais se fiancer avec cette horrible fille qui travaille au débit de tabac ?... Je ne dis pas, elle est peut-être charmante, en réalité. Mais enfin, elle n'est pas de notre milieu. Ah ! tout est si difficile. Pauvre petite Barbe ! Mais il n'y a rien à faire. Rien à faire. Où trouver de l'argent ? Nous avons déjà tout vendu pour que Rupert puisse se lancer. Décidément, ce loyer, nous ne pouvons plus. »

Pour essayer de penser à autre chose, Mrs Saint Vincent saisit le *Morning Post,* et se lança dans la lecture des petites annonces. Elle croyait les connaître par cœur. Il y avait des gens qui recherchaient des capitaux, et des capitalistes qui paraissaient pressés de distribuer leur argent contre une simple reconnaissance de dette. D'autres voulaient acheter des dents, ce qui plongeait toujours Mrs Saint Vincent dans des abîmes de perplexité. D'autres proposaient des fourrures ou des robes, à des prix qui dénotaient une foi solide dans les vertus du jeu de l'offre et de la demande.

Soudain, son attention fut attirée par quelques lignes qu'elle relut plusieurs fois : « Pour particuliers de bonne famille seulement. Petite maison dans Westminster, mobilier de goût, cherche locataires amoureux de son charme. Loyer de principe. Agences s'abstenir. »

Une annonce banale. Elle en avait déjà lu des centaines du même tonneau. Enfin, presque similaires. La formule « loyer de principe » signalait le piège.

Pourtant, elle était si nerveuse, elle désirait tant échapper à ses sombres pensées, qu'elle prit son chapeau et sauta dans un bus pour se rendre à l'adresse indiquée. Qui se révéla être celle d'un cabinet de gérance. Rien de trop neuf. Pas d'activité bouillonnante. Le bureau était vieillot, un tantinet décrépit.

Un peu impressionnée par le vieux monsieur à

cheveux blancs qui l'accueillait, elle sortit l'annonce qu'elle avait découpée et demanda des précisions.

— Absolument, madame, absolument, dit-il en se frottant le menton avec attention. La maison, enfin celle dont parle l'annonce, se trouve effectivement au n° 7 de Cheviot Place. Voulez-vous un bon de visite, madame ?

— Je souhaiterais d'abord connaître le montant du loyer, répondit-elle.

— Le loyer. Ah oui ! Le chiffre exact n'est pas encore fixé, mais je puis vous assurer qu'il s'agit vraiment d'un loyer de principe.

— Reste à s'entendre sur le sens de cette expression.

Le vieux monsieur se permit un rire discret :

— Oui, je sais, c'est un vieux truc. Un très vieux truc. Mais je vous donne ma parole que, dans le cas qui nous occupe, c'est vrai. Ce sera deux ou trois guinées par semaine, peut-être. En tous les cas pas plus.

Mrs Saint Vincent décida de prendre le bon de visite. Il n'y avait évidemment pas la moindre probabilité qu'elle puisse mettre une telle somme. Mais, après tout, il fallait *voir.* Pour que la location soit si peu élevée, il devait y avoir quelque vice caché.

Mais, arrivée devant le n° 7, Cheviot Place, elle sentit son cœur battre plus vite. La maison était un joyau de style Reine Anne, et en parfait état ! Un maître d'hôtel répondit à son coup de sonnette. Sa chevelure grise et ses favoris taillés court lui donnaient l'allure feutrée d'un archevêque. Un archevêque charmant, pensa Mrs Saint Vincent.

Il accepta le bon de visite d'un air bienveillant :

— Si Madame veut bien me suivre, je vais lui montrer la maison. On peut s'y installer immédiatement.

Il la précéda, ouvrant les portes, détaillant les pièces l'une après l'autre :

— Le petit salon. Le bureau blanc. Madame peut voir à gauche qu'il y a un cabinet de toilette.

La perfection même. Un rêve. Les meubles eux aussi étaient Reine Anne, usés par les ans, mais cirés avec soin. L'âge avait fondu en un camaïeu plein d'harmonie les teintes vives des tapis. Dans chaque pièce, des fleurs fraîches débordaient de leur vase.

L'arrière de la maison donnait sur Green Park. Le lieu tout entier respirait le charme du temps jadis.

Mrs Saint Vincent essaya de réprimer les larmes qui lui montaient aux yeux. Ansteys avait ressemblé à ça... Ansteys...

Si le maître d'hôtel avait remarqué son émotion, il était bien trop stylé pour en rien laisser voir. Elle avait toujours aimé les domestiques de la vieille école. On était en sécurité avec eux, on se sentait bien, comme avec de vieux amis.

— C'est une bien belle maison, souffla-t-elle. Superbe. Je suis très heureuse de l'avoir découverte.

— Madame l'occuperait seule ?

— Non, j'ai un fils et une fille. Mais je crains bien...

Elle s'interrompit. Elle avait tellement envie de la maison, tellement...

D'instinct, elle sut que le maître d'hôtel avait compris. Détournant le regard, il dit d'une voix détachée, impersonnelle :

— Que Madame me pardonne. Mais je crois savoir que le propriétaire recherche avant tout des locataires en harmonie avec la maison. Le loyer n'a pas beaucoup d'importance. Il ne veut louer qu'à des gens qui sauront vraiment prendre soin de la maison, et l'aimer.

— Je suis sûre que je saurais l'aimer, murmura Mrs Saint Vincent. Et merci, ajouta-t-elle en se dirigeant vers la porte, de me l'avoir fait visiter.

— Je vous en prie, madame.

Il se tint sur le seuil, impassible, irréprochable, pendant qu'elle s'éloignait.

« Il a tout compris, pensa-t-elle, et il est désolé pour moi. Il est de notre monde, lui aussi. C'est *moi* qu'il choisirait, pas un Travailliste, ou un marchand de boutons en gros !... Notre espèce a beau être en voie de disparition, nous nous tenons les coudes. »

Elle décida de ne pas repasser par le cabinet de gérance. A quoi bon ? Elle pourrait peut-être payer le loyer. Mais les domestiques ? Dans une maison comme celle-là, il en fallait.

Mais le lendemain matin, au petit déjeuner, elle trouva à côté de son assiette une lettre du cabinet qui lui offrait un bail de six mois pour le n° 7 Cheviot

Place, à raison de deux guinées par semaine. La missive précisait : « Vous tiendrez compte, j'en suis convaincu, du fait que les gages des domestiques restent entièrement à la charge du propriétaire. Notre proposition est réellement exceptionnelle. »

C'était le mot. Sa surprise était telle qu'elle relut la lettre à haute voix. Soumise à un feu roulant de questions, elle entreprit de faire le récit de sa visite.

— Ma petite maman cachottière ! s'écria Barbara. C'est vraiment si bien ?

Rupert s'éclaircit la voix pour entreprendre un solennel contre-interrogatoire :

— Tout cela cache un mystère. Je flaire quelque chose de pas net pour deux sous, je le sens à plein nez.

— C'est l'odeur de mes œufs, riposta Barbara en plissant les narines. Sapristi ! Pourquoi y aurait-il toujours un truc pas net pour deux sous ? C'est toi tout craché, Rupert. Tu fabriques des mystères à partir de rien. Tu lis trop de romans policiers !

— Ce loyer n'est pas sérieux, rétorqua Rupert. (Et, doctoral, il ajouta :) Dans les affaires, on apprend à se méfier de tout ce qui n'est pas clair comme de l'eau de roche. Je le répète. C'est toute cette histoire qui n'est pas nette pour deux sous.

— Tu es stupide, reprit Barbara. La maison appartient à un bonhomme richissime, il l'aime, et il veut y mettre des gens convenables en son absence. C'est tout. Il se fiche bien probablement de l'argent.

— Quelle adresse avez-vous dit ? demanda Rupert à sa mère.

— 7 Cheviot Place.

— Eh bien voilà !... (Il repoussa sa chaise :) Ça, c'est passionnant. Lord Listerdale y habitait au moment de sa disparition.

— Es-tu bien sûr de ce que tu dis ? interrogea Mrs Saint Vincent, sceptique.

— Catégorique. Il possède bien d'autres demeures dans tout Londres, mais c'était là son domicile. Il est sorti un soir en racontant qu'il partait pour son club, et on ne l'a jamais revu. Il y a des gens qui racontent qu'il a filé du côté du Kenya ou au diable vauvert, mais personne n'en donnerait sa langue à couper.

Moi, je parie qu'il a été assassiné dans la maison. Vous nous avez bien dit qu'il y a des boiseries dans plusieurs pièces ?

— Oui, oui, laissa échapper Mrs Saint Vincent, mais...

Rupert ne lui laissa pas le temps d'achever. Il débordait d'enthousiasme :

— Des boiseries ! C'est évident ! Derrière, il y a sûrement une cache secrète, je ne sais où. On y a fourré le cadavre, et il doit y être encore. On l'avait peut-être même embaumé d'abord.

— Rupert chéri, ne dis pas de bêtises, le gourmanda sa mère.

— Tu n'es qu'un triple idiot, renchérit Barbara. Tu vas trop au cinéma avec ta blonde platinée.

Rupert se dressa avec toute la dignité que lui permettaient son corps dégingandé et son jeune âge. Il laissa tomber, comme un ultimatum :

— Prenez la maison, maman. *Moi,* j'éclaircirai l'énigme. Faites-moi confiance.

Et il partit à toute allure, de peur d'arriver en retard au bureau.

La mère et la fille échangèrent un regard.

— Qu'en pensez-vous, maman ? osa enfin demander Barbara d'une voix frémissante. J'aimerais tant que ce soit possible.

— Mais il y a les domestiques, répondit Mrs Saint Vincent, désolée. Il va falloir les nourrir. C'est nécessaire, bien sûr, mais c'est un problème. Quand on n'est qu'entre soi, on peut se restreindre. Mais...

Son air était si pitoyable que Barbara se contenta de hocher la tête.

— Il faut y réfléchir encore, dit Mrs Saint Vincent.

Mais sa décision avait été prise quand elle avait vu s'éclairer les yeux de sa fille.

« Il *faut* que Jim Masterton la voie dans un cadre convenable, pensa-t-elle. On nous offre une chance. Une chance extraordinaire. Je ne dois pas la laisser échapper. »

Elle écrivit au cabinet de gérance pour l'informer de son accord.

— D'où viennent ces lys, Quentin, je vous prie ? Je ne peux vraiment pas m'offrir des fleurs aussi chères.

— On les a envoyées de King's Cheviot, madame. C'est l'habitude de la maison.

Le maître d'hôtel se retira dignement, pendant que Mrs Saint Vincent soupirait de soulagement. Qu'aurait-elle fait sans Quentin ? Avec lui, tout devenait facile.

« C'est trop beau pour durer, songea-t-elle. Un de ces jours, je vais m'éveiller, et je vais découvrir que ce n'était qu'un rêve. Ici, je suis si heureuse. Ces deux mois ont passé comme le vent. »

La vie à Cheviot Place s'était révélée d'un agrément qui tenait du prodige. Quentin, le maître d'hôtel, régentait tout en despote éclairé.

— Que Madame me laisse faire, avait-il dit respectueusement. Elle n'aura pas à se plaindre.

Chaque semaine, il présentait son livre de comptes. Les dépenses se maintenaient à un niveau incroyablement bas. Il n'y avait que deux autres domestiques, une cuisinière et une femme de chambre. Elles se montraient plutôt agréables et accomplissaient leurs tâches avec diligence, mais elles ne se conformaient qu'aux oukases de Quentin. Une fois, Mrs Saint Vincent s'était inquiétée de voir apparaître sur sa table du gibier et de la volaille. Quentin avait calmé ses inquiétudes :

— Que Madame se rassure. Cela nous a été envoyé de King's Cheviot, la propriété de campagne de lord Listerdale, et de ses terres du Yorkshire. C'est l'habitude de la maison, madame.

En son for intérieur, Mrs Saint Vincent n'était pas absolument convaincue que l'invisible lord Listerdale aurait donné son accord. Elle tendait à croire que Quentin usurpait quelque peu l'autorité de son maître. Mais il était évident qu'il les avait pris en affection et qu'à son avis, rien n'était trop bon pour eux.

Les déclarations de Rupert avaient aiguillonné sa curiosité. Quand elle s'était rendue au cabinet de gérance pour signer le bail, elle avait tenté d'en savoir davantage sur lord Listerdale. Le vieux monsieur à cheveux blancs n'avait pas été avare de détails.

Les rumeurs étaient fondées, avait-il confirmé. Lord Listerdale séjournait bien en Afrique de l'Est depuis dix-huit mois.

— Notre client, je dois le reconnaître, est un original, sourit le vieil homme. Vous vous souvenez peut-être qu'il a quitté Londres d'une manière peu banale, sans prévenir qui que ce soit. Les journaux s'en sont emparés. Scotland Yard a ouvert une enquête. Mais, fort heureusement, lord Listerdale a bien voulu nous donner de ses nouvelles d'Afrique. Il a envoyé une procuration à son cousin, le colonel Carfax, qui se charge maintenant de la gestion de tous ses intérêts. Lord Listerdale est vraiment ce qu'on appelle un excentrique. Vous savez qu'il a toujours été un grand voyageur devant l'Eternel, avec un goût prononcé pour les lieux les plus exotiques. Je ne m'attends pas à le voir revenir en Angleterre avant des années, encore qu'il commence à prendre de l'âge.

— Il ne peut pas être bien vieux, fit remarquer Mrs Saint Vincent.

Elle avait le souvenir d'un visage ouvert et barbu, qui évoquait sir Francis Drake. Elle avait remarqué autrefois sa photo dans un magazine illustré.

— Un homme mûr, disons, concéda le vieux monsieur à cheveux blancs. Cinquante-trois ans, si j'en crois l'annuaire de l'aristocratie de Mr Debrett.

Mrs Saint Vincent avait rapporté la conversation à Rupert, dans la ferme intention de rabattre un peu le caquet de ce jeune coq. Mais Rupert n'avait pas reculé d'un pouce :

— Pour moi, c'est de moins en moins net. D'où sort ce colonel Carfax ? Il y a gros à parier qu'il héritera du titre s'il est arrivé malheur à ce pauvre Listerdale. Cette lettre d'Afrique pue le faux. Dans trois ans, ou peu importe, Carfax va faire enregistrer par les tribunaux la disparition de son cousin, et à lui la Chambre des lords. De toute façon, il a déjà toute la fortune en main. Franchement, ce n'est pas net pour deux sous, c'est moi qui vous le dis.

Il avait eu le bon esprit de bien vouloir trouver la

maison à son goût. A ses moments de loisir, il s'était amusé à ausculter les boiseries et à tracer des plans complexes pour tenter de déterminer l'emplacement de la cache secrète. Peu à peu, son intérêt pour la mystérieuse disparition de lord Listerdale avait faibli. La vendeuse du débit de tabac lui inspirait également moins d'enthousiasme. On ne peut rester insensible à certaines atmosphères.

Quant à Barbara, leur nouvelle installation lui avait apporté toutes les satisfactions possibles. Après une première visite, Jim Masterton était devenu un hôte assidu. Mrs Saint Vincent et lui s'entendaient à ravir. Un soir, il plongea Barbara dans la perplexité :

— Pour votre mère, cette maison est vraiment le cadre idéal.

— Pour *mère* ?...

— Mais oui. On dirait qu'elle a été bâtie pour elle. Elle y a trouvé sa place d'une façon extraordinaire. Vous savez, on ressent quelque chose d'étrange dans cette maison, quelque chose d'inquiétant, qui ne vous lâche pas.

— Ne parlez pas comme Rupert ! supplia Barbara. Il est convaincu que l'infâme colonel Carfax a assassiné lord Listerdale et a dissimulé le cadavre sous le plancher.

Masterton rit de bon cœur.

— J'admire grandement les talents de détective de Rupert. Mais ce n'était pas à *cela* que je faisais allusion. Non, je pense à quelque chose de plus ténu, à une atmosphère qu'on a de la peine à saisir.

Ils vivaient à Cheviot Place depuis trois mois déjà quand Barbara, radieuse, vint trouver sa mère :

— Jim et moi... Nous sommes fiancés. Oui... Depuis hier soir. Oh ! mère, comme si un conte de fées se réalisait.

— Ma chérie, je suis heureuse !... Si heureuse !

Toutes deux s'étreignirent. Puis Barbara eut un sourire malicieux :

— Vous savez que Jim est aussi amoureux de vous que de moi.

Mrs Saint Vincent rougit avec grâce.

— C'est vrai, insista la jeune fille. Vous avez cru que cette maison serait un cadre idéal pour moi, mais elle l'est surtout pour *vous*. Rupert et moi, nous ne sommes pas vraiment chez nous ici. Mais vous, si.

— Tu dis des sornettes, chérie.

— Ce ne sont pas des sornettes. Il règne ici comme un parfum de palais enchanté. Vous en êtes la princesse et Quentin... Oui, c'est ça... La bonne fée.

Mrs Saint Vincent ne put s'empêcher de rire. Elle trouvait assez juste ce que sa fille avait dit à propos de Quentin.

La nouvelle des fiançailles de sa sœur laissa Rupert de marbre.

— J'avais subodoré quelque chose de ce genre, confia-t-il, très docte.

Il dînait en tête à tête avec sa mère. Barbara était sortie avec Jim.

Quentin plaça la carafe de porto devant lui, et se retira sans bruit.

— Quel drôle de vieil oiseau, dit Rupert, désignant de la tête la porte close. Il y a quelque chose de bizarre, chez lui. Quelque chose de...

— ... de pas net pour deux sous ? interrompit Mrs Saint Vincent, avec un léger sourire.

— Comment pouviez-vous savoir ce que j'allais dire ? s'enquit-il avec le plus grand sérieux.

— C'est une de tes expressions préférées, chéri. Tu trouves que tout n'est pas net pour deux sous. Je suppose que tu as échafaudé une théorie selon laquelle c'est Quentin qui a tué lord Listerdale et a caché son corps sous le plancher.

— Derrière les boiseries, corrigea Rupert. Vous comprenez toujours de travers, mère. Mais non. J'ai pris des renseignements. Quentin était là-bas, à King's Cheviot, quand la disparition s'est produite.

Mrs Saint Vincent sourit à son fils, songeant qu'il mettait bien du temps à devenir adulte, et se leva de table pour s'installer au petit salon.

Pourtant, pour la première fois, elle s'interrogeait. Qu'est-ce qui avait bien pu pousser lord Listerdale à disparaître aussi brutalement ? Il y avait sûrement des raisons à une décision si soudaine. Elle y réfléchissait au moment où Quentin entra, apportant le plateau du café. Elle ne put se retenir de le questionner :

— Vous êtes au service de lord Listerdale depuis de longues années, n'est-ce pas, Quentin ?

— Certainement, madame. J'ai débuté à l'âge de vingt et un ans, du temps de son père, le feu lord, comme troisième valet de pied.

— Alors vous connaissez très bien lord Listerdale. Quel genre d'homme est-il ?

Le maître d'hôtel tourna légèrement le plateau, afin qu'elle puisse se servir plus aisément dans le sucrier, avant de répondre, d'un ton dénué d'émotion :

— Lord Listerdale était un parfait égoïste, madame. Il ne se souciait pas le moins du monde d'autrui.

Il repartit, emportant le plateau du café. Et Mrs Saint Vincent, sa tasse à la main, se perdit en conjectures. Quentin avait utilisé un mot qui n'allait pas avec le reste. Elle comprit d'un coup.

Quentin avait dit, à propos de lord Listerdale, « était », et non pas « est ». Cela signifiait que lui aussi pensait... croyait... Il fallait qu'elle se secoue. Elle devenait aussi méfiante que Rupert !... Pourtant, son malaise était bien réel. Plus tard, bien plus tard, elle avouerait qu'elle avait, à ce moment précis, nourri ses premiers soupçons.

Le bonheur et l'avenir de Barbara lui semblaient assurés. Elle se sentait plus libre de se concentrer sur ses propres pensées. Et, quoi qu'elle en eût, elles en revenaient à lord Listerdale. Qu'est-ce qui avait bien pu réellement se passer ? A coup sûr, Quentin savait. Il n'avait pas pour rien qualifié lord Listerdale de « parfait égoïste, qui ne se souciait pas le moins du monde d'autrui ». Ses mots avaient du sens. Il s'était exprimé comme un magistrat qui recherche le détachement et l'impartialité.

Quentin était-il mêlé à la disparition de son maître ? Avait-il prêté la main à on ne sait quel fait divers tragique ? Les théories de Rupert étaient ridicules. Mais il fallait bien reconnaître que cette unique lettre arrivant d'Afrique pour donner procuration au colonel Carfax avait de quoi alimenter les pires suspicions.

En dépit de tout, elle ne pouvait imaginer Quentin en ange du Malin. Elle se le répétait. Quentin était *bon*. Elle employait ce mot avec la candeur d'une enfant : Quentin était *bon*. Mais il savait...

Plus jamais elle ne lui reparla de son maître. Comme si le sujet avait été oublié. Rupert et Barbara avaient bien d'autres soucis en tête, et on n'en discuta pas plus avant.

Il fallut attendre la fin août pour que ses vagues présomptions commencent à prendre forme. Rupert était allé passer une quinzaine de jours de vacances avec un ami qui possédait une moto à side-car. Guère plus d'une semaine après son départ, il surgit alors qu'elle écrivait une lettre.

— Rupert !

— Je sais, mère. Vous ne m'attendiez que dans trois jours. Mais il s'est passé... Quelque chose... Anderson — vous savez, c'est le copain dont je vous ai parlé — se fiche comme d'une guigne de l'endroit où il va. Je lui ai proposé de jeter un coup d'œil à King's Cheviot...

— King's Cheviot !... Mais pourquoi, grands dieux ?...

— Mère, vous savez très bien que j'ai toujours trouvé notre situation pas nette pour deux sous. J'ai eu envie de voir de près le domaine des Listerdale. Ils l'ont loué, entre parenthèses. Rien de louche. Non pas que j'aie espéré y découvrir quoi que ce soit. Je voulais flairer les traces, si j'ose m'exprimer ainsi.

C'est cela, pensa-t-elle. Il se conduit vraiment comme un chien de chasse. Son instinct le mène. Il tourne en rond, affairé et content de lui, à la recherche de ce qu'il croit renifler.

— Nous traversions un petit village, à une bonne douzaine de kilomètres de King's Cheviot, quand ça s'est passé. Quand je l'ai vu, je veux dire...

— Vu qui ?...

— Quentin. Il entrait dans un petit cottage. Voilà quelque chose de pas net pour deux sous, ai-je pensé. Nous avons demandé au bus de s'arrêter et je suis revenu sur mes pas. J'ai frappé à la porte, et il a ouvert lui-même.

— Incroyable ! Quentin n'a pas bougé d'ici, et...

— J'y arrive, mère. S'il vous plaît, écoutez-moi sans m'interrompre. C'était Quentin, et ce n'était pas lui. Vous comprenez ce que je veux dire ?...

Bien évidemment, Mrs Saint Vincent n'y comprenait goutte. Aussi Rupert jugea-t-il bon d'expliquer :

— C'était Quentin, mais ce n'était pas notre Quentin. Ce Quentin-là était le bon.

— Qu'est-ce que tu racontes ?...

— Ecoutez-moi. Au début, je n'y ai rien compris. Je lui ai dit : « Vous êtes bien Quentin, n'est-ce pas ? » Et le cher vieux m'a répondu : « C'est bien mon nom, monsieur. Qu'y a-t-il pour le service de monsieur ? » Et là j'ai bien vu que ce n'était pas notre homme. Il était pourtant aussi stylé que lui, avec la même voix, et tout. J'ai posé quelques questions et j'ai tout compris. Le vieux n'avait pas la moindre idée de quelque chose de pas net pour deux sous. Il avait bien servi chez lord Listerdale comme maître d'hôtel, mais il avait été mis à la retraite, avec son petit cottage, s'il vous plaît, au moment même où lord Listerdale était, soi-disant, parti pour l'Afrique. Vous voyez où je veux en venir. Notre Quentin est un imposteur. Il joue le rôle du vrai Quentin pour des raisons de son cru. Ma théorie, c'est que le soir du crime, il s'est présenté chez lord Listerdale en prétendant être le maître d'hôtel de King's Cheviot. Le lord l'a reçu, et il l'a tué, puis il a caché le cadavre derrière les boiseries. La maison est ancienne. Il y a sûrement une cache secrète où...

— Nous n'allons pas recommencer, s'emporta Mrs Saint Vincent. C'est insupportable. Pourquoi aurait-il fait ça ? C'est ce que je voudrais bien savoir. Pourquoi ? Et si, je dis bien si, il l'a fait — ce que je ne crois pas une seconde —, quel est son mobile ?

— Vous avez raison, dit Rupert. Tout est dans les mobiles. J'ai fait mon enquête. Lord Listerdale possède de très nombreuses propriétés. Ces deux derniers jours, j'ai découvert que toutes, pratiquement, ont été louées au cours des dix-huit derniers mois à des gens de notre genre et pour un loyer de principe.

Et à la condition expresse que les domestiques restent en place !... Chaque fois, Quentin — enfin, l'homme qui se fait passer pour Quentin... — y a travaillé pendant un moment comme maître d'hôtel. On dirait vraiment qu'il y avait quelque chose — des bijoux ou des papiers — caché quelque part, et que la bande ne sait pas où. Je suppose qu'il s'agit d'une bande. Mais, naturellement, le pseudo-Quentin peut très bien travailler en solo. Il y a...

— Arrête, Rupert. Tais-toi une seconde, coupa Mrs Saint Vincent d'un ton sans réplique. J'ai la tête qui tourne ! Ce que tu dis n'a pas de sens ! Cette histoire de brigands et de papiers cachés !...

— Evidemment, il y a une autre hypothèse, reconnut Rupert. On peut supposer que notre Quentin est quelqu'un que lord Listerdale a lésé à un moment quelconque. Quand j'ai rencontré le vrai Quentin, il m'a parlé d'un certain Samuel Lowe. Un aide-jardinier. A peu près de la même taille et de la même corpulence que notre Quentin à nous. Il aurait gardé une dent contre lord Listerdale...

Mrs Saint Vincent tressaillit. En esprit, elle entendait de nouveau Quentin dire : « ... qui ne se souciait pas le moins du monde d'autrui », et sa voix mesurée, sans passion aucune, résonnait encore à son oreille. Les mots étaient mal choisis, peut-être, mais ils n'étaient pas anodins.

Ses pensées l'absorbaient tellement qu'elle n'écoutait plus Rupert. Il expliqua à toute vitesse une histoire qu'elle n'entendit pas et sortit en hâte de la maison. Cela l'éveilla. Où était passé Rupert ? Elle n'avait pas saisi ce qu'il venait de dire. Avait-il l'intention d'appeler la police ? Et, dans ce cas...

Elle se leva pour tirer le cordon. Quentin surgit, avec sa diligence coutumière :

— Madame a sonné ?

— Oui. Fermez la porte, et asseyez-vous, je vous prie.

Le maître d'hôtel obtempéra. Elle l'étudia longuement, avec attention et une certaine gravité.

« Il a été si gentil avec moi, pensait-elle. Personne ne peut savoir à quel point. Les enfants ne comprendraient pas, évidemment. Rupert n'a dit que des sottises. Et, pourtant, il sait quelque chose... Quelque chose d'important... Mais qui peut juger ?... Personne ne sait... Je veux dire... Le bien et le mal... Je mettrais ma tête à couper, oui, c'est cela, ma tête à couper, que cet homme n'a rien à se reprocher... »

Rougissante, agitée, elle se décida à parler :

— Quentin, Mr Rupert vient de revenir. Il est allé jusqu'à King's Cheviot et à un petit village, pas bien loin de là...

Elle se tut à la vue du tressaillement qu'il n'avait pu refréner.

— Il a... Il a rencontré quelqu'un, reprit-elle d'une voix qu'elle s'efforçait de contrôler.

Elle pensait : « Ça y est. Il est prévenu. Oui, en tous les cas, je l'ai prévenu. »

Quentin avait maintenant recouvré tout son calme. Il la fixait avec une attention plus que soutenue. Ses yeux brillaient d'une lueur qu'elle n'y avait jamais vue. Elle comprit que, pour la première fois, il la regardait comme un homme, et non plus comme un domestique.

Il parut hésiter, avant de dire, d'une voix qui, à bien écouter, avait des inflexions nouvelles :

— Pourquoi me racontez-vous tout cela, Mrs Saint Vincent ?...

Avant même qu'elle ait pu répondre, Rupert s'engouffrait par la porte. Il était suivi d'un homme d'un certain âge, très digne, favoris coupés court et à l'allure d'archevêque plein de bienveillance.

— Le voilà enfin, cria Rupert. Le véritable Quentin ! Il attendait dans un taxi. Maintenant, Quentin, regardez cet homme, et dites-moi : c'est Samuel Lowe ?

Rupert n'eut qu'un instant pour jouir de son triomphe. Il sentit tout de suite qu'il s'était fourvoyé : le véritable Quentin arborait l'air le plus embarrassé du monde, alors que l'imposteur souriait largement, sans dissimuler son amusement, et tapait, jovial, dans le dos de son sosie :

— Ça va comme ça, Quentin. Il est grand temps que le loup sorte du bois. Vous pouvez leur dire qui je suis.

Le nouveau venu, très digne, se redressa de toute

sa taille, et annonça à Rupert, d'un ton plein de reproche :

— Puis-je présenter mon maître à Monsieur, monsieur ? Voici lord Listerdale.

La minute qui suivit fut des plus confuses. La superbe de Rupert l'avait abandonné. Avant de savoir ce qui lui arrivait, il se sentit poussé doucement vers la porte. Une voix qu'il reconnaissait, et qui ne lui était pourtant pas familière, résonnait à son oreille :

— Ne t'inquiète pas, mon garçon. Il n'y a pas de casse. Mais je dois dire un mot en particulier à ta mère. Et mes félicitations pour m'avoir démasqué d'aussi belle façon...

Il se retrouva dans le couloir, à fixer d'un œil hagard la porte qui s'était refermée. A côté de lui, le véritable Quentin, aimablement prolixe, se répandait dans un flot d'explications.

Et, dans le salon, lord Listerdale affrontait le regard de Mrs Saint Vincent.

— Je vous dois la vérité. Enfin, si je le puis. Toute ma vie, je me suis comporté en égoïste fieffé. Un jour, je m'en suis heureusement rendu compte. J'ai décidé de me changer. Le changement, c'était de m'occuper un peu des autres. Je suis un vieux fou et j'ai donc entamé follement ma nouvelle carrière. J'ai envoyé de l'argent aux œuvres les plus improbables. Mais je ressentais le besoin d'accomplir... de faire quelque chose de personnel... J'ai toujours eu de la sympathie pour ceux qui ne peuvent pas mendier, qui doivent endurer en silence... Les aristocrates désargentés... Je suis un grand propriétaire, et j'ai eu l'idée de louer mes biens à des gens... Vous voyez... qui en avaient besoin et qui sauraient les aimer. De jeunes couples qui doivent encore faire leur chemin dans la vie. Des veuves chargées d'enfants qui débutent dans le monde. Quentin a toujours été plus qu'un maître d'hôtel. C'est un ami. J'ai endossé son personnage avec son plein accord, et son aide. J'ai toujours été doué pour la comédie. Mais mon idée m'est venue un soir par hasard, sur le chemin du club, et je suis allé sur-le-champ en parler à Quentin. Quand j'ai vu que ma disparition soulevait de tels remous, je me suis arrangé pour que mon cousin, Maurice Carfax, reçoive d'Afrique la lettre qui lui donnait procuration, avec mes instructions en détail. Et... Voilà, vous savez tout.

C'était une fin plutôt plate. Il jeta un regard suppliant à Mrs Saint Vincent. Elle se tenait raide, ses yeux vrillés dans les siens.

— C'était une idée généreuse, dit-elle enfin. Originale, certes, mais qui vous honore. Je vous suis... très reconnaissante. Mais... Vous comprendrez, bien sûr, que nous ne pouvons rester chez vous.

— Je m'y attendais, dit-il. Vous avez trop d'orgueil pour accepter ce qui n'est pour vous qu'une... aumône.

— Voyez-vous un mot plus approprié ?

— Non, répondit-il. Ce n'est pas une aumône. Parce que j'exige quelque chose en échange.

— Et quoi, je vous prie ?

— Tout.

On sentait à sa voix qu'il avait l'habitude de décider.

— Je me suis marié quand j'avais vingt-trois ans, poursuivit-il, et je me suis retrouvé veuf l'année d'après. Depuis, je n'ai jamais cessé de me sentir affreusement seul, et j'ai toujours souhaité que le destin conduise sur mon chemin certaine dame... Celle de mes rêves...

— Et c'est moi ? demanda-t-elle dans un souffle. Je suis si vieille... déjà fanée...

Il rit.

— Vieille, vous ? Allons donc ! Vous êtes plus jeune que vos enfants ! Mais je veux bien être vieux, si vous voulez.

Elle rit à son tour, en cascade joyeuse.

— Vous ? Vous n'êtes qu'un gamin. Un sale gosse qui adore se déguiser.

Elle lui tendit les mains. Il les emprisonna dans les siennes.

2

COTTAGE PHILOMÈLE

— Au revoir, chéri.

— Au revoir, mon cœur.

Accoudée à la barrière du jardin, Alix Martin regardait son mari s'éloigner en direction du village.

Il disparut bientôt à un tournant mais elle demeura immobile, perdue dans ses pensées. Et, le regard vague, absent, elle secoua machinalement la tête pour chasser la mèche de cheveux bruns qui était venue lui balayer le bout du nez.

Alix Martin n'était pas belle, ni même à proprement parler jolie. Mais son visage — le visage d'une femme qui a passé le cap de la prime jeunesse — s'était à ce point illuminé et adouci que ses anciens collègues de bureau auraient eu du mal à la reconnaître. La miss Alix King de naguère s'était toujours montrée, il faut bien l'avouer, du genre sérieux, voire collet monté. Volontiers un peu sèche, éminemment compétente, image même de toutes les vertus, elle n'avait cessé de sembler à tous fort peu encline à s'adonner aux joies faciles de l'existence.

L'existence en question, convenons-en bien vite, ne lui avait certes pas fait de cadeau. Pendant quinze longues années, de dix-huit à trente-trois ans, elle avait dû trimer pour conserver son emploi de sténodactylo tout en assumant, sept ans durant, les soins constants qu'exigeait l'état de sa mère grabataire. Ce combat de tous les instants pour ne pas toucher le fond avait durci de bonne heure ce que son visage aurait pu conserver de l'adolescence.

Oh, il y avait bien eu, dans toute cette misère, une histoire d'amour — si l'on peut toutefois appeler ça comme ça ! — avec Dick Windyford, un camarade de travail. Très femme au fond, elle avait toujours su, sans en rien laisser voir, qu'il éprouvait pour elle le plus tendre des penchants. Mais, pour tout le monde, ils étaient restés bons amis, sans plus. Sur ses maigres émoluments, Dick devait encore prélever les frais d'éducation de son frère cadet, et ce n'était pas de sitôt qu'il pourrait songer au mariage.

Et puis le destin avait soudain délivré Alix de ses soucis quotidiens par un avatar des plus inespérés. Une cousine éloignée avait eu l'excellente idée de mourir en lui léguant sa fortune — en tout quelques bons milliers de livres sterling. Ce qui signifiait un revenu de plusieurs centaines de livres par an. Pour Alix, c'était la liberté, la vie, l'indépendance. Dick et elle n'auraient plus à attendre.

Mais Dick avait mal réagi. S'il n'avait jamais osé lui déclarer sa flamme, il paraissait moins que jamais enclin à le faire. Il l'évitait, morose et distant. Et Alix comprit vite la vérité. Dick la considérait maintenant comme une femme riche. Et sa susceptibilité autant que son amour-propre lui interdisaient de lui demander de devenir sa femme.

Elle ne l'en aima pas moins. Et elle en était même à se demander si ce ne serait pas à elle de faire le premier pas quand, pour la seconde fois, le destin frappa.

Elle rencontra Gerald Martin chez des amis. Il tomba éperdument amoureux d'elle. Une semaine plus tard, ils étaient fiancés. Alix, qui s'était toujours crue à l'abri du coup de foudre, fut emportée comme par un torrent.

Sans le vouloir, elle avait enfin trouvé le moyen de faire sortir de sa réserve son soupirant silencieux. Dick Windyford était venu chez elle, bégayant de rage et de colère :

— Cet homme est un parfait inconnu pour vous ! Vous ne savez rien de lui !

— Ce que je sais, c'est que je l'aime.

— Comment pouvez-vous en être sûre ? En une semaine ?

— Tout le monde n'a pas besoin de onze ans pour découvrir qu'il est amoureux, avait-elle riposté, cinglante.

Dick avait pâli.

— Je vous aime depuis le premier jour. Et je pensais que vous m'aimiez aussi.

Alix avait le goût de la vérité.

— Je le croyais aussi, reconnut-elle. Seulement c'est parce que je ne savais rien de l'amour.

Dick avait éclaté de nouveau, en prières et en supplications. Et même en menaces contre l'homme qui l'avait emporté dans le cœur d'Alix. Elle avait été stupéfaite de découvrir la violence que cachait l'apparente réserve de ce garçon qu'elle imaginait bien connaître.

Toujours accoudée à la barrière, dans le soleil du matin, elle se remémorait ce moment pénible. Mariée maintenant depuis un mois, elle vivait un bonheur parfait. Pourtant, en l'absence momentanée de ce mari qui était devenu tout pour elle, une pointe d'anxiété l'envahissait. Son bonheur lui paraissait moins assuré. Et c'était Dick Windyford qui était la cause de son angoisse.

Depuis son mariage, trois fois elle avait fait le même rêve. Si les détails variaient, la trame ne changeait pas : *elle voyait son mari étendu, mort. Dick Windyford toisait le cadavre. Et elle savait, d'une absolue certitude, que c'était sa main à lui qui avait donné la mort.*

Cela, déjà, était horrible. Mais ce qui l'était davantage, c'est qu'au réveil, tout paraissait naturel et inéluctable. *Elle, Alix Martin, se réjouissait de la mort de son mari.* Elle offrait au meurtrier une main reconnaissante. Elle le remerciait parfois. Et le cauchemar s'achevait toujours de la même façon : elle se voyait blottie dans les bras de Dick Windyford.

Elle n'avait rien dit de son rêve à son mari. Mais, en son for intérieur, elle se sentait plus troublée qu'elle ne se l'avouait. Etait-ce une sorte de prémonition, une mise en garde contre Dick Windyford ?

De l'intérieur de la maison, la sonnerie aiguë du téléphone l'arracha à ses pensées. Elle pénétra dans la pièce et saisit le récepteur. Soudain vacillante, elle s'appuya de la main contre la cloison.

— Qui... Qui est à l'appareil ?

— Voyons, Alix, vous avez une voix d'outre-tombe ! Je ne l'aurais pas reconnue. C'est Dick.

— Oh ! souffla-t-elle. Où... où êtes-vous ?

— Au *Travellers Arms*. C'est bien comme cela que ça s'appelle, n'est-ce pas ? Ne me dites pas que vous ne connaissez pas le pub de votre village ! Je suis en vacances, et je pêche un peu dans le coin. Que diriez-vous si je faisais une petite visite à deux bons amis après le dîner ?

— Non, coupa-t-elle, c'est impossible.

Il y eut un blanc. Puis Dick reprit, d'un ton qui avait changé.

— Je vous demande pardon, dit-il avec raideur. Loin de moi l'idée de vous importuner...

Alix l'interrompit. Pour rien au monde elle n'aurait souhaité qu'il trouve son comportement insolite. Pourtant, c'était bel et bien incroyable. Elle devait avoir les nerfs en capilotade.

— Je voulais seulement dire que... que nous sommes déjà pris pour la soirée.

Elle tentait de rendre sa voix aussi naturelle que possible.

— Mais voulez-vous... voulez-vous venir souper demain soir ?

Ses propos manquaient de chaleur. Et Dick, bien sûr, le sentit.

— Merci infiniment, répondit-il avec la même raideur. Mais je risque de repartir n'importe quand. Ça dépend d'un de mes copains, s'il arrive ou non. Au revoir, Alix.

Il marqua un temps d'arrêt. Puis, rapidement, il continua, changeant de registre :

— Tous mes vœux, très chère.

Alix avait reposé l'appareil avec une sensation de soulagement. « Il ne faut pas qu'il vienne, se répétait-elle. Il ne faut pas qu'il vienne. Je deviens folle. Me mettre dans un état pareil. Je suis quand même contente qu'il ne vienne pas. »

Attrapant un chapeau de paille sur une table, elle ressortit dans le jardin. Elle s'arrêta un instant pour contempler, gravée au faîte du porche, l'inscription « Cottage Philomèle ».

— Qu'est-ce que signifie ce nom étrange ? avait-elle demandé à Gerald avant leur mariage.

Il avait éclaté de rire :

— Nous autres, de la campagne, nous révérons la légende de Philomèle, qui était la fille d'un roi d'Athènes et qui a fini changée en rossignol. Mais vous êtes une fille de la ville, et je parie que vous n'avez jamais entendu un rossignol. C'est aussi bien comme ça. Les rossignols ne doivent chanter que pour les amants. Nous les écouterons ensemble, un soir d'été. Et pas dans la maison.

Et Alix, au seuil de sa demeure, rougit tendrement au souvenir de la manière dont tous deux avaient écouté les rossignols.

C'est Gerald qui avait découvert le cottage Philomèle. Il s'était précipité chez Alix, excité par sa trouvaille : il avait déniché l'endroit qu'il leur fallait, unique, un joyau, la chance de leur vie. Et quand Alix l'avait vu, elle aussi avait été sous le charme. Bien sûr, le domaine était assez isolé, à trois kilomètres du village le plus proche, mais la bâtisse elle-même était merveilleuse. De style ancien, elle offrait tout le confort, des salles de bains, l'eau chaude, l'électricité et le téléphone, et Alix avait succombé à ses sortilèges. Mais il y avait eu un problème. Le propriétaire, un homme riche qui en avait fait sa toquade, refusait de louer. Il n'était disposé qu'à vendre.

Malgré un revenu confortable, Gerald Martin n'était pas en mesure de mobiliser son capital. Il pouvait réunir tout au plus un millier de livres. Le propriétaire en voulait trois. Alix, déjà amoureuse de la maison, vint à la rescousse. Sa propre fortune, en bons au porteur, pouvait être facilement réalisée, et la moitié put servir à l'achat de la propriété. C'est ainsi qu'ils avaient acquis le cottage, et jamais, pas une seule minute, Alix n'avait regretté leur choix. Les domestiques, il est vrai, ne se bousculaient pas pour tâter aux joies de la solitude bucolique — et, pour l'instant, ils n'en avaient pas encore —, mais Alix, qui aspirait depuis longtemps à une vraie vie de famille, prenait un immense plaisir à préparer de bons petits plats et à tenir son ménage.

Le soin du jardin, plein de fleurs, était confié à un ancien du village qui venait deux fois par semaine.

Tournant le coin de la maison, Alix aperçut avec étonnement le vieux jardinier occupé à biner une plate-bande. Normalement, il venait le lundi et le vendredi. On était mercredi.

— Tiens, George, qu'est-ce que vous faites là ? demanda-t-elle en s'approchant.

Le vieil homme se redressa avec un sourire, touchant du doigt la visière d'une casquette usée.

— J'ai bien pensé qu'vous s'riez surprise, m'dame. Mais voilà, vendredi, y a comme qui dirait une fête chez not' châtelain. Et je me suis dit comme ça que m'sieur Martin et sa gentille dame se formaliseraient pas si j'venais une fois mercredi au lieu qu'vendredi.

— Mais bien sûr, dit Alix. J'espère que vous vous amuserez beaucoup.

— J'y compte bien, répondit George avec naturel. C't'une bonne chose que d'pouvoir manger à son contentement en sachant qu'c'est pas soi qui paye. L'châtelain, il organise toujours un vrai thé, assis et tout, pour les métayers. Et je m'suis pensé, m'dame, qu'c'était pour le mieux que j'vienne vous voir pour vos idées pour mes bordures avant qu'vous partiez. N'savez pas encore quand vous s'rez d'retour, m'dame, j'suppose ?

— Mais je ne pars pas.

George la regardait avec étonnement.

— N'allez pas à Lond'es ed'main ?

— Mais non ! Qu'est-ce qui vous a mis ça dans le crâne ?

Le jardinier tournait la tête par-dessus son épaule.

— J'ai vu l'patron hier au village. Il m'a dit comme ça qu'vous alliez à Lond'es tous les deux d'main. Et il était pas sûr quand c'est qu'vous rentreriez.

— Sottises, dit Alix en riant. Je suis persuadée que vous l'avez mal compris.

Mais, en même temps, elle se demandait ce que Gerald avait bien pu dire au vieil homme pour lui emmêler à ce point les idées.

Aller à Londres ? Mais elle voulait ne jamais retourner à Londres !

— Je déteste Londres, lâcha-t-elle d'un coup, d'une voix âpre.

Rien n'entamait la placidité de George.

— Ben, faut croire que j'me suis trompé. Et pourtant, c'est ben c'qu'il m'a dit, j'crois ben. Mais j'suis ben content qu'vous restiez ici. J'aime pas trop tous ces ça va ça vient. Et Lond'es, j'en pense rien d'bon. Jamais j'ai eu envie d'y aller. Trop d'bagnoles. C'est ça l'ennui, d'nos jours. Dès qu'les gens ont une bagnole, c'est encore un coup d'chance s'ils peuvent rester cinq minutes queuqu'part. T'nez, m'sieur Ames, l'ancien propriétaire comme qui dirait, eh ben, c'tait un brave homme, tout ce qu'il y a d'calme, avant qu'il achète un d'ces sacrés engins. L'avait pas ach'té d'puis un mois que v'là-t-il pas qu'il s'met à vendre la maison. Et notez ben qu'il en avait pourtant sorti une pincée, rien qu'avec les robinets dans toutes les pièces, et l'électricité et tout l'tintouin. Vous récupérerez jamais vot'e argent, que j'lui ai dit. Mais si, qu'il m'a fait, j'vais récupérer les deux mille livres qu'j'ai mis dans c'te maison. Et, pour sûr, il les a récupérées.

— Il a eu trois mille livres, sourit Alix.

— Deux mille, répéta George. Au moment, on en a causé, d'la somme qu'il voulait.

— Il s'agissait de trois mille livres, dit Alix.

George n'était pas convaincu.

— Les dames, elles comprennent jamais rien aux chiffres. Me f'rez pas croire que m'sieur Ames a eu l'sacré culot, présent d'vant vous, d'vous d'mander à haute voix trois mille livres.

— Ce n'est pas à moi qu'il les a demandées. C'est à mon mari.

Penché à nouveau sur sa plate-bande, George s'obstina.

— L'prix, c'tait ben deux mille livres.

Il était inutile de continuer. Elle s'en fut cueillir une brassée de fleurs un peu plus loin.

Alors qu'elle s'en retournait vers la maison, avec un bouquet qui embaumait, elle distingua soudain, pointant d'entre les feuilles, une sorte de petit objet vert foncé. Elle s'arrêta pour le ramasser, et reconnut l'agenda de son mari.

Elle l'ouvrit, et s'amusa de ce qu'elle y lisait.

Elle avait compris, très peu de temps après leur

mariage, que Gerald, en apparence émotif, voire impulsif, cultivait l'ordre et la ponctualité comme des vertus. Il tenait absolument à ce que les repas soient servis à l'heure, et minutait son emploi du temps avec la précision d'un horaire de chemin de fer.

Ainsi, à la date du 14 mai, il avait noté : « 14 h 30. Mariage avec Alix à Saint-Pierre. »

— Quel grand fou, sourit-elle.

Elle continuait de tourner les pages.

— Mercredi 18 juin... Mais c'est aujourd'hui...

De son écriture nette et régulière, il s'était contenté d'écrire « 21 heures ». Curieux. Qu'avait-il donc prévu pour 21 heures ? Elle se moqua d'elle-même. Dans les romans qu'elle aimait à lire, la découverte de l'agenda l'aurait sans aucun doute mise sur la piste d'un inavouable secret, le nom d'une autre femme, par exemple. Elle feuilletait au hasard, et découvrait des rendez-vous, des engagements professionnels, des indications codées sur des affaires en cours. Mais pas d'autre nom de femme que le sien.

Elle glissa l'agenda dans sa poche et rapporta les fleurs à la maison. Pourtant, elle ressentait comme un vague malaise. Il lui semblait entendre de nouveau Dick Windyford, comme s'il lui parlait à l'oreille : « *Cet homme est un parfait inconnu pour vous. Vous ne savez rien de lui...* »

Vrai. Que savait-elle de lui ? Après tout, Gerald avait quarante ans. Impossible qu'il n'y ait pas eu d'autres femmes dans sa vie.

Elle se reprocha cette pensée. Il y avait plus urgent. Que devait-elle dire à son mari du coup de téléphone de Dick Windyford ?

Gerald pouvait l'avoir déjà croisé au village. Il en parlerait sûrement dès son retour, et elle n'aurait plus à s'en soucier. Mais sinon ?... Au fond, Alix n'avait aucune envie de parler à son mari de l'appel de Dick Windyford.

Si elle y faisait allusion, Gerald suggérerait sûrement de l'inviter au cottage. Il faudrait alors qu'elle explique que Dick avait voulu venir et qu'elle avait inventé un prétexte pour l'en empêcher. Et elle ne trouverait rien à répondre si son mari demandait pourquoi. Pas question de raconter son cauchemar. Gerald se moquerait. Ou, pis, il penserait qu'elle attachait encore de l'importance à ce qui n'en avait plus.

Avec une certaine honte, Alix opta enfin pour la solution du silence. Pour la première fois, elle cacherait quelque chose à son mari. Mais cela la mettait mal à l'aise.

Gerald revint du village peu avant le déjeuner. Elle se précipita à la cuisine et s'agita devant ses fourneaux pour cacher sa confusion.

Tout de suite, il fut évident qu'il n'était pas tombé sur Dick Windyford. Elle en fut soulagée, et embarrassée, dans le même temps, de n'avoir plus d'autre solution que la dissimulation.

C'est le soir seulement qu'elle se souvint de l'agenda. Ils avaient dîné simplement, et, installés dans le salon lambrissé de chêne, ils avaient laissé les fenêtres ouvertes pour profiter d'une nuit qui sentait la violette et la marguerite.

— Tu t'en sers pour arroser les fleurs, maintenant ?

Elle lui lança le petit carnet sur les genoux.

— Je l'ai perdu dans le jardin ?

— Oui. Et, maintenant, je connais tous tes secrets.

— Je plaide non coupable, dit Gerald avec gravité.

— Et qu'est-ce qui est prévu pour 21 heures ce soir ?

— Oh ! ça...

Gerald arborait la mine sournoise d'un enfant surpris à dérober des confitures. Mais, l'instant d'après, il souriait, comme à une très bonne plaisanterie.

— J'ai un rendez-vous avec une très jolie fille, Alix. Brune. Yeux bleus. Tout à fait ton genre...

— Tu te payes ma tête, et tu détournes la question, répondit-elle avec une feinte sévérité.

— Pas du tout. C'est pour me rappeler que j'ai des négatifs à tirer ce soir, et que je veux que tu m'aides.

Gerald était un photographe enragé. Sa chambre noire était, de longtemps, passée de mode, mais l'objectif était remarquable. Il avait transformé une petite cave en laboratoire pour y développer ses plaques.

— Et c'est pour 21 heures pétantes, se moqua Alix.

Gerald prit un air offensé, et il dit, un tant soit peu irrité :

— Mon bébé chéri, il faut toujours programmer une heure précise pour chaque chose. C'est la meilleure façon de faire ce que l'on a à faire.

Alix se tut. Son mari fumait paisiblement, renversé dans son fauteuil. Elle détaillait son visage glabre, ses traits nets qui se dessinaient dans la pénombre. Soudain, du plus profond d'elle-même, elle se sentit submergée par un flot de panique. Elle en criait presque :

— Oh ! Gerald, je voudrais tant mieux te connaître !...

Il la dévisagea, étonné :

— Mais je t'ai tout dit... Mon enfance dans le Northumberland... Puis l'Afrique du Sud... Et les dix années que j'ai passées au Canada pour tâcher de faire fortune.

— Ça, c'est seulement ta carrière, dit-elle, amère.

Gerald eut un petit rire :

— Je vois... Ma vie sentimentale... Décidément, les femmes sont toutes les mêmes. Vous ne pensez qu'à ça !...

Alix avait la gorge sèche. Elle siffla :

— Eh bien... Tu as certainement eu des aventures...

Gerald, les sourcils froncés, ne disait rien. La perplexité accentuait ses rides. Puis il interrogea, sans la moindre trace d'ironie :

— Tu me fais le coup de la chambre de Barbe-Bleue ? Est-ce bien utile ?... Bien sûr qu'il y a eu des femmes dans ma vie. Je ne le nie pas. Mais je peux te jurer qu'aucune d'elles n'a eu la moindre importance.

Sa voix avait un accent de sincérité qui la rassura.

— Ça te va, Alix ? demanda-t-il, souriant et inquisiteur à la fois.

Puis, plus curieux encore :

— Et pourquoi toutes ces questions, ce soir ?

Alix se leva. Elle allait de long en large :

— Je ne sais pas. J'ai été sur les nerfs toute la sainte journée.

— Ça, ce n'est pas ton style, dit Gerald à mi-voix. C'est vraiment anormal.

— Qu'est-ce qui n'est pas mon style ?

— Allons, ça suffit, mon cher bébé. En général, tu es si calme, si paisible...

Alix se contraignait à sourire :

— Aujourd'hui, tout s'est ligué contre moi, reconnut-elle. Jusqu'au vieux George qui soutenait mordicus que, soi-disant, tu lui aurais dit que nous partions pour Londres.

— Tu l'as vu quand ? coupa Gerald.

— Il est venu ce matin, à la place de vendredi.

— Ah !... L'imbécile !...

Alix regardait son mari avec stupéfaction. La colère déformait ses traits. Elle ne l'avait jamais vu aussi furieux. Mais il fit un effort pour reprendre contenance :

— Vraiment, quel vieux schnock !...

— Mais qu'est-ce qui a pu lui faire croire ?...

— Pas la moindre idée !... Je ne vois pas ce que j'aurais bien pu dire. Ah ! si, je me souviens. J'ai fait une plaisanterie idiote, du genre : « Demain, à Londres, à l'aurore aux doigts de rose »... Je suppose qu'il l'a prise au pied de la lettre. Ou bien qu'il a compris de travers. Tu l'as détrompé, naturellement ?

— Tu le connais, dit-elle pour apaiser son anxiété. Il n'est pas du genre à démordre d'une idée. Enfin, quand il en a une...

Mais elle lui parla cependant de l'entêtement du jardinier sur le prix du cottage.

— Ames voulait deux mille livres comptant, et les mille restant en hypothèque, expliqua Gerald après un long silence. C'est pour cela qu'il a confondu, j'imagine.

— Mais bien sûr, dit Alix.

Et elle pointa vers la pendule un doigt malicieux :

— Descendons à la cave, Gerald ! Cinq minutes de retard !...

Son mari arbora un étrange sourire :

— J'ai changé d'avis. Les photos peuvent attendre.

Qui peut savoir ce que pense une femme ?

En se couchant, ce mercredi, Alix avait retrouvé la

paix et la sérénité, et se sentait aussi heureuse qu'auparavant. Mais, dès le lendemain soir, elle comprit que le doute la taraudait. Dick Windyford n'avait pas rappelé. Elle entrevoyait cependant son influence. Ses mots lui revenaient en mémoire : « *Cet homme est un parfait inconnu pour vous. Vous ne savez rien de lui.* » Et, au même instant, comme si son cerveau avait enregistré la scène, elle revoyait Gerald, glacial dans son emportement : « Tu me fais le coup de la chambre de Barbe-Bleue ? Est-ce bien utile ? » Pourquoi, grands dieux, avait-il bien pu dire cela ?

A y bien réfléchir, elle y voyait comme un avertissement. Une menace, même. Tout comme s'il avait insinué : « Alix, mieux vaut ne pas fouiller dans mon passé. Tu pourrais avoir de mauvaises surprises. »

Le vendredi matin, Alix s'était convaincue qu'il y avait une autre femme dans la vie de son mari. D'où l'allusion à Barbe-Bleue. Eveillée, sa jalousie latente se déchaînait.

C'était certainement avec une femme qu'il avait eu rendez-vous mercredi à 21 heures. Et les questions insistantes qu'elle avait posées l'avaient poussé à inventer le mensonge des plaques à développer.

Trois jours auparavant, elle aurait juré à qui voulait l'entendre qu'elle connaissait Gerald de A jusqu'à Z. Il lui apparaissait maintenant qu'elle ne savait rien de lui. Elle se souvenait de sa colère idiote contre le vieux George, tellement en contradiction avec sa bonne humeur coutumière. Ce n'était rien, bien sûr, mais cela démontrait que bien des côtés de son mari lui demeuraient inconnus.

Le vendredi était traditionnellement le jour de petites courses au village. C'est pourquoi, l'après-midi, Alix proposa de s'y rendre seule, cependant que Gerald pourrait profiter du jardin. A sa grande surprise, il repoussa tout net cette suggestion et insista pour y aller lui-même, tandis qu'elle resterait à la maison. Alix céda, contrainte et forcée, mais son insistance l'inquiéta. Pourquoi voulait-il l'empêcher d'aller au village ?

L'explication s'imposa toute seule. Gerald n'en

avait pas soufflé mot, mais il avait rencontré Dick Windyford. Si sa jalousie à elle, endormie par leur mariage, s'était soudain réveillée, il en allait sans doute de même pour lui. Il voulait évidemment lui interdire de revoir Dick Windyford. C'était une bonne explication. Elle collait à la situation. L'esprit troublé d'Alix l'adopta sans hésiter.

Le moment du thé passa sans que son calme ne lui revienne. Depuis le départ de Gerald, elle luttait contre la tentation. Soudain, elle imagina, pour endormir ses scrupules, le prétexte que le premier étage avait bien besoin d'un bon coup de ménage, et elle monta dans le cabinet de toilette de son mari. Dans sa main, un chiffon à poussière complétait son personnage d'épouse soigneuse.

— Si je savais..., se répétait-elle. Si seulement je pouvais savoir...

Elle se disait, sans se convaincre, qu'il avait à coup sûr détruit tout ce qu'il aurait pu garder d'un tant soit peu compromettant. Mais elle croyait savoir que les hommes, ces sentimentaux, conservent parfois, contre toute raison, d'encombrants vestiges de leur passé.

La tentation l'emporta. Les joues enfiévrées par la honte, le souffle court, elle brassa des monceaux de lettres et de documents, visita coins et recoins, et alla jusqu'à retourner les poches des vêtements de son mari. Mais deux tiroirs résistaient à sa fouille : celui du bas de la commode, et le petit du bureau, à droite. Tous deux étaient fermés à double tour. Alix, sans vergogne, se persuada qu'elle y trouverait la trace de la femme imaginaire qui l'obsédait.

Gerald, sans y penser, avait laissé son trousseau sur le buffet, au rez-de-chaussée. Elle s'en empara et essaya les clefs, l'une après l'autre. La troisième ouvrait le tiroir du bureau. Alix s'y jeta. Il ne contenait qu'un chéquier, un portefeuille bourré de billets, et, tout au fond, un paquet de lettres noué d'un ruban.

Elle défit la faveur, haletante. Rouge de confusion, elle remit sur-le-champ le paquet à sa place, et referma le tiroir : elle venait de reconnaître les lettres qu'elle avait écrites à Gerald avant leur mariage.

Par acquit de conscience, pour ainsi dire, elle s'attaqua à la commode. A sa désagréable surprise, rien dans le trousseau n'ouvrait la serrure qui résistait. Sans se laisser abattre, elle fit le tour de la maison et s'empara de toutes les clefs qu'elle put trouver. Pour sa plus grande satisfaction, celle de la penderie de la chambre d'amis faisait jouer le pêne. Elle ouvrit le tiroir en grand. Il était vide, à part une pile de coupures de presse maculées et jaunies.

Elle soupira de soulagement. Mais elle ne leur en accorda pas moins un coup d'œil, soucieuse de savoir ce qui avait pu intéresser Gerald au point qu'il prenne la peine de conserver ces paperasses pleines de poussière.

Presque toutes provenaient de journaux américains et dataient de quelque sept ans. Elles avaient trait au procès de Charles Lemaître, un escroc au mariage qui avait défrayé la chronique. On avait accusé Lemaître de se débarrasser des femmes qu'il dupait. Un squelette avait même été découvert sous le plancher d'une maison dont il était le locataire, et nul n'avait plus jamais entendu parler de la plupart de ses « épouses ».

Il avait combattu ses différentes inculpations avec une habileté redoutable, et l'aide d'un des ténors du barreau des Etats-Unis. Dans son cas, il aurait fallu que le tribunal puisse prononcer un de ces jugements à base de « non démontré », qui font tout le charme de la procédure pénale écossaise. A défaut, acquitté du chef d'accusation d'assassinat, il avait été cependant condamné à une lourde peine de prison pour tous les autres motifs retenus contre lui.

Alix se souvenait maintenant du bruit qu'avait fait le procès de Lemaître et, trois ans plus tard, de sa sensationnelle évasion.

Il courait encore.

Les journaux britanniques avaient consacré des colonnes entières à l'étrange personnalité de cet homme et au magnétisme irrésistible qu'il exerçait sur les femmes. Ils avaient longuement rendu compte de ses protestations d'innocence passionnées, et de la manière qu'il avait eue de mettre la Cour tout entière, juge, jury et procureur, en émoi. Et aussi de ses malaises inopinés. Certains journalistes, en mal de copie, les avaient attribués à ses talents de comédien, alors qu'ils manifestaient la faiblesse d'un cœur fragile.

Il y avait un cliché de Lemaître sur l'une des coupures. Alix détailla, sans pouvoir en détacher ses yeux, sa physionomie typique d'intellectuel à collier de barbe.

Elle fut longue à comprendre qu'elle n'y prêtait attention que parce que c'était le visage de Gerald lui-même. Tout au moins dans le regard et la courbe des sourcils. Elle aurait pu croire que son mari n'avait conservé cette photo qu'à cause de la ressemblance, si elle n'avait pas lu l'article qu'elle illustrait : selon l'accusation, Lemaître avait noté dans son agenda les dates correspondant à la disparition de ses présumées victimes. Mieux encore, dans son témoignage, une jeune femme avait signalé que Lemaître avait comme signe distinctif un grain de beauté au poignet gauche, à la lisière de la paume de la main. Alix laissa échapper le morceau de papier. Elle vacillait. *Le poignet gauche de son mari, à la lisière de la paume, était marqué d'une mince cicatrice.* Sa tête se mit à tourner.

Bien plus tard, elle se demanda pourquoi elle avait eu aussitôt la certitude que Charles Lemaître et Gerald Martin ne faisaient qu'un seul et même homme. En un éclair, elle l'avait compris et assumé. Son cerveau bouleversé avait assemblé d'un seul coup tous les morceaux du puzzle.

La maison, par exemple, n'avait été payée qu'avec son argent à elle. Plus exactement, avec les bons au porteur dont elle avait confié la gestion à son mari. Et son cauchemar prenait tout son sens. Au plus profond de son inconscient, elle avait toujours eu peur de Gerald Martin, et elle n'avait jamais cessé de vouloir échapper à son emprise. Et c'était à Dick Windyford qu'elle demandait inconsciemment de l'aide. La vérité était ainsi plus facile à accepter, sans l'ombre d'un doute ni d'une hésitation : Lemaître l'avait choisie comme prochaine victime. Très prochaine, peut-être.

Alix fut secouée comme par un sanglot. Elle se

souvenait : *mercredi, 21 heures*... La cave dont les dalles étaient si simples à soulever !... Une fois déjà, il avait dissimulé un cadavre dans un cellier. Et il avait tout prévu pour la soirée du mercredi. Dans sa logique de dément, le meurtre avait été inscrit par avance : pour Gerald, si méthodique, un rendez-vous avec la mort n'était qu'un engagement comme un autre.

Mais pourquoi l'avait-il épargnée ? L'avait-il vraiment épargnée ? A la dernière minute, il s'était retenu de passer à l'acte. Elle en comprit soudain le motif. *C'était à cause du vieux George !*

La colère irrépressible de son mari s'expliquait. Il avait essayé de préparer le terrain en racontant à tout un chacun qu'ils partaient pour la capitale le lendemain. Mais George, sans le savoir, avait déjoué ses plans en venant travailler à l'improviste. Il avait parlé de cette histoire de Londres, et elle s'en était étonnée. La liquider cette nuit même aurait été courir un trop gros risque, si jamais il avait pris fantaisie à George de répéter leur conversation.

Drôle de planche de salut ! Pour un peu, jamais elle n'aurait fait allusion au brave jardinier... Elle frissonna.

Il n'y avait pas une seconde à perdre. Il fallait qu'elle parte, tout de suite, avant que Gerald ne revienne. Elle remit le paquet de coupures dans le tiroir, le repoussa et le ferma à clef.

Le craquement caractéristique de la barrière la figea comme une statue de sel. *Son mari était revenu.*

Pétrifiée un instant, elle se glissa sur la pointe des pieds jusqu'à la fenêtre, pour observer à l'abri des rideaux.

C'était bien lui. Souriant, il fredonnait. Elle crut que son cœur allait cesser de battre à la vue de l'objet qu'il brandissait : une bêche flambant neuve.

Elle sut, d'instinct, *qu'il allait la tuer le soir même.*

Il lui restait une chance. Gerald, sans cesser de chantonner, faisait le tour de la maison. Elle descendit l'escalier quatre à quatre et se rua dehors. Mais à la sortie de la maison, elle se trouva face à face avec lui.

— Eh bien ! Où cavales-tu comme ça ? demanda-t-il.

Affecter son calme coutumier exigea un dur effort. Elle avait laissé passer sa chance pour l'instant, mais elle pourrait la retrouver si elle parvenait à ne pas éveiller sa suspicion. Et, même maintenant, si...

— Je vais faire un tour jusqu'au bout du chemin, et je reviens...

A ses propres oreilles, sa voix sonnait faux.

— Parfait, dit Gerald. Je t'accompagne.

— Non, Gerald, s'il te plaît. Pas ce soir. J'ai mes nerfs... La migraine... Je préfère être seule.

Il la regardait avec attention. Le soupçon voilait son regard.

— Qu'est-ce qui se passe, Alix ? Tu es pâle, et tu trembles.

— Ce n'est rien, répondit-elle avec une feinte sécheresse.

Puis, plus amène :

— J'ai la migraine, rien de plus. Quelques pas me feront du bien.

— Je refuse que tu refuses ma compagnie, répliqua-t-il dans un rire bon garçon. Et je viens avec toi, un point c'est tout.

Elle n'osait pas insister. S'il devinait quoi que ce soit...

Elle lutta pour recomposer son visage. Elle avait pourtant le sentiment désagréable qu'il la guignait à la dérobée, intrigué, comme si la méfiance le vrillait encore.

A leur retour, plus mari attentionné que jamais, il voulut à toute force qu'elle s'allonge et lui baigna les tempes à l'eau de Cologne. Alix se sentait à sa merci, pieds et poings liés, comme piégée.

Il la suivait à la trace, l'accompagnant jusque dans la cuisine pour l'aider à emporter dans la salle à manger le dîner froid qu'elle avait préparé. Le repas fut une torture. Elle se contraignait cependant à faire honneur à chaque plat, et à paraître gaie et naturelle. Elle jouait sa vie, maintenant. Elle était seule, à la merci de cet homme, à des kilomètres de tout secours. Il lui restait une chance, endormir sa vigilance afin qu'il la laisse, ne serait-ce qu'une minute, pour qu'elle puisse se précipiter dans l'entrée et téléphoner pour appeler à l'aide. Il n'y avait pas d'autre espérance.

Elle conçut un vague espoir. Gerald, une fois déjà, avait été contraint de changer ses batteries. Et si elle lui disait que Dick Windyford allait leur rendre visite ce soir ? Les mots s'arrêtèrent sur ses lèvres. Elle renonça. Gerald n'était pas homme à accepter que ses plans soient à nouveau contrariés. Elle discernait en lui, sous ses abords bonhommes, une détermination et une assurance qui l'affolaient. Si elle parlait de Dick, elle ne ferait que précipiter le cours des choses. Gerald la tuerait sur-le-champ, puis, froidement, il téléphonerait à Dick Windyford pour prétexter un départ impromptu. Ah ! si seulement Dick était venu ce soir... Si Dick...

Une idée lui vint. Du coin de l'œil, elle guettait son mari, de crainte qu'il ne lût dans ses pensées. Le courage lui revenait pendant qu'elle élaborait son stratagème. Elle s'étonna d'avoir recouvré si vite tout son naturel.

Elle fit du café et le servit sous le porche où ils aimaient à s'installer quand la soirée s'annonçait belle.

— A propos, dit soudain Gerald, nous ferons ces tirages tout à l'heure.

Un frisson parcourut l'échine d'Alix, mais elle parvint à jouer l'indolence :

— Tu as vraiment besoin de moi ? Je me sens lasse, ce soir.

— Il n'y en aura pas pour longtemps, sourit-il. Et je te promets qu'après, tu ne sentiras plus ta fatigue.

Il s'amusait de son propos. Alix frémit. C'était le moment ou jamais de mettre ses idées à exécution.

Elle se leva :

— Je vais téléphoner au boucher. Ne bouge pas.

— Au boucher ? A cette heure-ci ?

— Le magasin est fermé, bien sûr, gros bêta. Mais il est chez lui. Demain c'est samedi, et je veux réserver des côtes de veau avant qu'il ne soit dévalisé. C'est un ange, et il ne me refuse rien.

Elle rentra rapidement dans la maison, tirant le battant derrière elle.

— Ne ferme pas la porte ! cria Gerald.

Elle répliqua vivement :

— C'est à cause des papillons de nuit. Je les déteste. Idiot ! Tu as peur que je fasse du gringue au boucher ?...

Elle s'empara du combiné et donna à la demoiselle des Postes le numéro du *Travellers Arms*. On lui passa immédiatement la communication :

— Mr Windyford ? Il est encore là ? Puis-je lui dire un mot ?

Son cœur battait la chamade. Gerald venait d'entrer. Elle bouda :

— Ne reste pas là à m'espionner, Gerald. J'ai horreur de ça.

Il eut un petit rire en s'étalant dans un fauteuil. Puis, malicieux :

— Tu es bien sûre que c'est le boucher que tu appelles ?

Alix fut frappée de désespoir. Son plan s'écroulait. Dans un instant, Dick serait au bout du fil. Tenter le tout pour le tout et crier au secours ?

Nerveusement, son doigt pressait, puis relâchait, à la base du combiné, le bouton qui interrompt à volonté la transmission de la voix. Une idée nouvelle lui passa par l'esprit.

Elle en voyait toutes les difficultés. Il lui faudrait garder la tête froide, choisir ses mots avec soin, sans s'autoriser la moindre erreur.

« Je peux y arriver, pensa-t-elle. Je *dois* y arriver. »

La voix de Dick résonna dans l'appareil. Elle respira profondément puis appuya fermement sur le bouton :

— *Bonsoir. C'est Mme Martin, du cottage Philomèle. Venez s'il vous plaît* (elle lâcha le bouton) demain matin avec six belles côtes de veau. (Elle appuya sur le bouton à nouveau :) *Oui, c'est très important.* (Elle relâcha le bouton encore une fois :) Merci beaucoup, Mr Hexworthy. Pardonnez-moi de vous avoir appelé si tard mais, pour mon déjeuner, ces côtes de veau sont (elle pressa le bouton) *une question de vie et de mort.* (Elle relâcha le bouton.)

Parfait. Demain matin (elle appuya pour la dernière fois), *le plus tôt possible.*

Elle raccrocha le combiné. Son cœur cognait à tout rompre. Elle se retourna vers son mari.

— Tu parles toujours au boucher de cette façon ? demanda Gerald.

— C'est mon côté féminin, j'imagine, répondit-elle, mutine.

Dans son énervement, elle tremblait presque. Il n'y avait vu que du feu. Même s'il n'avait pas tout compris, Dick allait venir.

Elle entra dans le salon et alluma la lumière. Gerald l'y suivit.

— Tu as l'air en bien meilleure forme, maintenant.

— Oui, dit Alix. Ma migraine est finie.

Elle prit son fauteuil habituel et sourit à son mari qui s'installait face à elle. Elle était sauvée. Il était 20 h 25. Dick serait là bien avant 21 heures.

— Je n'ai pas aimé le café, laissa tomber Gerald. Je l'ai trouvé franchement amer.

— J'ai essayé une nouvelle marque. Mais je n'y reviendrai pas si ça ne te plaît pas, chéri.

Alix prit son ouvrage et commença de tirer l'aiguille. Gerald n'avait parcouru que quelques pages de son livre quand il le reposa :

— 8 heures et demie. Il est temps de descendre à la cave. Et au travail !

Les doigts d'Alix laissèrent échapper son étoffe :

— Oh ! pas tout de suite. Attendons 9 heures.

— Non, mon bébé. 8 heures et demie. C'est ce que j'ai décidé. Comme cela, tu pourras aller te coucher plus tôt.

— Je voudrais bien attendre 9 heures !

— Tu sais que quand j'ai choisi un horaire, je m'y tiens. Allez, viens, Alix. Je ne veux pas perdre une minute de plus.

Elle le regarda et, malgré elle, la terreur l'envahit. Gerald avait tombé le masque. Les yeux luisants, il se tordait les mains. Sa langue parcourait sans arrêt ses lèvres sèches. Il ne prenait plus la peine de cacher son excitation.

« Il dit vrai, pensa-t-elle. *Il ne veut pas perdre une minute.* Il est comme fou. »

— Viens, mon bébé. Ou bien alors je t'emporte sur mon dos.

La voix était gaie. Elle n'en soulignait que davantage une férocité quasi bestiale. Alix fit un effort suprême pour s'arracher à son étreinte et s'appuya contre le mur. Elle se sentait sans force. Elle ne pouvait plus s'échapper... Elle ne pouvait plus rien faire... Il approchait d'elle :

— Maintenant, Alix...

— Non !... non ! hurla-t-elle, essayant de se protéger de la main. Arrête, Gerald. Je dois te dire quelque chose. Te le confesser, plutôt.

Il cessa d'avancer, intéressé :

— Confesser ?

— Oui, confesser.

Elle avait choisi le mot au hasard, et elle poursuivait, en désespérée, dans l'espoir de continuer à retenir son attention.

Il eut un regard de mépris :

— Un amant, sans doute, ricana-t-il.

— Non, dit Alix. C'est autre chose. Je pense que tu appellerais ça... Oui. Un crime. C'est ça.

Elle avait frappé juste. Maîtresse de la situation, elle le tenait en haleine. Elle reprit courage.

— Tu ferais mieux de t'asseoir, conseilla-t-elle calmement.

Elle reprit son fauteuil, se baissant pour ramasser son ouvrage. Malgré son sang-froid, elle cherchait avec fièvre quelle histoire inventer pour tenir jusqu'à l'arrivée du secours.

— Je t'ai dit que j'avais été sténodactylo pendant quinze ans, commença-t-elle. Ce n'est pas tout à fait vrai. Il y a eu deux interruptions. La première fois, j'avais vingt-deux ans. J'ai rencontré un homme, assez âgé, avec un peu de fortune. Il est tombé amoureux de moi et il m'a demandé de l'épouser. J'ai accepté. Nous nous sommes mariés.

Elle marqua un temps d'arrêt :

— J'ai réussi à le convaincre de souscrire une assurance-vie à mon profit.

Gerald paraissait de plus en plus fasciné par ses propos. Elle poursuivit, plus sûre d'elle :

— Pendant la guerre, j'avais travaillé comme auxiliaire dans la pharmacie d'un hôpital. Et j'avais la charge de toutes sortes de produits dangereux et de toxiques.

Elle s'arrêta, songeuse. Gerald était suspendu à ses lèvres : rien de tel qu'une histoire de meurtre pour passionner un meurtrier. Elle avait parié là-dessus et elle avait gagné. La pendule marquait moins 25.

— J'ai manipulé un poison... Une très fine poudre blanche. Une pincée, et c'est la mort. Tu as des notions de toxicologie, peut-être ?... s'inquiéta-t-elle.

S'il était expert, il faudrait jouer la prudence.

— Non, dit Gerald. Pas grand-chose.

Elle soupira de soulagement.

— Tu as entendu parler de la scopolamine, naturellement. Le poison dont je te parle a exactement les mêmes effets. Mais les analyses les plus poussées ne révèlent rien. Le médecin conclut, à tous les coups, à une mort par arrêt cardiaque. A l'hôpital, j'avais volé un peu de ce poison. Et je l'avais conservé.

Elle marqua une pause pour rassembler ses forces.

— Continue, la pressa Gerald.

— Non. J'ai trop peur. Je ne veux plus rien dire. Plus tard...

Il s'impatienta :

— Tout de suite. Je veux savoir.

— Nous sommes restés mariés un mois. J'étais une très bonne épouse pour mon vieux mari, tendre et dévouée. Il chantait mes louanges dans tout le voisinage. Tout le monde savait que j'étais aux petits soins. C'était vrai. Tous les soirs, par exemple, je lui faisais du café. Un soir, nous étions seuls, j'ai mis un peu de l'alcaloïde mortel dans sa tasse...

Elle s'arrêta pour renfiler son aiguille. Jamais de sa vie elle n'était montée sur les planches mais, ce soir, dans son rôle d'empoisonneuse à tête froide, elle en aurait remontré à toutes les stars d'Hollywood réunies.

— Ça a marché comme sur des roulettes. Je le regardais. Il a été pris de malaise. Une espèce de hoquet. Il a demandé de l'air. J'ai ouvert la fenêtre.

Et puis il m'a dit qu'il était paralysé. *Et il a fini par mourir.*

Elle souriait. Moins le quart. Ils seraient là bientôt.

— L'assurance-vie, demanda Gerald. Combien ?

— Deux mille livres, à peu près. J'ai voulu jouer en Bourse, et j'ai tout perdu. Alors j'ai repris mon travail au bureau, avec l'intention de ne pas y rester longtemps. Puis j'ai rencontré un autre homme. Je ne lui ai pas dit que j'avais déjà été mariée. Il était jeune, plutôt beau gosse, et il était à l'aise lui aussi. Nous avons eu un mariage dans l'intimité, quelque part dans le Sussex. Lui, il n'a pas voulu prendre d'assurance-vie. Mais, comme un vrai gentilhomme, il s'est rendu chez le notaire pour me léguer tous ses biens par testament. Tout comme mon premier mari, il aimait bien que je prépare moi-même son café.

Pensive, elle sourit, et poursuivit :

— Je fais très bien le café...

Elle reprit le cours de son récit :

— Nous n'avions que des amis dans notre village. La mort brutale de mon cher époux, par arrêt du cœur, un soir après dîner, leur a fait beaucoup de peine à tous. Mais je me suis méfiée du docteur. Je ne pense pas qu'il m'ait jamais soupçonnée, mais ce décès si soudain ne lui paraissait pas naturel. Après, je ne sais pas pourquoi, je suis retournée de nouveau au bureau. L'habitude, sans doute. Mon second mari laissait quatre mille livres. Cette fois, je n'ai pas essayé de spéculer. Je les ai sagement placées. Et tu vois, maintenant...

Le visage de Gerald s'empourprait. Il suffoquait. Il pointait vers elle une main accusatrice :

— Le café. Bon Dieu !... Le café...

Elle ne le lâchait pas des yeux.

— Je comprends maintenant pourquoi le café était si amer !... Salope !... Tu m'as refait le même coup !...

Les mains agrippées aux bras du fauteuil, il se préparait à lui sauter à la gorge :

— Tu m'as empoisonné.

Alix recula jusqu'à la cheminée. Dans sa panique, elle s'apprêtait à lui avouer son mensonge. Mais non.

…is un instant, il l'attaquerait. Elle rassembla ses forces et le fixa, les yeux dans les yeux :

— Oui. Je t'ai empoisonné. Tu vois, ce sont les premiers symptômes. Tu ne peux déjà plus bouger de ton fauteuil. La paralysie...

Il fallait qu'elle le tienne encore, quelques minutes seulement.

— *Tu es paralysé,* répéta-t-elle.

Et puis elle entendit des pas sur le chemin. La barrière qui grinçait. On ouvrait la porte. Elle dit une fois encore :

— Tu es paralysé.

Puis elle s'enfuit en courant pour tomber, quasiment évanouie, dans les bras de Dick Windyford.

— Bon Dieu ! Alix ! criait-il.

Il ordonna à son compagnon, un policier en uniforme à la stature impressionnante :

— Fouillez cette pièce !

Avec une infinie tendresse, Dick étendit Alix sur un canapé et se pencha sur elle :

— Ma douce, murmura-t-il, ma très douce. Qu'est-ce qu'on vous a fait ?...

Elle ouvrit les yeux et trouva le courage de balbutier son prénom. Mais le policier tirait la manche de Dick :

— Je n'ai rien trouvé, monsieur. Juste un homme dans un fauteuil. On dirait qu'on lui a vraiment fichu les jetons et...

— Et alors ?...

— Et qu'il en est mort, monsieur.

La voix d'Alix les surprit. Elle semblait venir du fin fond d'un cauchemar. Mais la jeune femme avait les yeux grands ouverts :

— *Et il a fini par mourir,* scanda-t-elle, comme si elle avait, enfin, retrouvé une citation qui lui échappait.

3

L'INCONNUE DANS LE TRAIN

« Et voilà ! » murmura George Rowland, lugubre, en jetant un coup d'œil à la façade noircie par la suie de l'immeuble dont il venait de sortir.

La bâtisse aurait pu symboliser le pouvoir de l'Argent. Et l'Argent lui-même, en la personne de William Rowland, oncle du George précité, venait tout juste d'exprimer clairement son point de vue. Il n'avait pas fallu dix minutes pour que George, jeune homme qui voyait s'ouvrir devant lui une carrière prometteuse dans les affaires, jusque-là considéré par son oncle comme la prunelle de ses yeux et tenu pour l'héritier présomptif de sa fortune, ne tombe dans la triste condition de recrue supplémentaire dans l'immense cohorte des sans-emploi.

« Avec un complet-veston comme le mien, on est fichu de me refuser l'allocation-chômage, pensa Mr Rowland avec amertume. Et je ne me vois guère écrire des poèmes et aller les brader de porte en porte pour deux pence, "à votre bon cœur, ma brave dame". Je ne suis pas assez futé pour ça. »

George, il est vrai, pouvait passer pour l'incarnation triomphale du talent de son tailleur. Il portait des vêtements dont la recherche soulignait le bon goût. La parabole des lis des champs plus richement vêtus, dans leur simplicité, que le roi Salomon n'entrait pas dans son credo. Mais l'homme ne vit pas seulement de vêtements, sauf à s'y être entraîné de longues années, et George en était douloureusement conscient.

« Et tout cela à cause de cette fichue soirée d'hier », pensa-t-il avec mélancolie.

En fait de fichue soirée, il s'était agi d'un bal à Covent Garden. George admettait qu'il en était rentré fort tard — ou très tôt le matin. La vérité exigeait de dire qu'il ne se souvenait pas le moins du monde de son retour. Rogers, le maître d'hôtel de son oncle, était de nature serviable et pourrait sans aucun doute lui glisser quelques précisions sur la question.

Un mal aux cheveux prononcé soigné d'une tasse de thé fort, et une arrivée au bureau à midi moins cinq, alors qu'il était attendu à 9 heures et demie, n'avaient fait que précipiter la catastrophe. Pendant vingt-quatre ans, Mr Rowland l'aîné, en parent plein de tact, avait fermé les yeux et payé les factures. Il avait d'un seul coup abandonné toute bienveillance et s'était montré sous un jour complètement nouveau. Les réponses incohérentes de George — le jeune homme avait encore le sentiment que l'Inquisition lui avait greffé dans le crâne un instrument de torture moyenâgeux — lui avaient causé un vif déplaisir. William Rowland haïssait les demi-mesures. En quelques mots bien sentis, il avait renvoyé son neveu vivre sa vie de par le vaste monde, puis s'était replongé dans un rapport sur des champs pétrolifères au Pérou.

George Rowland ne s'attarda pas et abandonna à son sort la City de Londres. En homme qui a les pieds sur terre, il estimait un bon déjeuner essentiel à un examen sérieux de la situation. Rassasié, il reprit le chemin de la demeure familiale. Rogers lui ouvrit la porte et, parfaitement stylé, s'abstint de manifester la moindre surprise de le voir revenir à une heure aussi peu courante.

— Bonjour, Rogers. Vous préparerez mes bagages, je vous prie.

— Bien, monsieur. Je suppose que Monsieur s'absente pour peu de temps.

— Pour toujours, Rogers. Je m'exile aux colonies cet après-midi même.

— Vraiment, monsieur ?

— Absolument. Enfin, si je trouve un bateau qui me convienne. Avez-vous quelques clartés sur le sujet, mon bon Rogers ?

— Monsieur pensait à une colonie en particulier ?

— Je n'ai pas de préjugé. N'importe laquelle fera l'affaire. Disons... l'Australie. Que pensez-vous de cette idée, Rogers ?

Rogers toussota avec discrétion.

— Si j'osais me permettre, je répondrais à Monsieur qu'à ce qu'on m'a dit, l'Australie est un pays où un homme qui ne refuse pas de travailler trouve facilement de la place.

Mr Rowland posa sur lui un regard où se mêlaient l'admiration et l'intérêt :

— Voilà qui est net, Rogers. A dire vrai, c'est ce que je pensais un peu moi-même. Je ne pars donc pas pour l'Australie. Pas aujourd'hui, en tout cas. Apportez-moi l'indicateur des chemins de fer, s'il vous plaît. Nous allons tâcher de trouver quelque chose de moins excentré.

Le maître d'hôtel rapporta sans attendre l'objet désiré. George l'ouvrit au hasard, feuilletant les pages d'un doigt preste :

— Perth ? C'est trop loin. Putney Bridge ? Vraiment trop près. Ramsgate ? J'aime mieux pas. Et Reigate ne me tente pas non plus. Mais... Voilà qui est extraordinaire !... Il existe un lieu qui porte le nom de Rowland's Castle. En avez-vous déjà entendu parler, Rogers ?

— Je crois savoir, monsieur, que l'on s'y rend par la gare de Waterloo.

— Rogers, vous êtes un être fabuleux. Rien ne vous échappe. Eh bien, va pour Rowland's Castle. Je me demande à quoi ressemble ce lieu-dit.

— Ce n'est pas bien grand, si monsieur me permet.

— Admirable !... La concurrence sera moins rude. Ces hameaux dans la campagne reculée n'ont pas tout perdu de l'âme féodale. Le dernier des Rowland y aura droit à tous les égards. Sous huit jours, ils m'éliront à la mairie.

Il fit joyeusement claquer la couverture de l'indicateur :

— Les jeux sont faits. Préparez-moi une petite valise, je vous prie, Rogers. Et puis, présentez mes compliments à la cuisinière et demandez-lui si elle me ferait la grâce de consentir au prêt de son chat. C'est ce que dit toujours Dick Wittington, vous savez : quand vous avez décidé de vous faire élire maire, il vous faut absolument être vu en compagnie d'un chat.

— Je crains, monsieur, que le chat ne soit pas disponible en ce moment.

— Que me chantez-vous là ?

— Une portée de huit chatons, monsieur. Ce matin même.

— Allons, bon !... Je croyais qu'il portait le nom de Peter ?

— C'est exact, monsieur. Nous avons tous été bien étonnés.

— Je vois... On a baptisé à la va-vite, et les apparences étaient trompeuses. Je vais donc me résigner à partir sans le moindre chat. Mes bagages tout de suite, je vous prie.

Rogers réapparut dix minutes plus tard :

— Monsieur souhaite-t-il que j'appelle un taxi ?

— Oui, Rogers, s'il vous plaît.

Le maître d'hôtel parut hésiter, puis s'avança vers le jeune homme :

— Que Monsieur me pardonne la liberté que je prends. Mais, à la place de Monsieur, je n'attacherais pas une importance exagérée à ce que Mr Rowland a pu dire ce matin. Il assistait hier au soir à l'un de ses dîners d'affaires...

— Pas un mot de plus, dit George. Je comprends.

— Et sa goutte qui le travaille...

— Je sais, je sais. Nous avons dû vous faire passer une exténuante soirée, mon bon Rogers, n'est-ce pas ? Mais, enfin, pour l'instant, je me suis engagé d'honneur à me distinguer dans le berceau même de ma lignée, à Rowland's Castle. Pas mal pour un discours, hein ?... Dès que la cuisinière mettra à son programme une fricassée de veau, envoyez-moi un télégramme, ou bien faites passer une petite annonce dans le journal local. Je serai de retour pour le dîner. Et maintenant, à Waterloo ! comme l'a dit le grand Wellington à la veille de la bataille.

Cet après-midi-là, la gare de Waterloo ne se présentait pas sous son meilleur jour. Mr Rowland finit par dénicher un train qui le conduirait à destination mais, à son grand regret, ce n'était qu'un train banal, un train sans signe particulier. Pour tout dire, un train que nul ne semblait pressé de prendre. Mr Rowland se trouva ainsi dans un compartiment de première, en tête de la rame. Le brouillard ne

paraissait pas franchement décidé [illegible]
ville. Le quai était désert et seul le [illegible]ment as[illegible]matique de la locomotive meublait le silence.

Et, soudain, on assista à une succession ahurissante d'événements.

Tout d'abord apparut une jeune fille. Elle ouvrit la portière à la volée et se précipita dans la voiture. Mr Rowland, sur le point d'entamer un somme, sursauta :

— Cachez-moi ! cria-t-elle. Je [illegible] cachez-moi !

George était d'abord [illegible] qui ne s'interrogent [illegible] sur le pourquoi des choses, qui sont prêts à mourir d'abord et à poser des questions ensuite. Dans une voiture de chemin de fer, il n'y a qu'une cachette possible : sous les banquettes. En moins de sept secondes, la jeune fille y fut enfournée, cependant que la valise de George, adroitement placée, dissimulait sa retraite. Il n'était que temps. Déjà un visage convulsé de fureur se montrait à la vitre :

— Ma nièce ! Elle est avec vous ! Je veux ma nièce !

Le souffle un peu court, George s'était enfoncé dans son coin et paraissait passionné par l'éditorial de la page sportive de son quotidien du soir.

Il prit l'air d'un homme arraché à sa réflexion pour demander avec courtoisie :

— Je vous demande pardon, monsieur ?

— Ma nièce ? Qu'est-ce que vous en avez fait ?

Adoptant sur-le-champ une politique de défense active, George passa à l'attaque :

— De quoi diable me parlez-vous ? s'emporta-t-il, dans une imitation très réussie de la brusquerie de son oncle.

Cette agressivité laissa l'autre pantois. C'était un homme corpulent, encore essoufflé par sa course. Des cheveux en brosse complétaient une moustache à la Guillaume II. Il s'était exprimé d'une voix rauque, et la raideur de son maintien dénotait davantage l'habitude du port de l'uniforme que celle du vêtement bourgeois. George partageait la méfiance [illegible] tout étranger, d'allure germanique plus particulièrement, inspire à un Britannique bien né.

— De quoi diable me parlez-vous ? gronda-t-il une seconde fois.

— Elle est montée dans cette voiture, dit l'homme. Je l'ai vue. Qu'avez-vous fait d'elle ?

[illegible] George rejeta son journal et passa tête et épaules [illegible] c'est, rugit-il. Du chantage, hein ? [illegible] trompé de cible. Il y avait un [illegible] Daily Mail ce matin. Contrôleur ! Contrôleur ! [illegible]

L'employé accourait [illegible] attiré par l'altercation.

— Ah ! contrôleur, expliqua Mr Rowland avec l'aplomb qui est supposé tant plaire au populaire. Cet individu m'importune. S'il le faut, je porterai plainte pour tentative de chantage. Il a le culot de prétendre que j'ai dissimulé sa nièce dans mon compartiment. Il y a tout une bande d'étrangers qui jouent régulièrement à ce petit jeu. Il faut que cela cesse. Emmenez-le d'ici, je vous prie. Voici ma carte, si elle peut vous être utile.

Le contrôleur les regarda l'un après l'autre. Il n'hésita pas longtemps. Par éducation, il méprisait les étrangers et nourrissait le plus vif respect pour les messieurs bien mis qui voyagent en première.

Il posa une main ferme sur l'épaule de l'importun :

— Allez, dit-il. Fichez le camp.

C'en était trop pour l'inconnu. Son anglais le trahit, et il eut recours à sa langue maternelle pour lâcher une bordée d'injures passionnées.

— Suffit comme ça, jappa le contrôleur. Et reculez-vous ! Ce train part.

Coup de sifflet. Drapeau levé. La rame consentit à démarrer, mais non sans secousses.

George conserva son poste d'observation tant que le quai n'eut pas disparu. Il rentra alors la tête et remit la valise dans le filet.

— Tout va bien, dit-il, d'une voix qui se voulait rassurante. Vous pouvez sortir.

La jeune fille se contorsionna pour s'extraire de sa cachette :

— Oh ! comment pourrais-je assez vous remercier ?...

— Mais je vous en prie, répondit George, nonchalant. Tout le plaisir a été pour moi, je vous le garantis.

Un peu protecteur, il lui souriait. Elle paraissait décontenancée, comme s'il lui manquait quelque chose d'accoutumé. Puis elle se vit dans la glace et fut secouée d'un haut-le-corps.

Que les employés chargés du nettoyage balaient tous les jours ou non sous les banquettes, est une question qui reste ouverte. Dans le cas présent, les apparences poussaient à répondre par la négative. A moins naturellement que toutes les particules de poussière et de suie ne se soient rassemblées à cet endroit comme des oiseaux qui rentrent au nid. Si soudaine avait été l'apparition de la jeune fille, et si rapide l'instant où elle avait disparu sous la banquette, que George n'avait guère eu le temps de s'attarder à la détailler. Elle avait sûrement été nette et élégante. Mais, maintenant, son charmant bibi rouge n'était plus que creux et bosses, et de longues traînées noirâtres soulignaient ses traits.

— Oh ! se désespéra la demoiselle.

Elle se précipita sur son sac à main. Avec tout le tact d'usage, George préféra se plonger fixement dans la contemplation des rues qui s'étendent au sud de la Tamise.

— Comment pourrais-je assez vous remercier ? demanda-t-elle encore.

Considérant qu'elle lui indiquait ainsi qu'ils pouvaient reprendre leur conversation, George se retourna et, de nouveau, se récria poliment. Il y mit toutefois bien plus de chaleur.

Cette jeune fille était absolument ravissante !... Il était sûr de n'en avoir jamais rencontré d'aussi jolie. Il se fit plus empressé.

— Vous avez été tout bonnement formidable, trancha-t-elle, enthousiaste.

— Du tout, du tout. C'était un jeu d'enfant. Vraiment trop content d'avoir pu vous rendre service, grommela George.

Elle reprit, insistante :

— Vous avez été for-mi-dable.

On ne se refuse pas le plaisir que peut donner le regard d'admiration de la plus jolie fille que l'on ait jamais rencontrée quand elle vous certifie que vous avez été formidable. George en profita intensément.

Les deux jeunes gens observèrent un silence embarrassé. La jeune fille commençait à comprendre qu'il ne serait pas malséant de sa part de fournir quelques éclaircissements. Elle rougit un tantinet :

— Vous allez me trouver bizarre, dit-elle nerveusement. Mais j'ai peur de ne pas pouvoir vous donner d'explications.

Elle lui jetait un regard pitoyable, incertain.

— Pas d'explications ?

— Non.

— On ne peut rêver mieux ! s'exclama le jeune Mr Rowland, enchanté.

— Pardon ?...

— J'ai juste dit « on ne peut rêver mieux ». C'est comme dans l'un de ces romans que l'on dévore en une nuit. Au premier chapitre, l'héroïne dit toujours : « Je ne peux rien vous expliquer. » A la fin, naturellement, elle explique tout. Et on s'aperçoit alors qu'elle aurait gâché le plaisir du lecteur si elle s'était expliquée. Vous ne pouvez imaginer à quel point je suis heureux d'être impliqué dans un vrai mystère. Je n'osais même pas imaginer que cela puisse exister. J'espère que tout cela concerne des documents secrets de la plus immense importance et que tout se dénouera dans le Balkans Express. J'ai un faible pour ce train.

La jeune fille le fixa de ses grands yeux soupçonneux :

— Qui est-ce qui vous parle du Balkans Express ? interrogea-t-elle aigrement.

— Pardonnez-moi si j'ai commis une gaffe, se hâta George. Mais j'ai pensé que votre oncle, peut-être, l'avait emprunté.

— Mon oncle...

Elle marqua un temps d'arrêt, et reprit :

— Mon oncle...

— Je sais ce que c'est, dit George avec compassion. Je suis moi-même affligé d'un oncle. Mais nul ne devrait être tenu pour responsable de ses oncles. Ils naissent d'une régression dans l'évolution naturelle. Je vois ça comme ça.

La jeune fille éclata de rire. Quand elle parlait, George croyait entendre dans sa voix de subtiles inflexions étrangères. Au premier abord pourtant, il l'avait prise pour une Anglaise.

— Vous êtes quelqu'un de peu ordinaire, mais vous êtes assez rafraîchissant, Mr...

— Rowland. George, pour mes amis.

— Je m'appelle Elizabeth...

Elle laissa sa phrase en suspens.

— Elizabeth, dit George pour la mettre à l'aise. J'aime ce prénom. Jurez-moi qu'on ne vous appelle pas Bessie, ou quoi que ce soit d'aussi horrible !...

Elle fit non de la tête.

— Bon, dit George, maintenant que les présentations sont faites, revenons à nos problèmes. Si vous voulez bien vous mettre debout, Elizabeth, je brosserai le dos de votre manteau.

Elle se leva, docile, et George s'exécuta.

— Merci, Mr Rowland.

— George. George pour mes amis, je vous l'ai dit. Et je prendrais mal, assurément, que vous sautiez dans mon charmant compartiment désert, que vous vous glissiez sous la banquette et que vous me contraigniez à dire des mensonges à votre oncle, pour me refuser votre amitié.

— Merci, George.

— J'aime mieux ça.

Elizabeth, se dévissant la tête vers la gauche, essayait de se voir dans la glace :

— Ai-je l'air qu'il faut, maintenant ?

George s'inclina profondément :

— Vous êtes... Ah, vraiment... Vous êtes parfaite.

— Tout a été si brutal, raconta la jeune fille.

— J'imagine.

— Il nous a repérées dans le taxi. A la gare, je n'ai eu que le temps de m'engouffrer dans le compartiment. Il était sur mes talons. Au demeurant, où va notre train ?

— A Rowland's Castle.

George se rengorgeait. La jeune fille parut surprise :

— A Rowland's Castle ?

— Pas directement, bien sûr. C'est une vraie brouette. Mais j'ai bon espoir d'y arriver avant minuit. On pouvait faire confiance à la vieille South-Western : lente mais sûre. Et je suis convaincu que les Southern Railways ont eu à cœur de perpétuer la tradition.

— Je ne suis pas persuadée d'avoir envie d'aller à Rowland's Castle, dit Elizabeth, songeuse.

— Vous m'offensez. C'est un coin charmant.

— Vous connaissez ?

— Pas encore. Mais il y a des masses d'endroits qui vous attendent si Rowland's Castle ne vous tente pas. Woking, Weybridge, et même Wimbledon. Ce train va s'arrêter à toutes les gares.

— Je vois. Je pourrais descendre et regagner Londres par la route. Ce serait la meilleure solution.

La rame commença de ralentir. George Rowland lui lança un regard plein d'espoir :

— Si je puis faire quoi que ce soit...

— Non. Vous avez fait plus que votre part.

Elle reprit :

— Je voudrais pouvoir vous expliquer...

— Abstenez-vous-en bien, pour l'amour du ciel ! Vous gâcheriez tout. Mais, sérieusement, n'y a-t-il rien que je puisse faire ? Je veux dire, être votre courrier pour convoyer jusqu'à Vienne des documents secrets, ou quoi que ce soit d'approchant ? Il y a toujours des documents secrets dans les romans. Donnez-moi ma chance.

Le train était à l'arrêt. Elle sauta sur le quai, puis, tournée vers sa vitre :

— Vous êtes sérieux ? Vous pourriez faire quelque chose pour nous ?... Je veux dire, pour moi ?...

— Pour vous, Elizabeth, je ferais n'importe quoi.

— Même sans explications ?

— Il n'y a pas d'explications qui tiennent.

— Même si c'était... dangereux ?...

— Ce n'en sera que plus passionnant.

Elle hésita avant de décider :

— Penchez-vous. Regardez le quai sans en avoir l'air.

George Rowland s'efforça de se conformer à des prescriptions aussi complexes.

— Vous voyez ce sombre barbu en gabardine qui remonte dans le train ? Suivez-le. Il faut savoir où il va, et ce qu'il fait.

— C'est tout ? demanda George. Que...

Elle coupa net :

— Vous recevrez de nouvelles instructions. Gardez-le à l'œil.

Elle lui glissa dans la main un petit paquet scellé.

— Et conservez-moi cela. Vous en répondez sur votre vie. C'est la clef de tout.

Le train reprit sa marche, mais Mr Rowland demeura à la vitre, guettant la haute silhouette d'Elizabeth qui s'éloignait avec grâce sur le quai. Il serrait dans sa paume le petit paquet scellé.

Le reste du voyage fut monotone et sans histoire. Le train se traînait et s'arrêtait à toutes les gares. Chaque fois, George se penchait au-dehors, pour vérifier que sa proie ne prenait pas la fuite. Quand la halte promettait de se prolonger, il arpentait le quai et s'assurait que son homme n'avait pas joué les filles de l'air.

Le trajet s'achevait à Portsmouth. C'est là que le barbu choisit de descendre, pour se rendre dans un hôtel de second ordre où il prit une chambre. Mr Rowland l'imita.

Leurs chambres, à deux portes de distance, donnaient sur le même corridor, ce que George trouva bon. En matière de filature, il n'était qu'un débutant, mais il avait à cœur de s'acquitter de sa mission et de faire honneur à la confiance d'Elizabeth.

George, au dîner, se vit attribuer une table proche de celle de sa cible. La salle à manger était loin d'être pleine, et George jugea que les convives, en majorité, n'étaient que d'honnêtes voyageurs de commerce, qui dévoraient avec appétit. Un seul homme attira son attention : moustaches et cheveux roux, tout suggérait en lui l'homme de cheval. George, lui aussi, semblait l'intéresser, et, à la fin du repas, il lui proposa de terminer la soirée par un digestif et une partie de billard. Mais George avait constaté que son barbu mettait son manteau et son chapeau, et il déclina poliment l'invite. L'instant d'après, dans la rue, il découvrait dans toute sa difficulté l'art d'une filature discrète. La poursuite fut longue et éprouvante, et ne semblait mener nulle part. Après avoir parcouru de long en large les rues de Portsmouth sur près de six kilomètres, avec George toujours sur ses traces, l'homme regagna l'hôtel. George s'inquiéta. L'inconnu avait-il remarqué qu'il était suivi ? Alors qu'il s'interrogeait, perplexe, dans le hall de l'hôtel, la porte s'ouvrit et le petit homme roux fit son entrée. A l'évidence, il était lui aussi allé se dégourdir les jambes.

C'est à ce moment que George s'aperçut que la superbe demoiselle de la réception le hélait :

— Vous êtes bien Mr Rowland ? Deux messieurs vous ont demandé. Des étrangers. Ils vous attendent dans le petit salon, au fond du hall.

Quelque peu intrigué, George s'y rendit. Les deux hommes en question, à son entrée, se levèrent et claquèrent des talons pour s'incliner.

— Mr Rowland ? Je puis gager sans risque que vous devinez nos identités.

George les observa. C'est le plus âgé des deux qui avait parlé. D'aspect solennel, le cheveu gris, il s'était exprimé dans un anglais sans faute. L'autre, de haute taille, était un jeune Teuton blond et raide. Une expression de méchanceté maussade contribuait à enlaidir son visage mangé d'acné.

Assez soulagé de constater qu'aucun des deux n'était le vieux monsieur auquel il s'était heurté à Waterloo, George se fit aimable.

— Rasseyez-vous, messieurs, je vous prie. Je suis enchanté de faire votre connaissance. Puis-je vous offrir quelque chose à boire ?

Le plus âgé refusa d'un geste :

— Non merci, lord Rowland. Notre temps est mesuré. Nous voudrions vous poser une simple question.

— C'est très aimable à vous de m'élever à la pairie, répondit George. Vous me voyez désolé que vous refusiez un verre. Et quelle est donc la question qui vous amène ici ?

— Lord Rowland, vous avez quitté Londres en compagnie d'une certaine dame. Vous êtes arrivé seul. Où est la dame ?

George se dressa de toute sa hauteur. Il s'efforçait de se montrer aussi glacial qu'un personnage de roman :

— J'avoue, messieurs, que le sens de la question m'échappe. J'ai l'honneur de vous souhaiter le bonsoir.

— Ne faites pas l'enfant ! Vous nous comprenez parfaitement ! coupa soudain le plus jeune. Où est passée Alexa ?

— Calmez-vous, Altesse, je vous en conjure, murmura le plus âgé.

— Je vous donne ma parole, messieurs, reprit George, que je ne connais aucune demoiselle de ce nom.

Le plus âgé fixait sur lui un regard peu amène :

— J'ai peine à le croire. J'ai pris la liberté de jeter un coup d'œil au registre de l'hôtel. Vous vous êtes inscrit sous le nom de Mr George Rowland, de Rowland's Castle.

George rougit :

— Ce n'était qu'une... une simple plaisanterie de ma part, souffla-t-il.

— Un subterfuge ridicule, voulez-vous dire. Allons, cessons de tergiverser. Où est Son Altesse ?

— Si vous voulez parler d'Elizabeth...

Le jeune inconnu hurla, le visage crispé de rage :

— Insolent pourceau ! Oser parler ainsi !...

— Comme vous ne l'ignorez pas, reprit le plus âgé, je fais allusion à la grande-duchesse Anastasia Sophia Alexandra Maria Helena Olga Elizabeth de Catonie.

— Oh !... lâcha George, désemparé.

Il tentait de se souvenir du peu qu'il savait de la Catonie. Il lui semblait qu'il devait s'agir d'un petit royaume, quelque part dans les Balkans. Il y avait même entendu vaguement parler d'une révolution. Il fit un effort pour se reprendre :

— Il s'agit à l'évidence de la même personne, dit-il avec entrain. Mais, moi, je l'appelle Elizabeth tout court.

— Vous me rendrez raison de cette offense, monsieur, siffla le plus jeune. Nous allons nous battre.

— Nous battre ?

— En duel !

— Je ne me bats jamais en duel, affirma George.

— Et pourquoi donc, je vous prie ? interrogea l'autre avec insolence.

— J'ai bien trop peur d'être blessé.

— Tiens donc ! Je vais quand même me donner la satisfaction d'écraser votre vilain nez.

Il se rua sur George. Ce qui se passa alors défie toute description, mais le jeune homme décrivit alors dans les airs une sorte de courbe et chuta lourdement sur le sol. Il se releva tout étourdi. Mr Rowland eut un sourire engageant :

— Comme je vous le disais à l'instant, j'ai toujours peur d'être blessé. C'est pourquoi j'ai jugé utile d'apprendre le jiu-jitsu.

Les deux étrangers gardèrent un silence circonspect, observant avec méfiance ce jeune homme si convenable qui paraissait dissimuler de bien dangereux talents sous une apparence des plus policées. Le jeune Teuton était vert de rage :

— Vous vous en repentirez ! cracha-t-il.

Le plus âgé restait très digne :

— C'est votre dernier mot, lord Rowland ? Vous refusez de nous dire où se trouve son Altesse ?

— Je n'en sais rien moi-même.

— Cela me paraît difficile à croire.

— Je crains, monsieur, que vous ne soyez d'une nature sceptique.

L'autre hocha la tête et murmura :

— Nous n'en avons pas terminé. Vous entendrez de nouveau parler de nous.

Les deux hommes quittèrent la pièce. George se passa la main sur le front. Les événements se précipitaient. Il se voyait maintenant mêlé à un scandale international de grande ampleur.

« Cela pourrait même conduire à une nouvelle guerre », se dit-il, plein d'espoir, tout en repartant à la recherche de son barbu. Il le découvrit, à son grand soulagement, assis dans un coin du salon. Il prit place dans un coin opposé. Trois minutes ne s'étaient pas écoulées que l'homme à la barbe noire se leva pour gagner sa chambre. George le suivit et le vit refermer sa porte.

« Tant mieux », soupira-t-il. J'ai bien besoin d'une bonne nuit de sommeil.

Mais l'idée lui vint à l'instant que l'homme pouvait avoir remarqué la filature. Et s'il profitait de la nuit pour s'éclipser pendant que lui-même dormirait du sommeil du juste ? Quelques minutes d'intense réflexion lui inspirèrent une parade. Il détricota l'une de ses chaussettes jusqu'à obtenir une longueur suffisante de laine de couleur neutre. Puis il sortit de sa chambre à pas de loup, colla l'extrémité de son fil à la porte du barbu avec du papier gommé et rapporta l'autre extrémité dans sa chambre où il l'attacha à un petit grelot d'argent, vestige de ses ébats de la nuit précédente. L'observation de son dispositif lui procura une vive satisfaction. Si le barbu décidait de quitter sa chambre, il en serait aussitôt averti par le tintement du grelot.

Rassuré, il se coucha aussitôt et glissa avec soin le petit paquet sous son oreiller. Mais cette précaution le lança dans un flot de pensées désordonnées, du genre :

« Anastasia Sophia Maria Alexandra Olga Elizabeth. Zut ! Il y en a un qui manque... Mais je me demande... »

Son incapacité à saisir la situation l'empêchait de trouver le sommeil. Enfin, de quoi s'agissait-il ? Et quel rapport pouvait-il bien y avoir entre la grande-duchesse en fuite, le paquet scellé et l'homme à la barbe noire ? Et qu'est-ce qui faisait fuir la grande-duchesse ? Et les deux étrangers savaient-ils que le paquet scellé avait été confié à sa garde ? Et que contenait-il exactement ?

Tournant et retournant toutes ces questions, avec la certitude irritée qu'il n'approchait pas de la solution, George finit par s'endormir.

Le tintement discret de la sonnette l'éveilla. Il n'était pas de ceux qui se trouvent d'attaque à peine une paupière entrouverte, et il lui fallut une bonne minute et demie pour réagir. Il sauta de son lit, enfila ses pantoufles et, ouvrant la porte avec la plus extrême délicatesse, il se glissa dehors. Le mouvement d'une ombre lui signala sa proie, au bout du corridor. Sans bruit, George s'élança à sa poursuite. Il n'eut que le temps d'apercevoir le barbu entrer dans une salle de bains. Cela le surprit, car l'homme disposait des mêmes commodités exactement en face de sa chambre. S'approchant de la porte, qui n'était pas complètement fermée, George jeta un coup d'œil. L'homme, agenouillé à côté de la baignoire, paraissait fourrager sous la plinthe. Cela lui prit cinq minutes, puis il se redressa. Prudent, George battit en retraite. Caché dans l'ombre de sa porte entrebâillée, il vit l'autre passer et regagner sa propre chambre.

« Parfait, pensa George. J'enquêterai demain matin sur le mystère de la salle de bains. »

Il se recoucha et passa la main sous l'oreiller pour s'assurer de la présence du précieux paquet. La seconde d'après, pris de panique, il tournait et retournait fiévreusement draps et couvertures. Le paquet avait disparu !

Le lendemain matin, la tristesse et l'abattement se disputaient l'esprit de George pendant qu'il se forçait à avaler ses œufs au bacon. Il avait trahi Elizabeth. Elle lui avait confié la garde du précieux paquet, et on le lui avait subtilisé. Quant au « mystère de la salle de bains », ce n'était qu'une fausse énigme. George ne doutait pas de s'être comporté comme un jeune crétin.

Il remonta après le petit déjeuner. Une femme de chambre, dans le corridor, fixait une porte d'un air perplexe.

— Quelque chose qui ne va pas, ma chère ? demanda George gentiment.

— C'est le monsieur là, monsieur. Il a demandé qu'on le réveille à 8 heures et demie, mais il ne répond pas et sa porte est fermée au verrou.

— Allons bon !

Il se sentit oppressé et courut à sa chambre, tentant d'échafauder un plan. Qu'il oublia tout aussitôt à la vue d'un objet des plus inattendus : le paquet qui lui avait été dérobé pendant la nuit était posé sur le guéridon !

George s'en empara pour l'examiner. C'était bien le même, sans aucun doute. Mais les sceaux avaient été brisés. Non sans avoir hésité, il défit l'emballage. Si d'autres avaient pu prendre connaissance de son contenu, il ne voyait pas de raison de n'en pas faire autant. D'ailleurs, le contenu pouvait bien avoir été volé. En fait le paquet ne contenait qu'une petite boîte de carton, du type propre aux bijoutiers. George l'ouvrit. Sur un fond de coton reposait une simple alliance en or.

Rien qui puisse la distinguer d'une autre alliance. Pas d'inscription gravée à l'intérieur de l'anneau. George se prit la tête à deux mains :

— C'est une histoire de fous, grogna-t-il, une véritable histoire de fous. Tout cela n'a pas le moindre sens.

Il se souvint soudain de ce qu'avait dit la femme de chambre et observa qu'une large corniche bordait la fenêtre. En temps normal, il n'aurait pas tenté ce genre d'acrobatie, mais la curiosité et la colère balayaient toute prudence. Il enjamba la balustrade et, en un instant, il put observer à loisir la chambre du barbu dont la fenêtre était restée ouverte. La chambre était vide. Un peu plus loin sur la façade était dressée une échelle de secours. Il n'était pas difficile de voir par quel chemin sa proie avait pris la poudre d'escampette.

Il pénétra dans la pièce. Les affaires du disparu étaient éparpillées un peu partout. Elles pouvaient receler quelque indice qui éclairerait sa lanterne. George entreprit une fouille en règle, en commençant par un sac de voyage usagé.

Un bruit le figea. Presque imperceptible, mais qui provenait sans doute possible de la chambre elle-même. George eut un regard pour la grande penderie. Il bondit et ouvrit à la volée le double battant. Un homme se jeta sur lui et tous deux roulèrent au sol. George avait affaire à forte partie et toute sa science pugilistique lui était d'un maigre secours. Hors d'haleine, ils cessèrent le combat et, pour la première fois, George put voir le visage de l'agresseur. C'était le petit homme à la moustache rousse !

— Qui diable êtes-vous donc ? interrogea George.

Pour toute réponse, l'homme tendit une carte que George lut à haute voix :

— Inspecteur Jarrold. Scotland Yard.

— En personne, monsieur. Et vous feriez mieux de me raconter tout ce que vous savez de cette affaire.

— Je ferais mieux, dites-vous ? répondit George, pensif.

Puis il ajouta :

— Vous savez, inspecteur, j'estime que vous avez raison. Ne pourrions-nous pas nous transporter vers un lieu plus sympathique ?...

C'est donc dans un coin tranquille du bar que George se mit à table. L'inspecteur Jarrold l'écoutait d'une oreille bienveillante.

— Comme vous le dites, monsieur, tout cela est incompréhensible, dit-il pour conclure le récit de George. Il y a encore bien des détails pour lesquels je donne moi-même ma langue au chat, mais je puis quand même vous éclairer sur un ou deux points. J'étais, en ce qui me concerne, à la poursuite de Mardenberg — je veux dire votre ami à barbe noire —, mais votre... disons... attention à son égard a éveillé mes soupçons. Je ne comprenais pas votre rôle dans cette histoire. La nuit dernière, je me suis introduit dans votre chambre quand vous en êtes sorti, et c'est moi qui ai subtilisé le petit paquet sous votre oreiller. Quand je me suis aperçu qu'il ne contenait pas ce que je cherchais, j'ai saisi la première occasion pour le rapporter chez vous.

— Voilà qui explique beaucoup de choses, en effet, commenta George. J'ai le sentiment de m'être conduit comme un parfait imbécile.

— Je ne dirais pas cela, monsieur. Pour un débutant, vous vous êtes remarquablement bien débrouillé. Vous m'avez dit que vous avez fouillé la salle de bains ce matin et que vous avez trouvé ce que Mardenberg avait caché sous la plinthe ?

— Oui, mais ce n'était qu'une fichue lettre d'amour.

Zut alors ! Je n'avais pas l'intention de mettre mon nez dans la vie privée de ce pauvre type !

— Puis-je voir cette lettre, monsieur ?

George sortit de sa poche une feuille pliée en quatre et la tendit à l'inspecteur.

— C'est bien ce que vous disiez, monsieur. Mais, voyez-vous, si on tire un trait entre les points sur les i, le résultat est tout à fait différent. Dieu vous bénisse, monsieur, vous avez mis la main sur un plan des défenses de Portsmouth.

— Quoi ?...

— Absolument. Nous avions notre ami à l'œil depuis un certain temps. Mais il est très fort. Il fait faire l'essentiel du sale boulot à une femme.

— Une femme ? demanda George d'une voix faible. Et quel est son nom ?

— Oh ! elle en a une quantité. Mais on la surnomme en général Betty Œil-de-lynx. Elle est vraiment très jolie.

— Betty... Œil-de-lynx..., dit George. Merci, inspecteur.

— Pardonnez-moi, monsieur. Vous n'avez pas l'air bien.

— Non, je suis mal. Affreusement mal, même. En fait, je crois qu'il vaudrait mieux que je reprenne le premier train pour Londres.

L'inspecteur consulta sa montre :

— Je crains que ce ne soit un omnibus, monsieur. Attendez le rapide.

— Cela n'a aucune importance, dit George, très sombre. Aucun train ne pourra jamais être plus lent que celui que j'ai pris hier.

A nouveau assis dans un compartiment de première, George parcourait un journal pour se distraire. Il sursauta soudain, relisant fixement ce qu'il avait lu :

« *Un mariage des plus romantiques a été célébré hier à Londres, entre lord Roland Gaigh, second fils du marquis d'Axminster, et la grande-duchesse Anastasia de Catonie. La cérémonie s'est déroulée dans la plus stricte intimité. Depuis les troubles survenus en Catonie, la grande-duchesse vivait à Paris chez son oncle.*

Elle avait fait la connaissance de lord Roland quand il servait comme deuxième secrétaire à l'ambassade de Grande-Bretagne en Catonie, et leur amour date de cette époque. »

— Eh bien, dit George, que je sois...

Il n'avait pas de mots assez forts pour exprimer ses sentiments. Il demeura donc en contemplation. Le train fit halte dans une petite gare, et une jeune femme monta dans le wagon. Elle prit place en face de lui.

— Bonjour, George, dit-elle doucement.

— Dieu du ciel ! s'exclama George. Elizabeth !...

Elle lui sourit. Elle paraissait plus jolie encore que dans son souvenir.

— Attendez ! cria George, et, pour l'amour de Dieu, dites-moi la vérité. Etes-vous la grande-duchesse Anastasia, ou bien Betty Œil-de-lynx ?

— Ni l'une ni l'autre, sourit-elle. Je suis Elizabeth Gaigh. Je peux tout vous dire, maintenant, et je vous dois des excuses. Voyez-vous, Roland, mon frère, a toujours été amoureux d'Alexa...

— Vous voulez dire la grande-duchesse.

— Oui. La famille l'appelle comme cela. Comme je vous le disais, Roland a toujours été amoureux d'elle, et elle de lui. Et puis, il y a eu la révolution. Elle s'est installée à Paris, et ils étaient en train de tout préparer pour leur mariage quand le vieux Stürm, le chancelier, a débarqué pour emmener Alexa et pour la forcer à épouser son cousin, le prince Karl, un affreux type boutonneux...

— J'ai fait sa connaissance, je crois, remarqua George.

— ... qu'elle ne peut simplement pas voir en peinture. Et le vieux prince Osric, son oncle, a interdit à Alexa de revoir Roland. Alors elle s'est enfuie en Angleterre et je suis venue à Londres pour l'accueillir. Nous avons prévenu Roland, qui était en Ecosse, par télégramme. Nous allions juste en taxi au bureau de l'état civil quand nous nous sommes trouvées nez à nez avec le vieux prince Osric, dans un autre taxi. Il nous a suivies, naturellement, et nous étions aux cent coups. Imaginez la scène qu'il allait nous faire !... Et, en plus, c'est le tuteur d'Alexa !... C'est alors que m'est venue l'idée géniale d'échanger nos identités. Avec la mode d'aujourd'hui, on ne voit plus que le bout du nez des jeunes filles. J'ai mis le chapeau rouge d'Alexa, et son grand manteau marron, et elle a pris mon manteau gris. Alors nous avons demandé au chauffeur de nous conduire à la gare de Waterloo. J'ai sauté du taxi et j'ai couru vers les quais. Ce vieux crouton d'Osric a suivi le chapeau rouge comme l'âne une carotte, sans penser une seconde à l'autre occupante du taxi. Et puis j'ai juste sauté dans votre compartiment et je me suis mise sous votre protection.

— Je comprends tout cela, dit George. C'est le reste qui m'échappe.

— Je sais. C'est pour cela que je vous dois des excuses. J'espère que vous ne serez pas trop fâché. Voyez-vous, vous aviez l'air d'avoir tellement envie d'être mêlé à un vrai mystère, comme ceux qu'on lit dans les livres, que je n'ai pas pu résister à la tentation. J'ai repéré sur le quai un type qui avait une allure assez sinistre, et je vous ai demandé de le suivre. Puis je vous ai remis le paquet.

— Qui ne contenait qu'une alliance.

— Oui. Nous l'avions achetée, Alexa et moi, parce que nous savions que Roland ne rentrerait d'Ecosse que quelques minutes avant l'heure du mariage. Mais je savais qu'elle ne servirait plus à rien quand je pourrais revenir à Londres. Ils ont dû se débrouiller avec un anneau de rideau ou je ne sais quoi...

— Je vois, dit George... C'est toujours pareil. Quand on sait, tout devient simple. Voulez-vous me permettre, Elizabeth ?...

Il fit glisser le gant de sa main gauche et poussa un soupir de soulagement en voyant qu'elle ne portait aucune bague à l'annulaire.

— Eh bien, fit-il remarquer, cette alliance ne sera pas perdue, après tout.

— Mais, s'exclama Elizabeth, je ne sais rien de vous !

— Mais si, répondit-il, vous savez à quel point je suis adorable. Mais j'y pense : vous êtes lady Elizabeth Gaigh, naturellement ?

— Oh ! George, seriez-vous snob ?

— En fait, oui, assez. Dans mon rêve le plus fou, le roi George m'emprunte une demi-couronne pour pouvoir me la rendre à l'occasion d'un week-end chez lui. Je pensais surtout à mon oncle. Celui avec lequel je suis en froid. Lui, il est horriblement snob. Quand il apprendra que je vais vous épouser, et que vous apportez un titre dans la famille, il va me prendre illico comme associé.

— Est-il vraiment très riche ?

— Elizabeth, seriez-vous vénale ?

— Je dois reconnaître que j'adore dépenser de l'argent. Mais c'est à mon père que je pensais. Cinq filles à marier, belles comme des anges, et du vrai sang bleu... Il languit d'avoir un gendre fortuné.

— Ouais, dit George. Nous aurons un mariage décidé par le Seigneur et approuvé par les hommes. Nous installerons-nous à Rowland's Castle ? Quand ils verront mon épouse, ils m'offriront sûrement la mairie. Elizabeth chérie, c'est probablement contraire au règlement de la compagnie, mais il faut que je vous embrasse tout de suite !

4

SIX PENCE POUR UNE CHANSON

Sir Edward Palliser, ancien avocat, élevé au titre prestigieux de conseiller de la Couronne, avait élu domicile au n° 9 de Queen Anne's Close.

Queen Anne's Close est un cul-de-sac. En plein cœur de Westminster, l'impasse, comme à des lieues du tourbillon du XXe siècle, est parvenue à conserver l'atmosphère paisible du temps jadis. Cela convenait parfaitement à sir Edward Palliser.

De son temps, aux assises, sir Edward s'était imposé comme l'un des ténors du barreau. L'âge venu, il avait renoncé à la robe et à la perruque, mais il passait le meilleur de son temps à compléter une imposante collection d'ouvrages consacrés à la criminologie. Il avait aussi rédigé un volume de Mémoires, « Souvenirs sur quelques grands criminels ».

Ce soir-là, sir Edward, assis au coin de la cheminée, dans sa bibliothèque, buvait à petites gorgées une tasse de café noir. La lecture d'un tome de Lombroso, le fameux criminologue italien, ne lui inspirait que des hochements de tête désabusés. Quel dommage, pensait-il, que des théories aussi subtiles soient aujourd'hui tellement dépassées...

On ouvrit la porte sans bruit. Armour, son valet de chambre, stylé sans ostentation, arpenta toute la longueur du tapis de haute laine pour venir annoncer à mi-voix :

— Monsieur, une jeune dame demande si Monsieur pourrait la recevoir.

— Une jeune dame ?

Sir Edward ne cacha pas son étonnement. Voilà qui dérangeait le cours normal de l'existence !... Puis il pensa qu'il pouvait s'agir de sa nièce Ethel. Mais non... Armour le lui aurait dit.

— Cette jeune personne n'a pas donné son nom ? s'enquit-il avec circonspection.

— Non, monsieur. Mais elle a dit que Monsieur aurait certainement le désir de la recevoir.

— Eh bien faites-la entrer, ordonna-t-il pour satisfaire une curiosité agréablement piquée.

Et Armour introduisit une grande jeune femme brune proche de la trentaine. Elle portait un petit chapeau noir et un ensemble de bonne coupe, noir également. Son visage s'éclairait de la joie des retrouvailles, et elle s'avança vers sir Edward, la main tendue, pendant qu'Armour se retirait avec discrétion.

— Sir Edward, vous me reconnaissez, j'en suis sûre... Magdalen Vaughan.

— Mais, oui, naturellement.

Il lui serra la main avec chaleur. Sa mémoire lui revenait, à présent. Ils avaient voyagé ensemble sur le *Siluric* au retour des Etats-Unis ! Quelle enfant délicieuse !... Car, à l'époque, elle n'était guère plus qu'une enfant. Il lui avait fait une cour discrète, seule convenable de la part d'un homme du monde vieillissant. Son cœur, à l'approche de la soixantaine, avait été charmé par sa jeunesse et son enthousiasme, mais aussi par l'admiration, l'adoration même, qu'elle lui avait manifestées. Ces souvenirs donnèrent plus de chaleur encore à sa poignée de main.

— Comme c'est gentil à vous d'être venue. Asseyez-vous, je vous en prie.

Il lui avança un fauteuil et se répandit en propos aimables et anodins, sans cesser un instant de s'interroger sur le motif de sa venue. Mais quand il eut épuisé le répertoire des banalités de circonstance, le silence s'installa. Elle le rompit sans préambule :

— Sir Edward... J'ai besoin de votre aide.

Cela le prit au dépourvu.

— Ah, bon ? dit-il machinalement.

Elle poursuivit, d'une voix tendue :

— Vous m'avez dit que si jamais j'avais besoin d'aide... Que s'il était quoi que ce soit au monde que vous puissiez faire pour moi... Vous le feriez.

Vrai. Il l'*avait* dit. Mais on dit cela dans le désarroi d'un départ, d'une séparation. Il entendait encore sa propre voix lui promettre, en portant sa main à ses lèvres :

— Si jamais je peux faire quoi que ce soit... Vous vous rappellerez... Je parle sérieusement...

Oui, on dit parfois des mots comme ceux-là. Mais il est tout de même bien rare qu'on vous rappelle à vos engagements. Moins encore après... quoi... neuf ou dix ans maintenant. Il lui lança un bref regard. Elle était toujours ravissante, mais elle avait perdu cette ingénuité, cette fraîcheur, qui l'avaient ensorcelé. Ses traits étaient sans doute devenus plus attirants — c'est en tout cas ce qu'aurait pensé un homme plus jeune —, mais sir Edward était bien loin de ressentir encore le trouble et l'émotion qui l'avaient saisi à la fin de leur traversée.

Il chercha refuge dans l'attitude compassée et prudente d'un chat fourré :

— Mais bien sûr, ma très chère enfant. Je serai ravi de faire tout ce qui sera en mon pouvoir... Encore que je doute fort d'être aujourd'hui de quelque utilité à qui que ce soit, dit-il vivement.

Son égoïsme le poussait à préparer une élégante

dérobade, mais elle n'en eut pas conscience. Elle était de celles qui ne peuvent porter leur attention que sur un objet à la fois. Et, en ce moment, elle ne voyait que ses problèmes. Elle prit donc la réponse de sir Edward pour un acquiescement :

— Nous sommes dans une situation dramatique, sir Edward.

— *Nous* ? Vous vous êtes mariée ?

— Non. Je voulais dire... Mon frère et moi. Oh !... Et j'oublie William et Emily... Il vaut mieux que je vous explique. J'ai... Enfin, j'avais une tante, miss Crabtree. Vous avez dû lire l'histoire dans les journaux. Un drame affreux. Elle a été tuée... Assassinée.

Une lueur d'intérêt brilla dans les yeux de sir Edward.

— Ah, oui. Il y a un mois, je crois ?...

— Moins que cela. Trois semaines.

— Je m'en souviens maintenant. Elle a été sauvagement frappée à la tête, chez elle. Et on n'a pas encore retrouvé l'auteur du crime.

Magdalen Vaughan approuva de la tête :

— On ne l'a pas arrêté. Et je crois qu'on ne l'arrêtera jamais. Vous savez, je me demande même si nous devons vraiment souhaiter une arrestation...

— Que voulez-vous dire ?

— Oui, c'est épouvantable. Les journalistes n'en ont pas parlé. Mais la police *sait* que personne n'est entré dans la maison ce soir-là.

— Donc...

— Oui. C'est l'un de nous quatre. Ça ne *peut pas* être autrement. Mais ils ne savent pas *lequel* d'entre nous. Et nous, *nous* ne le savons pas non plus. Et tous les jours, quand nous nous mettons à table, nous nous épions, en nous demandant *qui* de nous est l'assassin. Oh ! je voudrais tant que ce soit un étranger qui ait fait le coup. Mais je ne vois pas comment...

L'intérêt de sir Edward était maintenant en éveil :

— Vous êtes en train de me dire que tous les membres de la famille, y compris vous-même, sont suspects ?

— Exactement. Les policiers n'y ont pas fait la

moindre allusion, cela va de soi. Ils se sont montrés tout à fait polis et courtois. Mais ils ont fouillé la maison de fond en comble, et ils nous ont interrogés et réinterrogés sans trêve, nous et Martha. Ils n'ont pas encore prononcé d'inculpation parce qu'ils ne savent pas lequel d'entre nous... J'ai peur. J'ai une peur affreuse...

— Allons, ma chère enfant, vous exagérez, j'en suis convaincu.

— Je vous assure que non. C'est l'un de nous quatre. Forcément.

— Expliquez-moi qui sont les quatre personnes auxquelles vous faites allusion.

Magdalen se redressa dans son fauteuil :

— Il y a Matthew et moi, dit-elle d'une voix plus retenue. Nous sommes jumeaux, vous le savez. Tante Lily était notre grand-tante. C'était la sœur de ma grand-mère. Nous avons vécu chez elle depuis que nous avions quatorze ans. Et puis il y a son neveu, William Crabtree, le fils de son frère. Il habite là, lui aussi, avec Emily, sa femme.

— Elle les faisait vivre ?

— Plus ou moins. William a un peu de fortune personnelle, mais il n'est jamais en bonne santé, et il ne peut pas travailler. C'est un doux rêveur. Je n'imagine pas qu'il ait pu... Voyez à quel point c'est odieux de ma part d'en arriver à penser des horreurs de ce genre !...

— Je suis encore loin de comprendre la situation. Si vous aviez la gentillesse d'en venir un peu aux faits. Enfin... si cela ne doit pas trop vous perturber...

— Pas du tout. Je suis venue pour tout vous raconter. Tout est encore très clair dans mon esprit, horriblement clair. Voilà. Nous avons pris le thé, et puis chacun est reparti vaquer à ses occupations. Moi, j'avais à coudre des vêtements, et Matthew, qui s'est lancé dans le journalisme, un article à taper. William est retourné à sa chère collection de timbres. Emily n'était pas descendue pour le thé. Elle était restée dans sa chambre, parce qu'elle avait pris des cachets pour soigner une bonne migraine. Vous voyez que nous étions tous occupés. Et quand Martha est venue mettre le couvert pour le dîner, à 7 heures et demie, tante Lily était... Elle était morte. Elle avait... Croyez-moi... C'était épouvantable... Elle avait le crâne défoncé.

— On a retrouvé l'arme du crime, je crois ?

— Oui, l'assassin s'est servi d'un gros presse-papiers qui est toujours posé sur le guéridon, à côté de la porte d'entrée. La police a recherché des empreintes, bien sûr, mais elle n'a rien trouvé. Elles avaient été soigneusement essuyées.

— A quoi avez-vous pensé d'abord ?

— Nous avons tous cru au crime d'un cambrioleur. Deux ou trois tiroirs du bureau étaient restés ouverts, comme si un voleur les avait fouillés. Oui, évidemment, nous avons pensé à un cambrioleur !... Quand la police est arrivée, on nous a dit que la mort de tante Lily remontait déjà à une heure et demie. Ils ont demandé à Martha si quelqu'un était entré dans la maison. Martha a répondu que non. Toutes les fenêtres étaient fermées de l'intérieur. Il n'y avait pas de trace d'effraction. Alors les interrogatoires ont commencé...

Elle s'interrompit, le souffle court. Dans sa détresse, elle implorait de sir Edward un signe de réconfort.

— Bien. Qui sont les bénéficiaires du décès ?

— C'est très simple. Nous héritons tous de la même chose. Son testament stipule que sa fortune sera divisée en quatre parts égales.

— Je vois. Quelle est l'estimation de la succession ?

— D'après le notaire, il restera à peu près quatre-vingt mille livres, après le paiement des droits de mutation.

— Peste ! C'est une jolie somme, dit sir Edward avec quelque étonnement. J'imagine que vous connaissiez tous l'existence d'un magot aussi impressionnant ?

— Non. Nous avons tous été vraiment surpris. Tante Lily a toujours été près de ses sous. Il n'y avait qu'une domestique à la maison, et tante Lily n'arrêtait pas d'insister sur la nécessité de faire des économies.

Pensif, sir Edward hochait la tête. Magdalen se pencha vers lui.

— Sir Edward, dites-moi que vous allez m'aider.

Il jugea son insistance bien importune. L'énigme commençait de l'intéresser, certes, mais du seul point de vue de la criminologie.

— Que pourrais-je bien faire, jeune amie ? S'il vous faut un bon avocat, je puis vous indiquer...

— Non, ce n'est pas ce que je veux, coupa-t-elle. Je veux que vous m'aidiez vous-même... En ami.

— Votre confiance m'honore, mais...

— Je veux que vous veniez à la maison. Je veux que vous posiez les bonnes questions. Je veux connaître votre propre opinion.

— Mais, ma chère enfant...

— Rappelez-vous, sir Edward. Vous m'avez promis... votre aide si j'en avais besoin, n'importe où, n'importe quand...

Ses yeux suppliaient, mais exprimaient une étrange confiance. Sir Edward se sentit honteux, et cependant ému, par cette sincérité sans détour, par cette foi du charbonnier en une promesse faite à la légère dix ans auparavant. Bien des hommes ont fait la même promesse. C'est presque un lieu commun. Mais combien peu ont été sommés de la tenir !...

— Je suis sûr qu'il y a un grand nombre de gens qui pourraient vous aider plus efficacement que moi, se défendit-il.

— J'ai beaucoup d'amis, c'est certain, dit-elle avec une assurance naïve qui lui tira un sourire. Mais, voyez-vous, je ne connais personne qui ait votre intelligence. Vous savez repérer infailliblement les questions qu'il faut poser. Avec toute votre expérience, vous *saurez* tout de suite.

— Je saurai quoi ?

— Qui est coupable, et qui est innocent.

Il réprima un sourire cynique. Il avait la vanité de croire qu'au cours de sa carrière, en général, il avait *su*, même s'il lui fallait reconnaître qu'il n'avait pas toujours *pu* faire partager sa conviction au jury.

D'un geste nerveux, Magdalen repoussa en arrière son petit chapeau. Son regard balaya la bibliothèque.

— Comme tout est calme, ici ! Dites-moi, le bruit ne vous manque pas, quelquefois ?

Ce fut une illumination. Le *cul-de-sac* ! Sans le savoir, ses paroles le touchaient au vif. Un *cul-*

de-sac ! Mais on peut toujours s'en échapper. Il suffit de revenir sur ses pas pour retourner dans le monde... Sir Edward retrouvait l'élan de sa jeunesse. La confiance candide dont elle faisait preuve en appelait à ce qu'il avait de meilleur. Et, en lui, le criminologue ne pouvait qu'être attiré par l'énigme qui lui était proposée. Il fallait qu'il voie tous ces gens. Qu'il forme son propre jugement.

— Eh bien !... Puisque vous êtes si sûre que je puis être de quelque utilité... Mais je ne garantis rien.

Il s'attendait à des éclats de joie, mais elle se borna à répondre avec calme :

— Je savais que vous alliez m'aider. J'ai toujours pensé à vous comme à un ami véritable. Voulez-vous m'accompagner maintenant ?

— Non, je crois préférable de fixer ma visite à demain. Mais auriez-vous la gentillesse de me donner le nom et l'adresse du notaire de miss Crabtree ? J'aurai quelques questions à lui poser.

Elle les nota sur une feuille de papier, et prit congé avec une sorte de timidité :

— Je... Je vous suis infiniment reconnaissante. Euh... eh bien, au revoir.

— Vous ne m'avez pas dit votre propre adresse.

— Que je suis sotte !... C'est à Chelsea, 18 Palatine Walk.

Le lendemain, à 3 heures, sir Edward Palliser se rendit au 18 Palatine Walk d'un pas mesuré. Il n'avait pas perdu son temps depuis la veille. Dans la matinée, il avait été reçu par le directeur adjoint de Scotland Yard, qui était un de ses vieux amis, puis il s'était entretenu avec le notaire de feu miss Crabtree. C'est pourquoi le tableau lui semblait plus clair.

Ainsi, en ce qui concerne l'argent, miss Crabtree s'en était tenue à de bien singulières habitudes. Elle s'était toujours refusée à recourir à l'usage d'un chéquier. Elle préférait écrire à son notaire pour lui demander, chaque trimestre, de tenir à sa disposition une certaine somme, en billets de cinq livres. Il s'agissait pratiquement toujours du même montant. A peu près trois cents livres, quatre fois par an. Elle venait les chercher elle-même, et prenait à cette occasion un fiacre qu'elle considérait comme le seul moyen de transport un tant soit peu sûr. Pour le reste, elle ne quittait jamais sa maison.

A Scotland Yard, on avait expliqué à sir Edward que les données financières de l'enquête avaient fait l'objet d'investigations poussées. Le crime avait été commis peu avant la date probable du prochain retrait. On pouvait supposer que les trois cents livres du versement précédent avaient été dépensées en totalité, ou presque. Mais, sur ce point précis, il n'avait pas été possible d'arriver à des certitudes absolues. D'un côté, le pointage systématique des dépenses de la maison montrait qu'elles étaient loin d'atteindre trois cents livres par trimestre. Mais, de l'autre, on avait pu établir que miss Crabtree avait accoutumé d'envoyer un billet de cinq livres, ou deux, à des amis ou à des parents dans le besoin. Il était par conséquent bien difficile de déterminer si des sommes importantes se trouvaient encore dans la maison au moment du meurtre. En tout cas, les perquisitions n'avaient pas permis de retrouver d'argent liquide.

Sir Edward méditait sur ce point particulier quand il sonna à la porte du 18 Palatine Walk.

C'était une maison sans rez-de-jardin. Une petite femme plus toute jeune, au regard vif, vint ouvrir la porte. On le fit entrer dans un vaste salon, sur la gauche d'un petit vestibule. Magdalen l'y rejoignit. La tension nerveuse se lisait sur son visage plus nettement que la veille. Sir Edward lui prit la main avec un sourire :

— Vous m'avez demandé de poser des questions. Et c'est ce que je vais faire aujourd'hui. Mais dites-moi d'abord qui est la dernière personne à avoir vu votre tante encore en vie, et à quelle heure précise.

— C'était après le thé. Je dirais... vers 5 heures. Martha est la dernière qui ait passé un moment avec elle. Dans l'après-midi, elle avait réglé les fournisseurs, et elle rapportait à tante Lily la monnaie et son livre de comptes.

— Quelle confiance peut-on accorder à Martha ?

— Oh ! pleine et entière, elle servait chez tante

Lily depuis... Je ne sais pas... Trente ans au moins. C'est l'honnêteté faite femme.

— J'ai une autre question. Pourquoi votre cousine avait-elle pris des cachets contre la migraine ?

— Parce qu'elle avait la migraine, bien sûr !

— Ce n'est pas ce que je demande. Sa migraine avait-elle une cause particulière ?

— Oui, enfin, dans un sens. Au déjeuner, il y avait eu une sorte de scène. Emily est volontiers nerveuse et elle monte facilement sur ses grands chevaux. Tante Lily et elle se chamaillaient quelquefois

— Et cela avait été le cas pendant le déjeuner ?

— Oui. Tante Lily était vétilleuse. Tout est parti de trois fois rien, et elles ont failli en venir aux mains. Emily a dit des choses qu'elle ne pensait pas, évidemment. Qu'elle allait quitter définitivement la maison. Qu'on lui plaignait chaque bouchée de pain. Les sornettes qu'on raconte dans un moment d'énervement. Et tante Lily lui a répondu que plus tôt son mari et elle boucleraient leurs valises, mieux ce serait. Mais ça ne prêtait vraiment pas à conséquence.

— Parce que Mr et Mrs Crabtree ne pouvaient pas s'offrir le luxe de faire leurs bagages et de s'en aller ?

— Oui, mais pas seulement. William aimait beaucoup tante Emily. Beaucoup, je vous assure.

— Y aurait-il eu d'autres disputes ce jour-là, par hasard ?

Elle rougit :

— Vous parlez de moi ? Parce que je voulais devenir mannequin ?

— Votre tante n'était pas d'accord ?

— Non.

— Pourquoi souhaitez-vous devenir mannequin, Magdalen ? Est-ce un métier qui vous semble particulièrement attirant ?

— N'importe quoi pour ne pas continuer à vivre ici.

— Je comprends. Mais, maintenant, vous allez jouir d'un revenu tout à fait confortable.

— C'est vrai. *Maintenant,* ce sera très différent, reconnut-elle sans ambages.

Il lui sourit et changea de sujet :

— Et votre frère ? Il s'est lui aussi disputé avec votre tante ?

— Matthew ? Non, pas du tout.

— On peut dire, par conséquent, qu'il n'avait aucune raison de souhaiter sa disparition.

Il vit son trouble :

— J'oubliais, dit-il, aimable. Matthew a de grosses dettes, n'est-ce pas ?

— Oui. Pauvre Matthew...

— Mais cela, aussi, va pouvoir s'arranger maintenant.

— Quel soulagement, croyez-moi !...

Elle n'avait toujours pas compris ce qu'il sous-entendait !... Il passa à autre chose :

— Vos cousins et votre frère sont-ils là ?

— Oui. Je leur ai dit que vous alliez venir. Ils ont tous envie de vous aider. Oh ! sir Edward... Je suis tellement sûre que vous allez découvrir qu'il n'y a pas de problème. Que ce n'est pas l'un de nous qui est coupable... Que l'assassin est quelqu'un de l'extérieur.

— Je ne fais pas de miracles. Je découvrirai peut-être la vérité, mais il n'est pas en mon pouvoir que cette vérité soit celle que vous souhaitez.

— Vous ne le pouvez pas ? Moi, je suis sûre que vous pouvez tout, absolument tout.

Elle sortit du salon. Il s'interrogeait, un peu troublé : « Que veut-elle dire ? Est-elle en train de me suggérer un système de défense ? Et au profit de qui ? »

Sa réflexion fut interrompue par l'arrivée d'un homme dans la cinquantaine. Il était de belle carrure, mais voûté. Il portait des vêtements pas très nets et avait le cheveu en désordre. Il avait l'air doux, mais plutôt dans la lune.

— Sir Edward Palliser ? Bonjour, maître. Magdalen m'a demandé de descendre. C'est très aimable à vous d'accepter de nous aider. Mais je ne pense pas qu'on découvrira jamais quoi que ce soit. Je veux dire qu'on n'arrêtera pas le coupable.

— A votre avis, c'était un cambrioleur. Quelqu'un de l'extérieur ?...

— C'est sûrement cela. Ce ne peut pas être quelqu'un de la famille.

— Mr Crabtree, où vous trouviez-vous quand cette tragédie est survenue ?

— A l'étage au-dessus, dans mon petit bureau. Je travaillais à ma collection de timbres.

— Vous n'avez rien entendu ?

— Non. Mais quand j'ai l'esprit absorbé, je n'entends jamais rien. C'est idiot de ma part, mais c'est comme ça.

— Le bureau dont vous parlez est situé juste au-dessus de cette pièce ?

— Non, il donne sur l'arrière de la maison.

La porte s'ouvrit de nouveau, et une petite femme blonde fit son entrée. Maussade, elle se tordait les mains de nervosité.

— Pourquoi ne m'as-tu pas attendue, William ? Je t'avais dit de m'attendre !

— Pardon, chérie, j'ai oublié... Puis-je te présenter sir Edward Palliser ?... Ma femme...

— Bonjour, Mrs Crabtree. J'espère que cela ne vous dérange pas que je sois venu poser quelques questions. Je sais à quel point vous êtes tous désireux que cette affaire soit éclaircie.

— Bien sûr, sir Edward. Mais je ne peux vraiment rien vous dire, n'est-ce pas, William ?... Je m'étais endormie... Sur mon lit... Ce sont les cris de Martha qui m'ont réveillée.

Elle continuait de se tordre les mains.

— Où est votre chambre, Mrs Crabtree ?

— Juste au-dessus. Mais je n'ai rien entendu, puisque je dormais.

Il ne put rien en tirer de plus. Elle ne savait rien, elle n'avait rien entendu, elle dormait. Elle le répétait avec l'obstination d'une femme qui a peur. Et sir Edward comprit que c'était bien probablement la vérité.

Il préféra interroger Martha. William Crabtree s'offrit à le conduire jusqu'à la cuisine. Dans le vestibule, il manqua de se heurter à un jeune homme qui se hâtait vers la porte à grandes enjambées.

— Vous êtes Mr Matthew Vaughan ?

— Oui. Mais, écoutez, je n'ai pas le temps. J'ai un rendez-vous.

— Matthew ! lui reprocha Magdalen du haut de l'escalier. Matthew, tu m'avais promis !...

— Je sais, ma petite sœur. Mais je ne peux pas. Il faut que je voie ce type... Et, de toute façon, ça ne sert à rien de jacasser encore et toujours de cette fichue histoire !... Nous en avons assez parlé avec tous ces flics. Et puis j'en ai plein le dos !...

Mr Matthew Vaughan sortit en claquant la porte.

Sir Edward entra dans la cuisine où Martha repassait. Elle l'observa, le fer à la main. Il referma derrière lui.

— Miss Vaughan a demandé mon aide, expliqua-t-il. J'espère que vous ne verrez pas d'inconvénient à ce que je vous pose quelques questions.

Elle le toisa :

— C'est pas eux. Je sais ce que vous croyez, mais c'est pas vrai. Y a pas plus gentil que ces messieurs et dames.

— Je n'en doute pas. Mais, voyez-vous, leur gentillesse n'est pas ce qu'on peut appeler une preuve.

— Peut-être pas, monsieur. La loi, c'est un drôle de micmac. Mais j'en connais une, moi, de preuve, comme vous dites. Y en a aucun qui pourrait l'avoir fait sans que *je* le sache.

— Bien sûr, mais...

— Je sais ce que je dis, monsieur. Tenez, écoutez-moi ça...

C'était un craquement sonore, au-dessus de leurs têtes.

— Ça vient de l'escalier, monsieur. Chaque fois qu'on monte ou qu'on descend, l'escalier, il fait ce craquement. Même si vous marchez sur la pointe des pieds !... Mrs Crabtree, sur son lit qu'elle était. Mr Crabtree était encore fourré dans ses fichus timbres. Et miss Magdalen, elle était tout en haut, à coudre avec sa machine. Et si y en avait un qu'avait descendu l'escalier, je l'aurais forcément entendu. Et j'ai rien entendu.

Elle s'exprimait avec tant d'assurance que l'avocat en fut impressionné. Il pensa : « Elle ferait un bon témoin. Le jury l'écouterait. »

— Vous pourriez n'avoir pas fait attention.

— Mais si, bien sûr. J'ai fait attention sans faire attention, comme qui dirait. C'est comme quand quelqu'un sort. Eh bien, on entend claquer la porte.

Sir Edward changea de sujet :

— Vous m'avez dit où se trouvaient trois des personnes de la maison, mais il y en a une quatrième. Mr Matthew Vaughan était-il à l'étage au-dessus, lui aussi ?

— Non, il était dans le petit salon, au rez-de-chaussée, la porte à côté. Et il tapait sur sa machine. D'ici, on entend tout. Et sa machine s'est pas arrêtée une seule minute. Pas une seule minute, monsieur, je peux le jurer. Et c'est vraiment un sacré boucan que ça fait.

Sir Edward marqua une pause.

— C'est vous qui avez découvert le corps, n'est-ce pas ?

— Oui, monsieur, c'est moi. Etendue, là, avec du sang plein ses pauvres cheveux. Et j'avais rien entendu à cause du boucan de la machine à Mr Matthew.

— J'ai bien compris que vous maintenez que personne n'a pu entrer dans la maison ?

— Et comment que ce serait possible que je l'entende pas ? La sonnette, elle sonne ici. Et il y a qu'une porte.

Il la fixa dans les yeux :

— Vous étiez très attachée à miss Crabtree ?

Une expression de vraie tendresse passa sur son visage :

— Ça, vous pouvez le dire, monsieur. Miss Crabtree... Je vais sur mes vieux jours, maintenant, et ça me dérange plus d'en parler... Quand j'étais jeune, j'ai fait des bêtises... Eh bien, miss Crabtree, elle m'a pas laissée tomber, et quand tout ça a été fini, elle m'a reprise à son service. Parole ! J'aurais donné ma vie pour elle !...

Sir Edward avait appris à reconnaître la sincérité. Martha était sincère.

— Pour autant que vous le sachiez, personne ne s'est présenté à la porte.

— Je vois pas qui serait venu.

— J'ai dit : pour autant que vous le sachiez. Mais si miss Crabtree attendait une visite... Si elle avait ouvert la porte elle-même à quelqu'un...

Martha parut décontenancée.

— C'est possible, j'imagine, la pressa sir Edward.

— C'est possible... Oui... Enfin, c'est pas vraiment probable. Je veux dire...

Elle était vraiment décontenancée, remarqua sir Edward. Elle ne pouvait pas dire le contraire et, pourtant, elle l'aurait bien voulu. Pourquoi ? Parce qu'elle savait que la vérité était différente ? Et quelle vérité ? Connaissait-elle celui des quatre membres de la famille qui était le coupable ? Martha essayait-elle de le couvrir ? L'escalier avait-il réellement craqué ? Quelqu'un était-il descendu furtivement, et Martha avait-elle reconnu ce quelqu'un ?

En ce qui la concernait, Martha était honnête. Sir Edward en avait la conviction.

Il pressa son avantage sans la quitter du regard :

— Miss Crabtree, si mon hypothèse était bonne, pourrait avoir agi de cette façon : la fenêtre du salon donne sur la rue. Elle pourrait donc avoir vu par la fenêtre arriver celui ou celle qu'elle attendait, passer dans le vestibule, et le — ou la... — faire entrer. On peut même imaginer qu'elle souhaitait que nul ne voie cette personne.

Martha parut troublée. Elle finit par lâcher :

— Vous pourriez bien avoir raison, monsieur. Je l'aurais jamais pensé. Qu'elle attendait un monsieur. Oui, ça peut bien être ça.

On aurait dit que l'hypothèse commençait de lui sembler avantageuse.

— Vous avez été la dernière à la voir vivante, n'est-ce pas ?

— Oui, monsieur. J'avais fini de débarrasser le thé. Je lui ai apporté mon carnet de comptes et la monnaie pour l'argent qu'elle m'avait donné.

— Etaient-ce des billets de cinq livres ?

— Un seul billet de cinq livres, monsieur, répondit Martha d'une voix offensée. Les comptes arrivent jamais à cinq livres. Je fais très attention.

— Son argent... Où le mettait-elle ?

— Ça, je sais pas trop, monsieur. Moi, je dirais

qu'elle le transportait avec elle... Dans son sac en velours noir. Bien sûr, elle pouvait aussi l'enfermer dans un des tiroirs de sa chambre. Elle aimait beaucoup enfermer les choses à double tour, quoiqu'elle avait plutôt tendance à égarer les clefs.

Sir Edward acquiesça d'un air entendu :

— Vous n'avez pas idée de l'argent qu'elle avait encore ? Je veux dire, en billets de cinq livres ?...

— Non, monsieur. Je pourrais pas dire une somme.

— Et elle ne vous a rien dit qui puisse vous faire penser qu'elle attendait quelqu'un ?

— Non, monsieur.

— Vous en êtes certaine ? Que vous a-t-elle dit au juste ?

— Eh bien..., réfléchit Martha. Elle a dit que le boucher n'était qu'un voyou et un voleur, que j'avais pris un quart de livre de thé en trop, que Mrs Crabtree était ridicule de ne pas aimer la margarine, et qu'une des pièces de six pence que j'avais rapportées lui plaisait pas... Vous voyez, une des nouvelles pièces, avec des feuilles de chêne... Elle disait que c'était une fausse pièce, et j'ai eu de la peine à la convaincre. Et puis elle a dit encore que le poissonnier avait livré des harengs et pas des merlans, et est-ce que je lui avais fait une remarque, et je lui ai répondu que oui. Et je crois bien que c'est tout, monsieur.

Pour sir Edward, la tirade de Martha évoquait la défunte avec bien plus de clarté que n'importe quel portrait détaillé.

— Une patronne plutôt difficile à contenter, fit-il remarquer comme en passant.

— Un peu tatillonne, si on veut. Mais faut comprendre. Elle sortait pas souvent, la pauvre demoiselle, et à rester enfermée comme ça, fallait bien qu'elle trouve de quoi se changer un peu les idées. Elle faisait des histoires, mais elle avait bon cœur. Y a pas un malheureux qui a frappé à la porte sans qu'elle lui donne un petit quelque chose. Oui, peut-être bien qu'elle faisait des histoires, mais c'était une demoiselle vraiment charitable.

— Martha, je suis heureux de constater qu'elle laisse au moins une créature pour la regretter.

La vieille domestique en eut le souffle coupé :

— Vous voulez pas dire... Oh ! mais ils l'aimaient tous beaucoup, au fond. De temps en temps, ils avaient des mots avec elle, mais ça n'avait pas d'importance.

Sir Edward releva la tête. Il venait d'entendre un craquement.

— C'est miss Magdalen qui descend, dit Martha.

— Comment le savez-vous ? jeta-t-il.

La vieille domestique rougit :

— Je reconnais son pas, murmura-t-elle.

Sir Edward quitta la cuisine en hâte. Martha avait raison : Magdalen atteignait la dernière marche. Elle le regarda, pleine d'espoir.

— Je ne suis pas bien avancé, pour l'instant, dit-il en réponse. Savez-vous par hasard si votre tante a reçu du courrier le jour de sa mort ?

— Oui, les lettres sont toutes ensemble. La police les a étudiées, naturellement.

Elle le précéda dans un grand bureau où, déverrouillant un tiroir, elle sortit une large aumônière de velours noir au fermoir d'argent à l'ancienne.

— C'était son sac. Tout ce qu'il y a dedans y était le jour de sa mort. J'ai voulu que cela reste comme c'était.

Sir Edward la remercia et se mit en devoir d'en renverser le contenu sur une table. « Voilà bien, pensa-t-il, le sac typique d'une vieille originale » : quelques pièces de menue monnaie en argent voisinaient avec deux biscuits au gingembre, trois coupures de presse sur la dernière gifle assenée par l'irrépressible Johanna Southcott, un médiocre poème imprimé, sur le triste sort des chômeurs, un almanach écorné, un bon morceau de camphre, plusieurs paires de lunettes, et trois lettres. La première, d'une écriture tremblée, était signée d'une certaine cousine Lucy. La seconde n'était qu'une facture pour la réparation d'une pendule. Quant à la troisième, elle émanait d'une œuvre de charité qui sollicitait une donation.

Chaque objet examiné avec un soin minutieux, sir

Edward remit le tout dans le sac qu'il referma et rendit à Magdalen avec un soupir.

— Merci, Magdalen. Je crains qu'il n'y ait là-dedans pas grand-chose pour moi.

Il se leva, remarquant au passage que, de la fenêtre, on voyait parfaitement les marches du perron. Il serra la main de la jeune femme.

— Vous partez ?

— Oui.

— Tout... Dites-moi que tout va s'arranger.

— Un auxiliaire de la justice doit se garder comme de la peste d'une déclaration aussi péremptoire, répondit sir Edward avec quelque emphase.

Et il s'en fut au long de la rue, perdu dans ses pensées. Il était en possession de tous les éléments de l'énigme... Et il ne l'avait pas résolue. Il lui manquait un détail, le bout du fil d'Ariane sur lequel il n'aurait plus qu'à tirer.

Il sursauta en sentant une main lui toucher l'épaule. C'était Matthew Vaughan, hors d'haleine :

— Je vous ai couru après, sir Edward. J'ai des excuses à vous présenter pour m'être conduit comme un goujat tout à l'heure. J'ai très mauvais caractère, je le crains. Mais je voulais vous remercier de prendre le temps de vous ennuyer avec notre affaire. Je vous en prie, posez-moi toutes les questions que vous voulez. Et si je peux vous aider en quoi que ce soit...

Sir Edward, soudain, s'immobilisa. Il ne regardait plus le jeune homme, mais fixait l'autre côté de la chaussée. Quelque peu étonné, Matthew répéta :

— Si je peux vous aider en quoi que ce soit...

— C'est fait, mon cher ami. Vous venez de m'aider, répondit sir Edward. En interrompant ma promenade à cet endroit précis, vous m'avez permis de remarquer quelque chose à quoi, sans vous, je n'aurais pas prêté attention.

Il désigna du doigt l'enseigne d'un petit restaurant.

— *Aux Vingt Et Quatre Merles,* lut Matthew d'une voix incrédule.

— C'est tout à fait cela.

— C'est un nom bizarre. Mais je crois savoir qu'on n'y mange pas trop mal.

— Je n'ai pas l'intention de tenter l'expérience, dit sir Edward. Mais, mon jeune ami, comme je suis plus éloigné que vous des jours de mon enfance, je suis sûr de mieux me souvenir des comptines que l'on me chantait. Il y en a une, bien classique, qui dit, si je me rappelle bien :

Six pence pour une chanson,
Une poignée de seigle, une poignée de son,
Et vingt et quatre merles
Brillants comme des perles

» ... et ainsi de suite. Mais le reste est sans intérêt pour ce qui nous concerne.

Il fit un brusque demi-tour.

— Mais où allez-vous donc ? demanda Matthew.

— Je retourne chez vous, mon cher.

Ils parcoururent le chemin en silence. Matthew, de temps en temps, lançait à son compagnon un regard plein d'incompréhension. Sir Edward pénétra dans la maison, se dirigea vers un tiroir, et en sortit l'aumônière de velours noir. Il fit jouer le fermoir. D'un regard, il ordonna à Matthew de quitter la pièce. Le jeune homme s'exécuta de mauvaise grâce.

Sir Edward compta et recompta la petite monnaie. Puis, il eut, pour lui-même, un sourire d'approbation. Sa mémoire ne lui avait pas fait défaut.

Il se leva pour tirer le cordon d'appel, et dissimula, ce faisant, quelque chose au creux de sa main.

Son coup de sonnette fit surgir Martha.

— Si je me souviens bien, Martha, vous m'avez dit que miss Crabtree vous avait cherché noise à propos d'une de ces nouvelles pièces de six pence ?

— Oui, monsieur.

— Bon. Mais voyez-vous, dans toute cette monnaie, *il n'y a pas de nouvelle pièce de six pence.* Il y a bien deux pièces de six pence, mais de l'ancien modèle.

Elle le regardait sans comprendre.

— Vous ne voyez pas où je veux en venir ? *Ce soir-là, quelqu'un est venu. Quelqu'un à qui votre patronne a donné une pièce de six pence.* Et je crois qu'elle l'a donnée en échange de ceci...

D'un geste preste, paume ouverte, il montrait le petit poème sur le triste sort des chômeurs. Il n'eut pas besoin de la regarder longtemps :

— Arrêtons ce jeu, Martha. Comme vous voyez, j'ai compris. Vous feriez mieux de tout me dire.

En larmes, elle s'effondra sur une chaise :

— C'est vrai... Oui, c'est vrai... J'étais pas sûre qu'on avait sonné à l'entrée. J'ai pensé que j'aurais meilleur temps de jeter un œil. Je suis arrivée à la porte juste quand il lui tapait dessus. Y avait tous ces billets de cinq livres, là, devant elle. C'est à cause de ça qu'il l'a fait. Et aussi parce qu'il a cru qu'elle était toute seule dans la maison quand elle l'a fait entrer. J'avais bien trop peur pour crier. Comme paralysée, j'étais. Et puis il s'est retourné, et j'ai vu que c'était mon garçon...

» Oh ! il a toujours été un mauvais gars. Je lui donnais tout l'argent que je pouvais. Mais il s'est quand même retrouvé deux fois en taule. A mon avis, il s'était amené pour me voir. Miss Crabtree, elle a pensé que j'avais pas entendu la sonnette, et elle est allée ouvrir elle-même. Il en a pas cru ses yeux. Pour faire comme si, il lui a sorti un de ces trucs sur le chômage, et comme la patronne était comme qui dirait charitable, elle lui a dit d'entrer, qu'elle allait lui donner six pence. Et tout ce temps-là, y avait les billets de cinq livres qui étaient sur la table, même qu'ils y étaient déjà quand je lui avais rendu la monnaie. Et mon pauvre Ben, faut croire que le démon, il s'est emparé de lui, et il s'est faufilé derrière elle pour la descendre.

— Bien. Et alors ? demanda sir Edward.

— Qu'est-ce que vous vouliez que je fasse, monsieur ?... C'est la chair de ma chair... Son père était déjà un mauvais gars, et Ben tient de lui. Mais c'est quand même mon fils... Je l'ai fichu à la porte, et puis je suis retournée dans ma cuisine, et puis j'ai fait semblant d'aller mettre le couvert à l'heure normale. Faut pas me trouver vicieuse, monsieur. J'ai essayé de pas vous mentir quand vous avez posé vos questions.

Sir Edward se dressa.

— Ma pauvre Martha, dit-il d'une voix plus émue qu'il ne l'aurait voulu. J'ai beaucoup de peine pour vous. Mais vous savez que la loi s'appliquera de toute façon.

— Il a quitté le pays, monsieur. Et je sais même pas où il est.

— Eh bien, il a peut-être une chance d'échapper à la potence mais, à votre place, je ne parierais pas là-dessus. Voulez-vous demander à miss Magdalen de venir, je vous prie ?

Il limita son compte rendu à l'essentiel.

— Sir Edward, vous avez été merveilleux. Vraiment merveilleux. Vous nous avez tous sauvés. Comment pourrais-je assez vous remercier ?

Sir Edward Palliser lui sourit et lui tapota gentiment la main. Il se sentait assez fier de lui. A bord du *Siluric,* il s'était laissé griser par le charme ingénu des dix-sept ans de la jeune fille. Mais les années avaient passé...

— La prochaine fois que vous aurez besoin d'aide..., commença-t-il.

— ... Je viendrai vous trouver.

— Non ! Non ! se récria-t-il, inquiet. Au contraire ! Allez trouver quelqu'un de plus jeune que moi !

Il parvint à échapper sans manquer à la bienséance aux élans de gratitude de toute la famille. Et il poussa un soupir de soulagement en se laissant enfin aller sur la banquette de son taxi.

La fraîche innocence et la beauté du diable d'une ingénue de dix-sept ans, pensait-il, ont tout de même moins d'attraits qu'une bibliothèque de criminologie bien remplie.

Son taxi entra dans Queen Anne's Close.

Il était enfin de retour dans son cher cul-de-sac.

5

L'ÉMANCIPATION D'EDWARD ROBINSON

« *D'un ample mouvement de ses bras puissants, Bill l'enleva comme une plume et la serra contre sa poitrine. Avec un gémissement, elle lui offrit ses lèvres pour un baiser brûlant de passion...* »

En soupirant, Mr Edward Robinson reposa « Au Royaume de l'Amour », et jeta un coup d'œil par la vitre. Le métro traversait Stamford Brook. Edward pensait à Bill, ce héros viril par excellence des romans à l'eau de rose. Il rêvait de posséder comme lui une musculature d'athlète, d'imposer comme lui un physique au charme rude, d'éprouver comme lui des passions dévorantes. Il reprit son livre et se plongea avec délices dans la description de la fière *marchesa* Bianca — celle-là même qui avait offert ses lèvres à Bill. Par son étourdissante beauté et son pouvoir de séduction, elle ensorcelait les hommes les plus forts, qui n'avaient alors rien de mieux à faire que de s'écrouler à ses pieds, éperdus d'amour.

« Tout ça, pensa Edward, c'est une blague. Une vaste blague. Et pourtant... »

Pourtant, il se demandait, songeur, s'il n'existait pas, par hasard, un pareil monde de passion et d'aventure. S'il était vraiment des femmes dont la beauté rend fou. Si l'on pouvait rencontrer des amours plus ardentes que les flammes.

— Mais la vie réelle, conclut-il avec tristesse, elle est ici. Il faut faire avec, comme tout le monde.

A tout prendre, il pouvait s'estimer plutôt gâté par l'existence. Il avait trouvé un bon travail d'employé de bureau dans une entreprise en plein essor. Il se sentait en bonne santé, personne n'était à sa charge, et il s'était fiancé avec Maud.

Mais le simple fait de penser à Maud amena une ombre sur son visage. Sans le reconnaître, il en avait peur. Il l'aimait, bien entendu. Il pouvait encore se souvenir du frisson qui l'avait parcouru à la vue de sa nuque d'ivoire, émergeant pourtant d'un chemisier à bon marché. C'était au cinéma. Elle était assise juste devant lui. L'ami qui l'accompagnait la connaissait et les avait présentés. Sans contestation possible, Maud était une jeune fille hors du commun. Aussi intelligente que jolie, distinguée, et les pieds bien sur terre. Le genre de fille qui, à en croire tout un chacun, fera une excellente épouse.

Edward n'était pas convaincu que la *marchesa* Bianca aurait fait une excellente épouse. Il en doutait quelque peu. On ne pouvait imaginer la voluptueuse Bianca, aux lèvres pulpeuses, incliner sa silhouette si pleine de promesses sur les boutons qu'elle recoudrait prosaïquement à la veste du fougueux Bill. Non, Bianca, c'était le rêve, pas la vie. Maud et lui seraient très heureux. Elle était si pleine de bon sens...

Tout de même, il l'aurait préférée plus... Plus tendre. Moins querelleuse.

Il savait bien qu'elle était dominée par sa prudence et son discernement. Maud était très raisonnable. Et, en règle générale, Edward était très raisonnable, lui aussi. Mais quelquefois... Par exemple, il aurait souhaité se marier cette année, au moment de Noël. Maud avait fait aussitôt valoir qu'il était plus sage de patienter encore un peu, une ou deux années peut-être, en attendant que son petit salaire ait été assez augmenté... Il lui avait fait don d'une bague de fiançailles assez chère. Comme frappée d'horreur, elle l'avait contraint à retourner dans le magasin et à échanger le bijou pour un modèle moins coûteux. Maud n'avait que d'excellentes qualités, mais Edward regrettait parfois qu'elle n'ait pas davantage de faiblesses et moins de vertus. Car ses vertus l'avaient conduit à des actes de désespoir.

Par exemple...

Il en rougissait de honte. Il faudrait qu'il avoue. Et vite. Déjà, son coupable secret le poussait à un comportement suspect. Demain serait le premier des trois jours de congé traditionnels, 24 décembre, Noël et la Saint-Etienne. Elle lui avait proposé de venir passer la veillée de Noël chez ses parents. Et, pour refuser l'invitation, il s'était lancé dans une histoire emberlificotée, en expliquant beaucoup trop longuement qu'il avait promis à un vague ami de faire un saut en province ce jour-là. Naturellement, cela n'avait pas manqué d'éveiller ses soupçons.

Il n'y avait pas plus d'ami que de province. Mais seulement son coupable secret.

Trois mois auparavant, à l'instar de quelques centaines de milliers de jeunes gens, Edward avait participé au concours organisé par un hebdomadaire. Il s'agissait de classer, par ordre de popularité, une liste de douze prénoms féminins. Une idée remarquable lui était venue. Son choix a lui serait sûrement faux. Il l'avait déjà constaté à l'occasion d'autres concours. Il nota donc son ordre de préférence à lui, puis le recommença, mais en sens exactement inverse, son dernier nom à la première place, et ainsi de suite.

Quand le résultat fut publié, Edward, qui avait trouvé juste pour huit noms sur douze, se trouva proclamé gagnant du premier prix de 500 livres. La chance avait joué un rôle essentiel, mais Edward persistait à croire que ce qu'il appelait son « système » avait été la clef du succès. Il en ressentait une intense fierté.

Mais que faire des 500 livres ? Il savait parfaitement ce que Maud allait dire : qu'il fallait les investir. Par exemple dans l'achat d'un petit nid d'amour, en vue de l'avenir. Maud aurait cent fois raison, il ne l'ignorait pas. Mais l'argent gagné dans un concours ne peut pas être considéré comme de l'argent ordinaire.

Si la somme en question lui était venue par héritage, Edward l'aurait à coup sûr placée sagement en emprunts d'Etat ou en bons d'épargne. Mais de l'argent gagné d'un trait de plume, pour ainsi dire, par un coup de chance incroyable, rentre dans la même catégorie que la pièce de six pence que l'on donne à un enfant en lui disant : « C'est pour toi. Tu en fais ce que tu veux. »

Et justement, dans la devanture d'un luxueux magasin devant lequel il passait chaque jour sur le chemin du bureau, trônait son impossible rêve. C'était un petit cabriolet pimpant, au capot allongé. Le prix était clairement affiché, 465 livres.

Chaque jour, s'adressant à la superbe machine, Edward avait murmuré :

— Si j'étais riche, tu serais à moi.

Il n'était pas encore riche, mais il était désormais en possession d'assez d'argent pour que son rêve devienne réalité. S'il acceptait de payer le prix, la voiture, ce joyau aux mille éclats, pouvait être à lui.

Il avait eu l'intention de parler à Maud de l'argent de son prix. Cela l'aurait gardé de toute tentation. Elle aurait été si horrifiée, aurait exprimé une telle désapprobation, que, sur-le-champ, il aurait abandonné sa chimère. Mais le destin voulut que Maud elle-même fît pencher la balance.

Il l'avait emmenée au cinéma, aux meilleures places s'il vous plaît. Gentiment, mais avec fermeté, elle lui avait reproché la folie d'un luxe aussi dispendieux : pourquoi payer trois shillings et six pence, quand on voyait tout aussi bien l'écran des places à deux shillings et quatre pence ?...

Edward avait essuyé ses récriminations dans un silence maussade. Elle en avait conclu que ses propos avaient porté. Il n'était pas question de laisser Edward poursuivre de telles extravagances. Elle aimait son fiancé, mais elle le jugeait faible. Sa mission serait de toujours le surveiller pour le garder dans le droit chemin. Maud avait noté son air contrit avec toute la satisfaction du devoir accompli.

Il avait plié l'échine, certes. Mais ce qui est plié peut se redresser. Les remontrances avaient fait leur chemin, mais ce fut à cet instant précis qu'il prit sa décision :

« Et puis zut ! pensa-t-il. Pour une fois, je ferai dans ma vie exactement ce que je veux. Et que Maud aille au diable !... »

Dès le lendemain, il avait fait son entrée dans le palais de verre enchanté où régnaient, seigneuriales, les merveilles à moteur, dans toute la gloire de leurs chromes et de leurs vernis. Il acheta sa voiture, avec une insouciance qui le surprit lui-même. Vraiment, quoi de plus simple au monde que d'acheter une voiture !...

Il y avait de cela quatre jours. Il avait affecté de ne rien changer à ses habitudes, mais le calme apparent de son comportement dissimulait son extase intérieure. Il n'avait pas soufflé mot à Maud. Depuis quatre jours, à l'heure du déjeuner, on lui apprenait à maîtriser l'engin de rêve. Il se montrait élève doué.

Demain, veille de Noël, il emmènerait sa nouvelle conquête à la campagne. Il avait menti à Maud, et il n'hésiterait pas à lui mentir de nouveau. Corps et âme, il était maintenant l'esclave de son cabriolet. Pour lui, cette voiture personnifiait à elle seule l'Amour, l'Aventure, et tout ce à quoi il avait aspiré sans jamais le rencontrer. Demain, sa maîtresse mécanique et lui prendraient la route de concert. Ils fileraient dans l'air pur et froid des champs et des forêts, laissant loin derrière eux les miasmes et le tumulte de la capitale... Ils fonceraient dans les grands espaces.

A cet instant de sa pensée, Edward, qui ne s'en doutait pas le moins du monde, était à deux doigts de devenir poète.

Demain...

Il eut un regard de dérision pour son livre. « Au Royaume de l'Amour ! »... Il rit et le fourra dans sa poche. La voiture, les lèvres incarnat de la *marchesa* Bianca, et les prouesses fabuleuses de Bill se mélangeaient dans son esprit de manière inextricable. Demain...

Le climat déçoit volontiers ceux qui espèrent en lui, mais il se montra clément pour Edward. Il lui offrit la journée dont il avait rêvé : un ciel azuré, un soleil mordoré, un air coupant comme le métal.

Prêt à toutes les aventures, aux audaces les plus folles, Edward quitta Londres. La circulation était dense à Hyde Park Corner, et se dépêtrer des embouteillages de Putney Bridge exigea de considérables efforts. De toute part, on entendait protester les boîtes de vitesses malmenées et grincer les freins, sans parler des torrents d'insultes que déversaient les autres conducteurs. Mais, l'un dans l'autre, pour un débutant, il s'en était plutôt bien sorti, et maintenant s'ouvrait devant lui l'une de ces routes larges qui sont la récompense de ceux qui aiment à conduire. La circulation était réduite au minimum. Edward roulait, et roulait encore, enivré par la maîtrise qu'il exerçait sur cette machine aux flancs brillants. Possédé par l'allégresse d'un dieu, il partait à la conquête d'un monde illuminé par la froideur blanche du givre.

Ce fut une journée de joie sans partage. Une vieille auberge l'accueillit pour le déjeuner, et il s'arrêta une seconde fois pour le thé. Puis, à regret, il fit demi-tour... Pour retrouver Londres où l'attendaient Maud, une explication inévitable, et des flots de reproches...

Il rejeta ces pensées en soupirant. Après tout, comme le dit l'Evangile : « Que le lendemain ait soin de lui-même. » La journée était encore à lui. Et que pouvait-il y avoir de plus délicieux que de percer la nuit derrière le pinceau des phares qui déchiraient les ténèbres ?... Ça, c'était un sommet !...

Il était trop tard pour dîner. La conduite de nuit n'était pas si simple, et il mettrait plus de temps qu'il ne l'avait cru pour regagner Londres. Il était 8 heures tout juste quand il traversa Hindhead pour atteindre la corniche qui surplombe la cuvette du Devil's Punch Bowl. Le clair de lune scintillait sur la neige tombée deux jours auparavant.

Edward arrêta le cabriolet et contempla un moment le paysage. Quelle importance cela pouvait-il bien avoir que de ne pas rentrer à Londres avant minuit ? Et s'il ne rentrait jamais ?... Il n'allait pas se laisser arracher de si tôt au monde qu'il avait découvert.

Il sortit de la voiture et avança jusqu'au bord de la route. Un sentier s'enfonçait en lacets prometteurs. Edward succomba à son charme. Pendant une demi-heure, il parcourut un univers noyé de neige que jamais il n'aurait pu imaginer. Et tout cela lui appartenait, à lui seul, par la grâce de sa maîtresse mécanique qui l'attendait fidèlement là-haut, sur la route.

Il remonta le long du sentier et s'installa derrière son volant, comme encore grisé par cette découverte de la beauté que même les hommes les plus terre à terre éprouvent un jour ou l'autre.

Avec un soupir, il rassembla ses esprits. Et, pour y prendre le cache-nez qu'il y avait mis par précaution, il plongea la main dans le vide-poches de la voiture.

Mais le cache-nez n'y était plus. Le vide-poches ne

contenait plus rien. Ou, plutôt, si... Quelque chose de dur et de pointu... Des cailloux, peut-être.

Edward enfonça ses doigts au plus profond. Puis, l'œil égaré, fixa sans comprendre un collier de diamants dont le clair de lune allumait les mille feux.

Il était pétrifié. Mais il n'y avait pas à s'y méprendre. Un collier de diamants, valant incontestablement plusieurs milliers de livres, car les pierres étaient toutes d'un carat respectable, se trouvait tout bonnement dans le vide-poches du cabriolet.

Comment avait-il bien pu atterrir là ? Il n'y était pas quand il avait quitté Londres. Il fallait supposer que quelqu'un, pendant qu'il arpentait le sentier, l'avait glissé dans le vide-poches de propos délibéré. Mais, dans ce cas, pourquoi ? Et pourquoi choisir *sa* voiture ? Etait-ce une erreur du propriétaire du collier ? Ou ne s'agissait-il pas, après tout, d'un collier volé ?

Les questions se bousculaient dans sa tête. Mais Edward se raidit soudain, parcouru d'un frisson : *la voiture n'était pas son cabriolet.*

Elle lui ressemblait beaucoup, c'était certain. La carrosserie étincelait du même vernis écarlate — comme les lèvres de la *marchesa* Bianca —, et la ligne du long capot brillant était semblable. Mais à mille petits détails, Edward reconnaissait que la voiture n'était pas la sienne. Elle paraissait comme neuve, mais, çà et là, les signes d'une déjà longue utilisation apparaissaient. Donc...

Sans chercher plus loin, Edward se mit en devoir de faire demi-tour. Il ne maîtrisait pas encore très bien la manœuvre. En marche arrière, il braquait toujours le volant dans le mauvais sens. Il lui arrivait aussi de confondre le frein et l'accélérateur, avec les résultats que l'on imagine. Il parvint néanmoins à se sortir de ce mauvais pas et se lança sur la route.

Il se souvenait maintenant d'avoir vu une autre voiture arrêtée non loin. Sur le moment, il n'y avait pas prêté une attention particulière. Or, pour revenir de sa promenade, il avait emprunté un chemin différent. Cela l'avait ramené sur la route juste derrière ce qu'il avait cru être sa propre voiture. En réalité, c'était l'autre véhicule.

En dix minutes, il fut de retour à l'endroit où il s'était arrêté. Mais il n'y avait plus d'autre voiture. Son propriétaire, quel qu'il puisse être, était parti au volant de celle d'Edward, peut-être trompé lui aussi par la similitude.

Il sortit le collier de diamants de sa poche et l'égrena entre ses doigts avec perplexité. Que faire maintenant ? Se précipiter vers le plus proche poste de police ? Il leur expliquerait l'affaire, leur confierait le collier et leur donnerait le numéro d'immatriculation de sa propre voiture.

Mais quel numéro, au fait ? Edward avait beau chercher, il aurait été bien incapable, la tête sur le billot, de s'en souvenir. Cela le glaça. Les policiers allaient le prendre pour un imbécile fieffé. Tout ce qu'il pouvait se rappeler, c'est qu'il y avait un huit quelque part. Ce n'était pas capital, certes... Mais... Il considéra les diamants avec un malaise grandissant. Et si par hasard ils en venaient à le soupçonner d'avoir volé la voiture et le collier ? Après tout, quand on y pense, personne de sensé n'irait déposer négligemment un collier de diamants dans le vide-poches ouvert d'une voiture quelconque...

Il descendit du cabriolet et fit le tour du capot. La plaque portait le numéro XR10061. Ce n'était en tout cas pas le numéro de sa propre voiture, et cela ne le menait nulle part. Il entreprit la fouille systématique de toutes les pochettes de la voiture, et fit une découverte intéressante dans le vide-poches où il avait trouvé les diamants : un bout de papier portant quelques mots griffonnés au crayon. Il s'empressa de les lire à la lumière des phares :

— *Rendez-vous à Greane, au coin de Salter's Lane, 10 heures.*

Ce nom de Greane lui disait quelque chose. Plus tôt dans la journée, il l'avait lu sur un poteau indicateur. Il se décida sur-le-champ. Il fallait se rendre à ce village de Greane, y dénicher Salter's Lane, trouver la personne qui avait rédigé le petit mot, et lui expliquer les faits. Tout plutôt que d'être pris pour un crétin par des flics de campagne !...

Presque heureux, il se mit en route. Il était en train de vivre une sorte d'aventure. Une histoire de ce genre ne se produit pas tous les jours, et le collier de diamants apportait avec lui du piment et du mystère.

Trouver Greane ne fut pas facile, et repérer Salter's Lane moins encore. Il n'y parvint qu'après avoir frappé à la porte de deux maisons.

Il était plus de 10 heures quand il s'engagea avec prudence dans une venelle étroite. Il guettait, sur sa gauche, ce qu'on lui avait annoncé comme le carrefour de Salter's Lane. Au détour d'un virage, il n'eut pas le temps de freiner que la silhouette d'une jeune fille surgit de l'ombre.

— Ce n'est pas trop tôt ! s'écria-t-elle. Vous en avez mis un temps, Gerald !...

Elle apparut dans le faisceau des phares. Edward en eut le souffle coupé. La créature la plus superbe qu'il ait jamais vue se tenait devant lui.

C'était une toute jeune femme, aux cheveux noirs comme la nuit et aux lèvres d'un incarnat magique. Sa lourde cape de fourrure s'écarta, révélant un fourreau de soie fauve qui collait à chaque courbe d'un corps sans défaut. Autour du cou, elle portait un rang de perles.

Elle tressaillit :

— Mais vous n'êtes pas Gerald !...

— Non, s'empressa-t-il de reconnaître. Il faut que je vous explique...

Il sortit de sa poche le collier :

— Je m'appelle Edward...

Il ne put poursuivre. La jeune femme battait des mains :

— Edward, bien sûr !... Je suis si contente !... Cet imbécile de Jimmy m'a dit au téléphone qu'il envoyait Gerald me chercher en voiture. C'est chic de votre part, vraiment, d'être venu vous-même. Je mourais d'envie de vous revoir. Rappelez-vous, la dernière fois, je n'avais que six ans !... Je vois que tout s'est bien passé pour le collier, mais remettez-le dans votre poche. Si le policier du coin débarquait !... Brrr !... Je me suis gelée en vous attendant !... Je peux monter ?...

Comme dans un état second, Edward lui ouvrit la portière et elle se glissa à côté de lui. Il sentit sa fourrure frôler sa joue, et respira un parfum léger qui évoquait la senteur des violettes après la pluie.

Il n'avait pas la moindre idée de ce qu'il allait faire. En une minute, sans en avoir vraiment conscience, il s'était lancé à l'aventure. Elle l'avait pris pour un autre Edward, mais quelle importance ?... Elle comprendrait toujours assez tôt son erreur. Mais, en attendant, que la fête continue !... Il embraya.

Cela fit rire la jeune femme, d'un rire aussi délicieux que tout son être :

— Je vois que vous ne connaissez pas grand-chose aux voitures. J'imagine qu'il n'y en a pas beaucoup, là-bas.

Edward se demanda où se trouvait cet énigmatique « là-bas », mais il se borna à répondre :

— Pas énormément.

— Alors, passez-moi le volant. C'est vraiment difficile de s'y retrouver dans toutes ces petites rues avant de retomber sur la grand-route.

Il lui céda sa place avec soulagement. Elle conduisait vite, sans précaution excessive, et Edward s'efforçait de cacher sa peur.

— Moi, j'aime la vitesse, déclara-t-elle. Pas vous ? Vous savez, vous ne ressemblez pas le moins du monde à Gerald. On ne croirait jamais que vous êtes frères. Et vous ne ressemblez pas non plus à ce que j'aurais imaginé.

— Je suppose, dit Edward, que je suis quelqu'un de très banal. C'est ce que vous voulez dire ?

— Non, pas banal... Différent. Je n'arrive pas à vous situer. Et comment va le pauvre Jimmy ? Il est écœuré, j'imagine ?

— Oh ! Jimmy ne va pas trop mal, éluda Edward.

— Vous en parlez à votre aise. Mais c'est quand même un sacré manque de chance de se faire une entorse. Il vous a raconté ?

— Pas un mot. Je suis dans le bleu. Dites-moi ce qui s'est passé.

— Eh bien, tout a marché comme sur des roulettes. Jimmy s'est dirigé vers la porte d'entrée, déguisé en fille. Je lui ai laissé une minute ou deux d'avance, puis j'ai grimpé contre le mur jusqu'à la fenêtre. La femme de chambre d'Agnès Larella était en train de préparer sa robe et ses bijoux. Il y a eu un beau chahut au rez-de-chaussée quand le pétard a explosé et que tout le monde s'est mis à crier au feu. La femme de chambre est sortie en vitesse, j'ai sauté à l'intérieur et je me suis emparée du collier. En moins de deux, je suis repartie comme j'étais venue, je suis sortie de la propriété et j'ai filé vers le Punch Bowl. En passant, j'ai fourré dans la voiture le collier et le papier qui vous donnait le rendez-vous. Puis je suis retournée rejoindre Louise à l'hôtel. Naturellement, je m'étais débarrassée de mes snow boots. Louise ne s'est même pas aperçue que j'étais sortie. Un alibi parfait.

— Et Jimmy ?

— Vous en savez plus que moi.

— Il ne m'a rien raconté, dit Edward sans mentir.

— Dans l'affolement général, il a trouvé moyen de se prendre les pieds dans sa robe et de se faire une entorse. Ils ont dû le porter jusqu'à la voiture, et c'est le chauffeur des Larella qui l'a reconduit à la maison. Imaginez un peu ce qui se serait passé si le chauffeur avait passé la main dans le vide-poches !...

Edward fit écho au rire de la jeune femme tout en réfléchissant fiévreusement. Il comprenait plus ou moins toute l'histoire. Le nom de Larella, croyait-il savoir, signifiait beaucoup d'argent. La jeune femme, et un inconnu, un certain Jimmy, avaient machiné ensemble le vol du collier, et ils avaient réussi. A cause de son entorse, et de la présence du chauffeur, le nommé Jimmy n'avait pas pu vérifier le contenu du vide-poches avant de téléphoner à la jeune femme. Peut-être n'avait-il pas eu l'intention de le faire. Mais il devenait pratiquement certain que l'autre inconnu, ce Gerald, le ferait à la première occasion. Et il tomberait sur le cache-nez d'Edward.

— Nous avons bien roulé, commenta la jeune femme.

Ils atteignaient les faubourgs de Londres et venaient, en un éclair, de croiser un tramway. La jeune femme se faufilait dans la circulation. Le cœur sur les lèvres, Edward admirait ses talents de conductrice, mais aurait préféré qu'elle prenne moins de risques...

Elle gara le cabriolet devant une maison d'allure imposante, sur une place déserte.

— Nous allons nous changer ici avant d'aller *Chez Ritson,* dit-elle.

— *Chez Ritson* ?

Edward avait prononcé avec quelque respect le nom de ce cabaret célèbre.

— Mais oui. Gerald ne vous a rien dit ?

— Rien du tout, répondit Edward avec une grimace. Et je n'ai pas les vêtements qu'il faut.

Elle fronça les sourcils.

— On ne vous a vraiment *rien* expliqué !... Venez, nous trouverons sûrement quelque chose à vous mettre. Nous devons tout faire jusqu'au bout.

Un maître d'hôtel majestueux leur ouvrit la porte et s'effaça pour les laisser entrer :

— Mr Gerald Champneys a appelé Mademoiselle la comtesse au téléphone. Il souhaitait vivement parler à Mademoiselle la comtesse, mais il a refusé de laisser un message.

« Je suis bien persuadé qu'il voulait vivement lui parler, pensa Edward, à part soi. En tout cas, je sais maintenant mon nom au complet : Edward Champneys. Mais elle, qui est-ce ? On l'appelle Mademoiselle la comtesse. Pourquoi a-t-elle besoin d'aller voler un collier ? Elle a fait des dettes au bridge ? »

Dans les feuilletons qu'il lisait de temps en temps, les belles héroïnes à particule étaient toujours poussées aux dernières extrémités par des dettes de jeu.

Le maître d'hôtel majestueux lui montra le chemin et le confia aux bons soins d'un valet de chambre déférent. Un quart d'heure plus tard, vêtu d'un smoking de Saville Row qu'on aurait cru taillé à ses mesures, Edward rejoignait son hôtesse dans le vestibule.

« Seigneur, se disait-il. Quelle soirée !... »

Ils prirent le cabriolet pour se rendre *Chez Ritson.* Comme tout le monde, Edward avait fait ses choux gras des potins épicés sur la boîte de nuit que rapportaient les journaux. Tout ce qui comptait à Londres devait y être vu un jour ou l'autre. La seule crainte d'Edward était d'y rencontrer quelqu'un connaissant le véritable Edward Champneys. Mais il se rassurait à la pensée que, bien évidemment, l'homme avec lequel on le confondait avait passé bien longtemps à l'étranger.

Ils s'installèrent à une petite table, au fond de la salle, et on leur servit des cocktails. Des cocktails !... Pour le garçon simple qu'était Edward, les cocktails résumaient tous les fastes d'une vie facile. En face de lui, la jeune femme, les épaules couvertes d'une étole brodée, buvait avec une grâce nonchalante. Elle se leva soudain et laissa glisser l'étole :

— Venez danser, ordonna-t-elle.

Là, Edward se retrouvait sur son terrain. C'était un danseur accompli. Quand Maud et lui s'élançaient sur la piste du dancing de leur quartier, les autres couples s'arrêtaient pour les suivre avec admiration.

— J'allais oublier, dit brusquement la jeune femme. Donnez-moi le collier.

Stupéfait, il fouilla dans sa poche et lui tendit le joyau. Et il fut plus stupéfait encore de la voir, calmement, l'attacher à son cou. Elle lui adressa un sourire enjôleur :

— Et maintenant, souffla-t-elle, dansons.

Ils s'enlacèrent. Et ce soir-là, *Chez Ritson,* nul n'évolua avec plus de grâce.

Alors qu'ils rejoignaient enfin leur table, un homme d'un certain âge, à l'allure élégante de vieux viveur, interpella la jeune femme :

— Ah, lady Noreen !... Je ne me lasse pas de vous voir danser, absolument !... Le capitaine Folliot est-il là ce soir ?...

— Jimmy a pris une bûche... S'est démoli la cheville...

— Allons bon !... Qu'est-ce qui s'est passé ?...

— Pas de détails pour l'instant.

Elle eut un petit rire et brisa la conversation.

Edward la suivit, le cerveau en ébullition. Il savait maintenant qui était vraiment sa cavalière : lady Noreen Elliot, la fameuse lady Noreen en personne, peut-être le parti le plus célèbre de toute l'Angleterre. Chacun ne parlait que de sa beauté et de son culot. Elle menait grand train à la tête de la petite coterie que la presse avait surnommée le Jeune Gratin. Tout récemment, on avait annoncé ses fiançailles avec le capitaine James Folliot, de la cavalerie de la Garde, titulaire de la Victoria Cross.

Mais le collier, dans ce cas, que venait-il faire ? Edward courait le risque d'être démasqué, mais il pensa qu'il n'avait pas le choix. Il désigna les diamants pendant qu'ils se rasseyaient :

— Pourquoi, Noreen ? demanda-t-il. Expliquez-moi.

Le regard rêveur, comme encore possédée par la magie de la danse, elle eut un sourire lointain :

— Vous aurez du mal à comprendre. On s'ennuie vite, quand c'est toujours et encore la même chose. Pendant un moment, on s'est bien amusés avec la chasse au trésor, mais on se lasse de tout. Alors, j'ai imaginé les... les « cambriolages ». Cinquante livres pour avoir le droit de jouer et de participer au tirage au sort. C'est notre troisième. Jimmy et moi avons tiré Agnès Larella. Les règles sont simples. Le cambriolage doit être commis dans les trois jours qui suivent, et il faut porter en public pendant au moins une heure ce que l'on a volé. Sinon, vous perdez votre droit d'entrée et vous avez en plus un gage de cent livres. C'est une malchance que Jimmy se soit démoli la cheville, mais nous allons quand même rafler la cagnotte.

— Je vois, dit Edward dans un souffle. Je vois.

Noreen se leva et remit son étole :

— Prenons la voiture. Emmenez-moi quelque part. Dans les Docks, par exemple. Trouvez-nous un endroit sordide et excitant. Une minute...

Elle défit le fermoir du collier :

— Reprenez-le. Je n'ai pas envie d'être assassinée pour ça.

Ils sortirent de *Chez Ritson*. Le cabriolet était garé dans une petite rue adjacente plongée dans l'obscurité. Comme ils tournaient le coin, une voiture surgit d'où sauta un jeune homme :

— Bonté divine, Noreen ! s'écria-t-il. J'ai fini par vous retrouver !... Ah ! nous sommes dans de beaux draps. Ce crétin de Jimmy s'est trompé de bagnole. Et Dieu seul sait maintenant où sont les diamants !... Ah ! quelle mélasse !...

Elle le regardait sans comprendre :

— Qu'est-ce que vous me racontez ?... Les diamants sont là !... Enfin, Edward les a !...

— Edward ?...

— Eh bien, oui...

Elle désigna d'un geste la silhouette à ses côtés.

« C'est moi qui suis dans une vraie mélasse, pensa Edward. Je parie dix contre un que voilà le frère Gerald... »

Le nouveau venu le regardait des pieds à la tête :

— Je ne comprends pas, Noreen. Edward est en Ecosse...

Noreen se tourna vers Edward, d'abord rouge, puis blême :

— Oh ! laissa-t-elle échapper d'une voix faible. Alors, vous êtes... un véritable voleur ?...

Il ne fallut qu'une seconde à Edward pour comprendre la nouvelle situation. Dans les yeux de la jeune femme, il lisait de la crainte mais aussi — en était-il bien sûr ?... — de l'admiration. S'expliquer ? Quelle barbe !... Mieux valait jouer le jeu jusqu'au bout.

Il s'inclina courtoisement :

— Il me reste, lady Noreen, à vous dire mes remerciements pour une aussi délicieuse soirée.

D'un coup d'œil, il venait de reconnaître la voiture dont Gerald était descendu. Le vernis écarlate, le capot luisant : son cher cabriolet !...

— Je vous souhaite le bonsoir, ajouta-t-il avec distinction.

Il monta en hâte dans sa voiture et démarra. Gerald restait paralysé de stupéfaction, mais la jeune femme réagit à toute allure : comme le cabriolet passait devant elle, elle sauta d'un bond sur le marchepied. Edward négocia le tournant à l'aveuglette et écrasa le frein. Noreen, un peu essoufflée, lui posa la main sur le bras :

— Soyez chic, rendez-moi le collier, je vous le demande. Il faut que je le rapporte à Agnès Larella. Allez... Nous avons passé une très bonne soirée. Nous avons dansé. Nous avons... nous avons été... bons amis, n'est-ce pas ?... Rendez-le, s'il vous plaît. A moi...

La beauté de cette femme le rendait fou. Ainsi, de telles femmes existaient bel et bien...

Et puis Edward voulait se débarrasser du collier, et le Ciel lui envoyait l'occasion de s'éclipser sur un ultime beau geste.

Il le prit dans sa poche, et le déposa dans sa main tendue.

— Nous avons été... bons amis, murmura-t-il.

Il vit ses yeux s'éclairer, s'illuminer. Et, soudain, elle se pencha vers lui. Et il la tint serrée, ses lèvres contre les siennes...

Puis elle sauta du marchepied. Le cabriolet écarlate s'élança dans la nuit.

L'Amour !... L'Aventure !...

A midi, le lendemain, Edward Robinson entrait d'un pas décidé dans le salon d'une petite maison de Clapham.

— Joyeux Noël ! lança-t-il.

Maud, occupée à disposer une branche de houx, le regarda avec froideur.

— Tu as passé une bonne journée, en province, avec ce soi-disant ami ?

— Ecoute, rétorqua Edward, je t'ai raconté des histoires. J'ai gagné à un concours. Cinq cents livres. Et je me suis acheté une voiture. Je ne t'en ai pas parlé parce que je savais que tu m'aurais fait une scène. C'est le premier point. J'ai acheté une voiture, et c'est comme ça et pas autrement... Et le second point, c'est que je n'ai pas envie d'attendre pendant des années. Mon boulot marche bien et j'ai la ferme intention de t'épouser le mois prochain. C'est clair comme ça ?...

Maud se croyait au bord de l'évanouissement. Ce n'était tout de même pas Edward qui lui parlait d'un ton aussi autoritaire...

— Alors ? interrogea Edward. Oui ou non ?

Elle le regardait, fascinée. Ses yeux exprimaient une crainte et une admiration qui firent les délices du jeune homme. Le côté patiemment maternel qui l'avait tant exaspéré avait disparu.

Lady Noreen l'avait regardé de la même façon, la nuit dernière. Mais lady Noreen s'était perdue dans les brumes du pays du Rêve, en compagnie de la *marchesa* Bianca. La vraie vie, c'était maintenant, avec cette femme qui était la sienne.

Il s'avança d'un pas :

— Alors, oui ou non ? répéta-t-il.

— Ou... oui, bégaya Maud. Mais, Edward, qu'est-ce qu'il t'est arrivé ? Tu n'es plus la même personne.

— C'est exact, trancha Edward. Depuis vingt-quatre heures, je me comporte comme un homme, pas comme une lavette. Et, bon Dieu, c'est payant !...

Il la prit dans ses bras, comme Bill, le surhomme, l'aurait fait.

— Maud, dis-moi que tu m'aimes. Dis-le...

— Oh ! Edward, gémit-elle, je t'adore.

6

UN ACCIDENT

— ... et faites-moi confiance. C'est bien la même femme. Sans aucun doute possible.

Le commandant Haydock observa le visage passionné de son ami et soupira. Il aurait souhaité qu'Evans ne se montre pas aussi catégorique, ni aussi sûr de lui. De longues années à bourlinguer sur les mers avaient enseigné au vieux marin à ne pas se mêler de ce qui ne le regardait pas. Mais son ami Evans, ancien inspecteur de la brigade criminelle, voyait les choses d'un œil tout différent : pendant les premières années de sa vie de policier, il avait écrit la formule « agissant sur la foi des renseignements reçus » au début de tous ses rapports. Puis, l'expérience venue, il avait appris à trouver par lui-même les renseignements qui amènent à ouvrir une enquête.

L'inspecteur Evans, tout au long de sa carrière, avait fait la preuve de sa perspicacité et d'un flair toujours en éveil. Il n'avait pas volé sa promotion. Maintenant encore, à l'âge d'une retraite bien méritée à la campagne, dans le cottage dont il avait toujours rêvé, ses instincts professionnels n'étaient pas assoupis.

— Jamais je n'ai oublié un visage, répéta-t-il, assez satisfait de lui-même. Mrs Anthony... Oui, c'est bien Mrs Anthony en personne. Vous avez eu beau l'appeler Mrs Merrowdene, je l'ai reconnue tout de suite.

Le commandant Haydock, mal à l'aise, s'agita sur son fauteuil. A part Evans, les Merrowdene étaient ses plus proches voisins. Et il était fort contrarié que l'on ait pu reconnaître en Mrs Merrowdene le personnage central d'une *cause célèbre*.

— Ça se serait passé il y a bien longtemps, tenta-t-il de faire remarquer.

— Neuf ans, corrigea Evans, soucieux, comme toujours, de précision. Neuf ans et trois mois, tout juste. Vous vous souvenez de l'affaire ?

— Je dois avouer que c'est assez vague dans mon esprit.

— On a établi qu'Anthony prenait régulièrement de l'arsenic pour se soigner. C'est pourquoi elle a été acquittée.

— Et alors ?

— Alors rien... Compte tenu de l'absence de preuves, c'était le seul verdict possible. Parfaitement correct.

— Tout est bien qui finit bien, dit le commandant Haydock. Je ne vois pas pourquoi nous nous en soucierions davantage.

— Je ne m'en soucie pas.

— Il m'avait semblé...

— Pas le moins du monde.

— L'affaire est donc enterrée, reprit le vieux marin. Si, à un moment donné de sa vie, Mrs Merrowdene a eu le malheur d'être jugée pour meurtre puis d'être acquittée...

— En général, personne ne considère un verdict d'acquittement comme un malheur, souligna Evans.

— Vous savez tout à fait ce que je veux dire, reprit le commandant avec quelque humeur. Que cette pauvre femme ait dû traverser une épreuve aussi épouvantable ne nous donne pas le droit de fouiller dans son passé. Vous n'êtes pas d'accord ?

Evans garda le silence.

— Allons, Evans. Elle était innocente. Vous venez de le dire.

— Je n'ai pas dit qu'elle était innocente. J'ai dit qu'elle avait été acquittée.

— Cela revient au même.

— Pas toujours.

Le commandant tapotait sa pipe contre le pied de son siège pour en vider le fourneau. Il s'interrompit net et se redressa soudain, comme en alerte :

— Tiens !... Tiens !... Tiens !... Je vois d'où souffle le vent, je crois... Vous pensez qu'elle n'était pas innocente ?

— Je ne dirais pas cela. Simplement... Eh bien, je ne sais pas. Anthony prenait régulièrement de l'arsenic, pour ses rhumatismes, je crois, et c'était son épouse qui préparait la mixture. Un jour, par erreur, il en a pris un peu trop. Est-ce lui qui s'est trompé, ou bien sa femme ? Personne n'a été en mesure de le déterminer avec certitude et le jury, à juste titre, a accordé à l'épouse le bénéfice du doute. Il n'y a rien à y redire et je n'ai rien à reprocher à personne. Mais, tout de même, je voudrais bien *savoir*...

Le commandant Haydock accorda de nouveau tous ses soins à sa pipe :

— Je constate, dit-il d'un ton badin, que ce n'est donc plus notre problème.

— Je n'en suis pas si sûr...

— Mais pourtant...

— Ecoutez-moi. Vous l'avez vu ce soir, ce type, Merrowdene, dans son laboratoire, qui remuait ses tubes à essai pour des expériences...

— Oui, bien sûr. Il a parlé du test de Marsh pour l'arsenic. Et il a dit en ricanant que *ça*, c'était *dans votre rayon*. Il n'aurait pas osé y faire allusion s'il avait pensé une seconde que...

Evans coupa :

— Ce que vous voulez dire, c'est qu'il n'en aurait pas parlé s'il était au courant des faits. Mais depuis combien de temps sont-ils mariés ? Six ans, m'avez-vous dit... Je parie tout ce que vous voulez qu'il ignore complètement que sa femme était autrefois la célèbre Mrs Anthony.

— Ce n'est certainement pas moi qui le lui dirai, coupa, sèchement, le commandant Haydock.

Evans ignora l'interruption.

— Après le test de Marsh, Merrowdene a chauffé je ne sais trop quoi dans un tube à essai. Il a dilué le résidu métallique avec de l'eau, puis il l'a précipité avec du nitrate d'argent. C'est un test classique pour la recherche des chlorures, tout ce qu'il y a de banal. Mais j'ai pris le temps de jeter un coup d'œil au manuel qui était sur la paillasse : *S04H2 décompose les chlorates avec production de Cl402. S'il est exposé à la chaleur, le composé est susceptible de détoner violemment. Il est conseillé par conséquent de le réfrigérer et de n'en utiliser que de très petites quantités.*

Haydock regardait son ami, sans comprendre :

— Eh bien ! Où voulez-vous en venir ?

— A ceci. Dans mon métier, nous aussi nous faisons des expériences. Pour distinguer un meurtre d'une mort naturelle, par exemple. Nous mettons les faits en équation. Nous les soupesons. Et, nous aussi, nous analysons le résidu après en avoir soustrait, si j'ose dire, le poids des préjugés et l'imprécision commune des témoignages. Mais il y a un test qui réussit toujours. Extrêmement précis, mais très dangereux !... *Un meurtrier ne se contente jamais d'un seul crime.* Donnez-lui un peu de temps. Endormez sa méfiance. Il en commettra un autre. On arrête un bonhomme : a-t-il tué sa femme, ou pas ? Si l'affaire n'est pas claire, remontez dans son passé. Si vous découvrez qu'il a déjà été marié plusieurs fois, et que ses épouses ont quitté ce monde de manière... — disons étonnante. —... alors, vous êtes sûr. On ne peut pas déclarer cela sous serment *devant un tribunal,* c'est évident. Vous tenez cependant une certitude *psychologique.* Et, une fois que vous êtes *sûr,* vous n'avez plus qu'à partir à la recherche des preuves.

— Et alors ?...

— J'y arrive. Tout est simple si votre suspect a un pedigree. Mais s'il en est à son premier crime, le test ne donnera rien. Imaginez cependant une seconde que votre inculpé soit acquitté et qu'il se refasse une vie sous une nouvelle identité... La question se pose : va-t-il récidiver ?

— C'est une hypothèse horrible.

— Vous pensez toujours que ce n'est plus notre problème ?

— Absolument. Il n'y a vraiment aucune raison de penser que Mrs Merrowdene n'est pas innocente comme l'enfant qui vient de naître.

L'ancien policier garda un moment le silence.

— Je vous ai dit que nous avions fouillé dans son passé et que nous n'avions rien trouvé, expliqua-t-il en détachant chaque syllabe. Mais ce n'est pas tout à fait vrai. Sa mère s'était remariée. A dix-huit ans, notre amie est tombée amoureuse d'un jeune homme quelconque. Le beau-père y a mis le holà. Un beau jour, le beau-père et la donzelle ont eu la fantaisie de se promener le long d'une falaise instable. Et il y a eu un malencontreux accident. Le beau-père s'est trop rapproché du bord. Le sol a cédé sous ses pas. Et il s'est retrouvé tout en bas. Mort, naturellement.

— Vous voulez dire...

— C'était un accident, je vous dis. *Un accident.* Quand Anthony a forcé sur l'arsenic, c'était encore un accident. Il n'y aurait jamais eu de procès si on n'avait pas appris qu'elle avait un autre homme dans sa vie. Mais il s'est évanoui dans la nature, celui-là. On dirait qu'il n'était pas tout à fait aussi convaincu de l'innocence de sa dulcinée que le jury... Haydock, mon ami, je vous assure que je redoute que cette femme ne commette un autre... accident.

Le vieux marin haussa les épaules :

— C'est une affaire enterrée depuis neuf ans. Pourquoi voudriez-vous qu'il y ait maintenant un nouvel accident, comme vous dites ?

— Je n'ai pas dit maintenant. Seulement aujourd'hui, ou plus tard. Si elle a un mobile...

Le commandant Haydock haussa de nouveau les épaules :

— Si vous avez raison, je ne vois pas très bien comment vous pourriez l'empêcher.

— Moi non plus, confessa Evans.

— Alors, laissez tomber, conclut le commandant.

Il n'y a rien à gagner à mettre son nez dans les affaires des autres.

Mais, pour l'ancien policier, aussi patient que décidé, ce sage conseil de prudence était irrecevable. Il prit congé de son ami et descendit au village en se demandant ce qu'il pourrait bien faire pour parvenir à ses fins.

Alors qu'il entrait dans le bureau de poste pour acheter quelques timbres, il bouscula sans le vouloir l'objet même de ses préoccupations, George Merrowdene. L'ancien professeur de chimie était un homme de petite taille, doux et aimable, à l'air aussi distrait que rêveur. Merrowdene reconnut Evans et se baissa pour ramasser les lettres qu'il avait laissées choir dans leur collision. Evans se baissa lui aussi et, plus rapide, les prit pour les rendre à leur propriétaire, avec ses excuses.

Il avait eu le temps, sur une des enveloppes, de lire l'adresse du destinataire. Tous ses soupçons en furent accrus : il s'agissait d'une compagnie d'assurances bien connue.

Sans perdre une seconde, avant même que le petit professeur sans malice ait pu comprendre ce qui lui arrivait, Evans l'entraînait dans la rue et entamait la conversation sur le thème des polices d'assurance sur la vie.

Evans n'éprouva aucune difficulté à obtenir de son interlocuteur les renseignements qu'il désirait. Merrowdene, sans réticence aucune, lui confia qu'il venait de souscrire une assurance-vie au profit de son épouse et lui demanda même son avis sur la compagnie en question.

— J'ai fait quelques placements malheureux, expliqua-t-il. Et mon revenu en a été quelque peu écorné. S'il m'arrivait quoi que ce soit, ma femme serait dans une situation très difficile. Mais cette assurance-vie me garantit qu'elle n'aura plus de soucis.

— Elle n'a pas protesté contre votre idée ? interrogea Evans, comme en passant. Vous savez, certaines femmes sont superstitieuses, et elles ont peur que cela ne leur porte malheur.

— Oh ! Margaret a les pieds bien sur terre, répondit Merrowdene avec un sourire. Elle n'est pas le moins du monde superstitieuse. En fait, je crois même que c'est elle qui en a eu l'idée la première. Elle en avait assez de me voir me tracasser pour son avenir.

Evans avait obtenu ce qu'il voulait. Esquissant un sourire forcé, il quitta rapidement son interlocuteur. Il se souvenait que le défunt Mr Anthony, quelques semaines avant sa mort, avait lui aussi souscrit une assurance-vie au profit de sa femme.

Habitué à faire confiance à son instinct, il n'éprouvait plus aucun doute. Mais déterminer une ligne de conduite était une autre affaire. Il ne s'agissait pas d'arrêter une meurtrière de but en blanc, mais de prévenir un assassinat. C'était, à coup sûr, bien différent, et beaucoup plus difficile.

Il resta pensif toute la journée. La fête annuelle de la section locale du Parti conservateur se tenait, ce samedi-là, dans les jardins du châtelain du cru. Il décida de s'y rendre. Son visage crispé révélait sa concentration, mais il ne s'en livra pas moins aux plaisirs innocents du tonneau, se hasarda à parier sur le poids d'un porcelet et s'adonna au jeu de massacre avec des noix de coco. Il alla même jusqu'à envisager de risquer une demi-couronne sur les services de Madame Zara, experte en boule de cristal. Au souvenir de la lutte qu'il avait menée contre les voyants et diseuses de bonne aventure de tout poil, au temps où il était encore en activité, il eut pour lui-même un sourire amusé.

Il n'accordait guère d'attention aux banalités que l'extra-lucide débitait d'une voix monocorde quand, soudain, la fin d'une phrase le mit en alerte :

— ... Et, dans un avenir très proche, vraiment très proche, vous serez impliqué dans une affaire de vie et de mort... La vie ou la mort d'un homme...

— Hein ?... De quoi s'agit-il ? interrogea-t-il, un peu brusque.

— Une décision... Vous aurez une décision à prendre. Mais soyez prudent... Extrêmement prudent... Car si vous commettez une erreur... La moindre petite erreur...

— Eh bien ?...

La pythonisse foraine fut parcourue d'un frisson.

Pour l'inspecteur Evans, tout cela n'était que maléfice de charlatan. Il n'en fut pas moins impressionné.

— Je dois vous mettre en garde, affirma-t-elle, lugubre. *Il ne faut commettre aucune erreur.* Car je peux voir clairement le résultat si vous vous trompez. Il y aura mort d'homme...

« Singulier, pensa-t-il, réellement singulier. Sa boule de cristal sait bien des choses. »

Puis, à haute voix :

— Si je commets une erreur, quelqu'un mourra. C'est bien ce que vous me dites ?

— Oui.

— Dans ce cas, plaisanta-t-il, je n'ai plus qu'à éviter de me tromper.

Il se leva et lui tendit la demi-couronne promise.

Evans avait affecté l'insouciance mais, en sortant de la tente de la voyante, il serrait les mâchoires. C'était facile à dire, mais moins facile à imaginer. Le moindre faux pas lui était interdit. Une vie, une précieuse vie humaine, pouvait en dépendre.

Et il ne fallait attendre aucune sorte d'aide. Il aperçut un peu plus loin la silhouette de son ami Haydock. Rien à espérer de ce côté-là. Haydock avait pris pour devise « Ne pas s'en mêler ». Cela ne faisait pas l'affaire, en l'occurrence.

Le commandant Haydock était en grande conversation avec une femme qui s'écarta de lui pour venir à la rencontre d'Evans. L'inspecteur la reconnut tout de suite. C'était Mrs Merrowdene. Sans réfléchir, il se mit délibérément en travers de son chemin.

Mrs Merrowdene était assez belle. Son front haut et serein, des yeux noirs profonds, une attitude calme, lui donnaient l'apparence d'une madone italienne, qu'elle soulignait par une sage coiffure en bandeaux. Elle s'exprimait d'une voix grave, un peu traînante peut-être.

Elle eut pour Evans un sourire engageant.

— Je pensais bien que c'était vous, Mrs Anthony... Je veux dire Mrs Merrowdene, dit-il, désinvolte.

Il avait fait semblant de se tromper, de manière délibérée, sans la quitter du regard une seconde. Il vit ses yeux s'écarquiller. Il l'entendit respirer profondément. Mais elle ne se troubla pas. Elle le fixait, calme et assurée.

— Je cherche mon mari, dit-elle, imperturbable. L'avez-vous vu dans le coin ?

— Je l'ai vu tout à l'heure. Il était par là.

Devisant gaiement, ils s'en furent côte à côte dans la direction indiquée. L'inspecteur ne pouvait s'empêcher de vouer une certaine admiration à la jeune femme. Quel sang-froid !... Quelle allure !... A coup sûr, une femme remarquable et dangereuse... Très dangereuse...

Evans, cependant, éprouvait un malaise profond, malgré le succès de sa première démarche. Il lui avait indiqué sans ambiguïté qu'il l'avait démasquée. Désormais, elle serait sur ses gardes. Elle n'oserait plus agir ouvertement. Mais il fallait encore trouver le moyen d'alerter le pauvre Merrowdene.

Ils trouvèrent le petit homme perdu dans la contemplation de la poupée de porcelaine qu'il avait gagnée au jeu du tonneau. Son épouse lui suggéra de rentrer, ce qu'il accepta avec empressement.

— Voulez-vous nous accompagner pour une bonne tasse de thé, Mr Evans ?...

Il crut entendre dans sa voix comme un accent de défi.

— Merci beaucoup, Mrs Merrowdene. C'est très gentil à vous.

Ils cheminèrent de concert, parlant de choses et d'autres. Le soleil brillait, le vent soufflait à peine, le monde était en paix.

Comme ils arrivaient au vieux cottage, Mrs Merrowdene excusa l'absence de la domestique, partie s'amuser à la fête. Elle passa dans sa chambre pour enlever son chapeau, puis disposa la table et mit la théière à chauffer sur un petit réchaud d'argent. Sur une étagère, près de la cheminée, elle prit trois petits bols et trois soucoupes.

— Nous avons un faible pour un thé chinois, très particulier je vous assure, expliqua-t-elle, et nous le prenons toujours à la chinoise : dans des bols et pas dans des tasses...

Elle s'interrompit pour examiner attentivement le

fond d'un des bols. Puis, contrariée, le remplaça par un autre :

— George !... Vraiment !... Tu t'es encore servi de mes bols...

— Pardon, chérie, s'excusa le professeur. Ils sont d'une taille si commode. Ceux que j'ai commandés ne sont pas encore arrivés.

— Un de ces quatre matins, tu vas tous nous empoisonner, dit-elle avec un petit rire. Quand Mary les trouve dans ton laboratoire, elle les remet en place sans prendre la peine de les laver si elle ne remarque rien de particulier. Enfin !... Tu en as utilisé un l'autre jour pour ton cyanure de potassium !... C'est horriblement dangereux.

Merrowdene paraissait quelque peu agacé :

— Mary n'a rien à emporter du laboratoire. Je lui ai cent fois demandé de ne toucher à rien.

— Nous y laissons souvent nos tasses après le thé. Comment veux-tu qu'elle fasse la différence ?... Sois un peu raisonnable, chéri !

Le professeur, en marmonnant, entra dans son laboratoire. Mrs Merrowdene, le sourire aux lèvres, éteignit le petit réchaud et versa l'eau bouillante sur les feuilles de thé.

Evans était perplexe. Puis la lumière se fit dans son esprit. Pour une raison inconnue, Mrs Merrowdene jouait à jeu ouvert. « L'accident » se passerait-il de cette façon ? N'abordait-elle les choses de façon aussi délibérée qu'en vue de se forger, à l'avance, un alibi inattaquable ? En fait, si, un jour, un malencontreux « accident » survenait, il n'aurait d'autre choix que de témoigner en sa faveur. Mais Mrs Merrowdene se trompait, parce qu'avant le jour fatal, il...

Il retint soudain son souffle. Elle avait versé du thé dans les trois bols. Elle avait déposé le premier devant lui, le second devant elle. Un sourire un peu étrange avait illuminé ses lèvres quand elle avait posé le troisième bol sur une petite table, à côté de la cheminée, près du fauteuil où son mari avait coutume de s'asseoir. Un sourire révélateur...

Maintenant, il était sûr.

Quelle femme remarquable !... Et dangereuse !... Sans plus attendre, sans préparatifs... Et cet après-midi même, avec Evans comme témoin !... La hardiesse de cette femme aurait coupé le souffle du plus blasé des aventuriers !...

Elle mettait en œuvre un plan diabolique. Et il ne pourrait rien prouver. Elle tablait sur le fait qu'il ne la soupçonnerait pas parce que tout se serait passé en un tournemain. Cette femme réfléchissait et agissait à la vitesse de la foudre...

Il respira profondément, et se pencha en avant :

— Mrs Merrowdene, j'ai parfois des caprices bizarres. Voudriez-vous me permettre de vous demander quelque chose ?

Elle eut un regard étonné, mais candide.

Il se leva, prit le bol qu'elle avait posé devant elle, et alla le déposer sur la petite table d'où il rapporta celui qu'elle y avait mis et le lui donna :

— C'est dans celui-là que je voudrais que vous buviez.

Ils s'affrontaient du regard. Les yeux de la jeune femme, insondables, ne cillaient pas. Mais elle pâlissait peu à peu.

Elle tendit la main et prit le bol. Il retenait son souffle. Et s'il s'était trompé depuis le début ?...

Elle porta le bol à ses lèvres... Au dernier moment, tremblante, elle se retourna et en versa le contenu dans le pot d'une fougère. Puis elle se rassit et le toisa, provocante.

Il soupira de soulagement et se rassit à son tour.

— Et maintenant ? demanda-t-elle.

Il y avait dans sa voix de l'ironie et du défi.

— Vous êtes une femme très douée, Mrs Merrowdene, dit-il froidement. Je pense que nous nous sommes compris. Il vaut mieux que certains événements... ne se répètent pas... Vous voyez ce que je veux dire ?...

— Je vois très bien.

Elle avait parlé d'une voix égale, inexpressive. Satisfait, il hocha la tête. C'était une femme intelligente, et elle n'avait pas envie d'être pendue.

— Longue vie à vous... Et à votre mari, ironisa-t-il en portant son bol à ses lèvres.

Ses traits se crispèrent... Il voulut se lever... Appeler à l'aide... Son corps se raidit... Son visage s'empourpra... Il retomba sur sa chaise, les membres secoués de spasmes.

Mrs Merrowdene se pencha, comme pour mieux l'observer. Un petit sourire flottait sur ses lèvres. Elle lui parla doucement, avec une sorte de gentillesse :

— Vous avez fait une erreur, Mr Evans. Vous avez cru que je voulais tuer George... Quelle sottise !... Quelle sottise, vraiment !...

Pendant une bonne minute, elle contempla le cadavre. La dépouille du troisième homme qui s'était mis en travers de son chemin et avait menacé de la séparer de celui qu'elle aimait...

Elle eut un large sourire, qui la fit ressembler plus que jamais à une madone italienne. Puis elle appela :

— George !... George !... Viens vite !... J'ai peur qu'il n'y ait eu un épouvantable accident !... Ce pauvre Mr Evans...

7

JANE TROUVE DU TRAVAIL

Jane Cleveland tourna rapidement les pages du *Daily Leader* et soupira du plus profond de son être. Avec une expression de dégoût, elle embrassa du regard le plateau de marbre de la table, et l'œuf au plat et la théière qui l'attendaient. Non qu'elle n'eût pas d'appétit. Tout au contraire, Jane se sentait affamée. Il lui semblait qu'elle aurait dévoré sans peine un steak d'une livre et demie, cuit à point, accompagné de frites et, pourquoi pas, de haricots verts. Et, plutôt que de thé, elle aurait arrosé le tout d'un bon millésime.

Mais les jeunes personnes à la bourse plate n'ont guère le droit de se montrer exigeantes. Jane devait s'estimer bien heureuse d'avoir pu commander du thé et un œuf au plat. Il n'était pas évident qu'elle pourrait faire de même le lendemain. A moins que...

Elle se plongea de nouveau dans les petites

annonces du *Daily Leader.* A dire vrai, Jane était au chômage, et sa situation devenait difficile. Déjà, l'aimable matrone qui présidait aux destinées de la très modeste pension de famille où elle avait élu domicile commençait de lui lancer des regards de travers.

Jane, dans un tic familier, pointa le menton en avant :

« Et pourtant je suis intelligente, se dit-elle, je suis jolie et je suis bien élevée. Qu'est-ce qu'on peut bien vouloir de plus ? »

S'il fallait en croire le *Daily Leader,* on recherchait des sténodactylos expérimentées, des gestionnaires disposant de quelque capital à investir, des dames désireuses de partager les profits d'un élevage de volaille, à la condition, là aussi, qu'elles soient en mesure de procéder à un petit investissement, et des masses de cuisinières, de bonnes à tout faire, et de femmes de chambre. Surtout des femmes de chambre.

« Je ne verrais aucune objection à devenir femme de chambre, pensait-elle. Mais c'est toujours pareil : personne n'engagera quelqu'un sans expérience. Je pourrais bien sûr me présenter n'importe où comme jeune fille de bonne volonté. Mais on ne peut pas dire que la bonne volonté soit cher payée... »

Elle soupira à nouveau, posa son journal et se lança à l'attaque de l'œuf au plat avec l'enthousiasme de la jeunesse.

La dernière bouchée avalée, elle reprit le journal et, buvant son thé, se plongea dans les messages personnels et les appels de détresse. La colonne des appels de détresse représentait toujours l'ultime bouée de sauvetage.

Si elle s'était trouvée en possession de quelques milliers de livres, tout aurait été simple. Le *Daily Leader* ne proposait pas moins de sept occasions exceptionnelles de s'assurer un revenu annuel de trois mille livres au bas mot... Jane esquissa un rictus.

— Moi, si j'avais seulement deux mille livres, je ne les mettrais pas dans n'importe quoi, murmura-t-elle.

Du regard, elle parcourait la colonne de bas en haut avec l'aisance que donne une longue habitude.

Une dame offrait des sommes fabuleuses pour acquérir les robes que vous aviez trop vues, et poussait la courtoisie jusqu'à vous proposer de venir chez vous pour procéder à une étude approfondie de votre penderie. Quelques messieurs étaient prêts à acheter *n'importe quoi*... En particulier des *dents* ! Des femmes du monde, en instance de départ pour l'étranger, éprouvaient le besoin de se débarrasser de leurs fourrures à des prix tout bonnement ridicules. Et, comme d'habitude, un pasteur dans le besoin, une veuve éplorée et un officier réformé pour blessures sollicitaient des montants allant de cinquante à deux cents livres. L'œil de Jane s'arrêta tout d'un coup. Elle posa sa tasse de thé et relut l'annonce de bout en bout.

« Ça, ça n'est pas normal, réfléchit-elle. Une annonce comme celle-là n'est jamais normale. Il faudra que je fasse attention. Mais... »

L'annonce qui intriguait tant Jane Cleveland était ainsi rédigée :

Nous recherchons une jeune femme, vingt-cinq à trente ans, blonde aux yeux bleus, cils et sourcils bruns, nez droit, longue et mince, 1,70 m environ, talents d'imitation et bonne maîtrise du français. Se présenter entre 5 et 6 h au 7 Endersleigh Street.

« La candide Gwendoline, ou comment les jeunes filles tournent mal, cita mentalement Jane. Il faudra que je fasse vraiment très attention. Mais, en général, les pièges à innocentes sont moins précis. Je me demande bien... Revoyons un peu le cahier des charges... »

Elle se mit en devoir de comparer les exigences de l'annonce avec sa propre personnalité :

« De vingt-cinq à trente ans : j'en ai vingt-six. Yeux bleus : ça va. Blonde aux cils et sourcils bruns : pas de problème. Nez droit : ouais, enfin... assez droit. Ni crochu ni de traviole. Longue et mince : ça oui, on peut le dire. Evidemment, 1,65 m seulement, mais je peux arranger cela avec des talons hauts. Je suis une bonne imitatrice... Rien d'extraordinaire, mais je sais contrefaire les voix... Et je parle français comme un ange ou comme une Française. Sans me vanter, je suis très exactement la femme qu'ils recherchent. Quand ils me verront, ils en resteront baba... Jane Cleveland, partons en vainqueurs, et pour vaincre !... »

D'un geste décidé, Jane découpa l'annonce et la mit dans son sac. Puis elle demanda l'addition, d'une voix pleine d'un entrain tout neuf.

A 5 heures moins 10, Jane se livrait à une reconnaissance des environs d'Endersleigh Street. Ce n'était qu'une petite rue, coincée entre deux artères plus importantes, près d'Oxford Circus. Ce n'était pas gai, mais c'était convenable.

Le numéro 7 ne se distinguait en rien des immeubles voisins. Comme eux, il était voué à des bureaux. L'observant plus attentivement, Jane fut bien forcée de conclure qu'elle n'était pas la seule blonde aux yeux bleus de vingt-cinq à trente ans, bénéficiant d'un nez droit et d'une silhouette élancée. Il fallait bien admettre que Londres en regorgeait, et qu'une bonne quarantaine de jeunes personnes répondant à ce signalement étaient déjà rassemblées devant le 7 d'Endersleigh Street.

« Quelle concurrence ! pensa Jane. Je ferais mieux de me mettre dans la queue. »

Ce qu'elle fit incontinent, au moment même où trois candidates, suivies par quelques autres, tournaient le coin de la rue. Jane s'amusa à détailler ses plus proches voisines. Chaque fois, elle remarqua un détail qui clochait : celle-ci avait les sourcils blonds, celle-là les yeux foncés. La couleur de telle chevelure devait tout à l'art d'un coiffeur, mais hélas ! rien à la nature. La variété des nez aurait réjoui un collectionneur... Sans parler de certaines allures que seule la charité d'un saint aurait qualifiées d'élancées... Jane sentit son moral se raffermir :

« J'ai mes chances, sans aucun doute, songea-t-elle. Mais je me demande bien de quoi il s'agit. J'espère que ce qu'ils cherchent, ce sont des figurantes pour une revue de music-hall. »

La queue progressait avec lenteur, mais régulièrement. Des jeunes femmes ressortaient déjà de l'immeuble. Les unes secouaient la tête de dépit, alors que les autres affichaient un sourire affecté.

« Recalées, se dit Jane. J'espère bien qu'ils ne vont pas trouver chaussure à leur pied avant que je n'arrive. »

La queue continuait d'avancer. Certaines postulantes se scrutaient avec anxiété dans leur miroir de poche et se repoudraient fébrilement. D'autres brandissaient leur bâton de rouge à lèvres.

« Je voudrais bien avoir un chapeau plus chic », regretta Jane.

Son tour arrivait. Elle pénétra dans l'immeuble. A gauche, une porte vitrée annonçait les bureaux de Messrs Cuthbertson. Les candidates la franchissaient, une par une. Quand ce fut à Jane, elle respira profondément et entra d'un pas résolu.

Elle traversa d'abord un espace destiné, à l'évidence, aux employés, puis une seconde porte vitrée. Elle se retrouva dans une pièce plus petite, qui ne contenait qu'un immense bureau derrière lequel se tenait un homme entre deux âges, à l'œil inquisiteur. Il se signalait par une épaisse moustache qui lui donnait l'air d'un étranger.

Son regard se posa sur Jane, et il montra du doigt une porte, sur la gauche.

— Attendez là, je vous prie, dit-il d'un ton tranchant.

Jane s'exécuta. Cinq jeunes femmes y étaient déjà assises. Elles se tenaient avec raideur et se lançaient des regards peu amènes. Jane comprit qu'elle figurait au nombre de celles qui avaient des chances d'être choisies, et son moral monta d'un cran supplémentaire. Evidemment, il fallait bien reconnaître que les cinq autres candidates, à en juger par les termes de l'annonce, avaient autant de chances qu'elle.

L'heure tournait. Un grand nombre de jeunes filles, à n'en pas douter, ne faisaient que passer dans la pièce des employés pour être aussitôt renvoyées par une petite porte qui donnait sur le couloir mais, de temps à autre, une nouvelle recrue était admise dans le petit troupeau des élues. A 6 heures et demie, elles se comptaient quatorze.

Du petit bureau, une sorte de brouhaha se fit entendre, et l'on vit apparaître l'homme à l'allure étrangère que Jane, au vu de la taille de sa moustache, avait, in petto, surnommé « le colonel » :

— Je vous verrai les unes après les autres, annonça-t-il. Par ordre d'arrivée, je vous prie.

Jane occupait la sixième place. Vingt bonnes minutes passèrent avant qu'elle ne soit appelée. Le « colonel » l'accueillit, mains derrière le dos. Il lui posa une série de rapides questions, vérifia sa connaissance du français, et évalua sa taille.

— Mademoiselle, dit-il en français, il est possible que vous fassiez notre affaire. Je ne puis encore me prononcer. Mais c'est possible...

— De quoi s'agit-il, si je peux me permettre ? demanda Jane sans détour.

Il haussa les épaules :

— Je ne peux encore vous le dire. Si c'est vous qui êtes choisie, on vous mettra au courant.

— Voilà bien des mystères, fit remarquer Jane. Vous comprenez bien que je ne peux accepter quoi que ce soit sans savoir ce que j'aurai à faire. C'est du théâtre ?

— Du théâtre ?... Vraiment pas du tout.

— Allons bon ! s'exclama Jane, stupéfaite.

Il la scruta :

— Etes-vous intelligente ?... Et discrète ?...

— Oui, absolument, sans me vanter.

Puis elle ajouta :

— Et le salaire ?

— A peu près deux mille livres. Pour une quinzaine de jours de travail.

Devant l'énormité de la somme, Jane pensa défaillir.

— J'ai déjà mis à part une autre demoiselle, reprit le colonel. Elle et vous me paraissez également convenables. Il y en aura peut-être d'autres que je n'ai pas encore vues. Je vais vous donner mes instructions pour la suite. Vous connaissez le *Harridge* ?...

Jane sursauta. En Angleterre, tout le monde connaissait l'hôtel *Harridge.* Installé de façon trompeuse dans une modeste petite rue de Mayfair, le célèbre *Harridge* était le rendez-vous incontournable de l'aristocratie et des têtes couronnées. Ce matin même, Jane avait appris par les journaux l'arrivée de la grande-duchesse Pauline d'Ostrova. Elle venait présider l'inauguration d'une vente de charité au profit des réfugiés russes. Et elle était, tout naturellement, descendue au *Harridge*.

— Oui, je connais, répondit Jane à la question du colonel.

— Très bien. Allez-y. Demandez le comte Streptitch, et faites-lui passer votre carte de visite... Vous en avez une, bien sûr ?...

Jane lui tendit une de ses cartes. Il inscrivit un *p* minuscule dans un coin avant de la lui rendre.

— Avec cela, vous pouvez être sûre que le comte vous recevra. Il comprendra que cela vient de moi. La décision définitive dépend de lui... Et de quelqu'un d'autre. S'il juge que vous correspondez à ce que nous cherchons, il vous expliquera ce que nous attendons de vous, et vous serez libre d'accepter ou de refuser. Cela vous convient-il ?...

— C'est parfait, dit Jane.

Elle se retrouva dans la rue.

« Jusqu'à présent, réfléchit-elle, je n'ai pas décelé de piège. Et il y en a pourtant certainement un. On ne propose pas une telle somme pour des prunes. Ces gens préparent un mauvais coup. Je ne vois rien d'autre. »

Jane se sentait le moral au beau fixe. A petites doses, elle n'avait rien contre un avenir délictueux. Les journaux, au cours des derniers mois, avaient rapporté d'abondance les exploits de quelques gangsters en jupons. Et Jane avait envisagé sérieusement l'éventualité de grossir leurs rangs si rien d'autre ne marchait.

Une émotion certaine lui faisait battre le cœur au moment où elle franchit le seuil du *Harridge*. Elle regrettait plus que jamais de ne pas avoir un chapeau neuf.

Mais elle s'avança d'un pas résolu vers la réception, montra sa carte de visite, et demanda le comte Streptitch sans l'ombre d'une hésitation. Elle eut le sentiment que le concierge la regardait d'un air trop poli pour être honnête. Il n'en prit pas moins sa carte qu'il confia à un groom, en lui murmurant quelques mots qu'elle n'entendit pas. Le groom revint et la pria de le suivre. L'ascenseur. Un corridor interminable. Ils se trouvèrent bientôt devant un large vantail. Le groom frappa. Jane affronta le regard d'un homme à barbe blonde, de haute taille, qui agitait sa carte d'une main nonchalante.

— Miss Jane Cleveland, lut-il à haute voix. Permettez-moi de me présenter. Je suis le comte Streptitch.

Il tenta d'esquisser un sourire, sans autre effet que d'exhiber une double rangée de superbes dents blanches.

— Je crois comprendre que vous avez répondu à notre annonce, poursuivit le comte, et que vous m'êtes envoyée par ce bon colonel Kranine ?...

C'était bien un colonel, pensa Jane, enchantée de sa perspicacité. Elle approuva d'un mouvement de la tête.

— Vous me pardonnerez, j'en suis convaincu, de vous poser quelques petites questions.

Sans attendre de réponse, le comte se mit en devoir de la soumettre à un interrogatoire aussi serré que celui qu'avait mené le colonel Kranine. Ses réponses paraissaient le satisfaire. A deux ou trois reprises, il marqua son approbation :

— Maintenant, mademoiselle, je vais vous demander d'aller jusqu'à la porte et d'en revenir lentement.

« Ils ont peut-être besoin d'un mannequin, pensa Jane. Mais ça ne vaut pas deux mille livres. Il vaut mieux que je ne pose pas de question pour le moment. »

Le comte Streptitch fronçait les sourcils. Ses doigts, eux aussi d'une éclatante blancheur, tambourinaient sur la table. Il se leva soudain, ouvrit une porte et s'adressa à un invisible interlocuteur. Puis il revint s'asseoir et une dame entre deux âges fit son entrée, refermant la porte avec soin derrière elle. Elle était plutôt forte, et extrêmement laide, mais elle ne s'en déplaçait pas moins avec une allure des plus majestueuses.

— Eh bien, Anna Michaelovna, interrogea le comte, que pensez-vous de cette demoiselle ?

La dame l'observa des pieds à la tête avec autant de détachement que si Jane avait été l'un des mannequins de cire de chez Madame Tussaud, et ne perdit pas de temps en politesses superflues.

— Ça pourra aller, dit-elle. La ressemblance, à proprement parler, n'est pas extraordinaire. Mais l'allure générale et le teint sont parfaits, bien mieux que ceux des autres. N'est-ce pas votre avis, Feodor Alexandrovitch ?

— Je partage votre avis, Anna Michaelovna.

— Et son français ?...

— Excellent.

Jane éprouvait de plus en plus le sentiment de n'être qu'une marionnette. Aucun de ces deux bizarres échantillons d'humanité ne paraissait se souvenir qu'elle était aussi un être humain.

— Et saura-t-elle faire preuve de discrétion ? demanda la grosse dame en fixant Jane d'un œil torve.

— La princesse Poporensky, traduisit le comte en français, veut savoir si vous saurez vous montrer discrète.

Jane se tourna vers la princesse :

— Tant que je ne sais pas de quoi il retourne, je ne vois pas comment je pourrais prendre le moindre engagement.

— Cette petite a raison, remarqua la princesse. Elle me fait l'effet d'être intelligente, Feodor Alexandrovitch. Plus que les autres candidates. Et dites-moi, ma petite, avez-vous aussi du courage ?

— Ça, je n'en sais rien, avoua Jane, surprise. Je n'aime pas avoir mal, mais je peux le supporter.

— Non !... Non !... Ce n'est pas ce que je veux dire. Vous n'avez pas peur du danger, non ?...

— Oh !... répliqua Jane. Le danger... Pas de problème... J'aime bien ça.

— Et vous êtes sans le sou ? Vous voudriez gagner beaucoup d'argent ?...

— Prenez-moi à l'essai, confirma Jane dans un semblant d'enthousiasme.

Le comte et la princesse échangèrent un regard significatif, et tous deux hochèrent la tête :

— Lui donnerai-je moi-même les explications, Anna Michaelovna ?

— Non, dit la princesse, Son Altesse tient à le faire elle-même.

— Ce n'est pas indispensable... Et c'est peu sage...

— Elle a donné ses ordres. Je dois lui amener la jeune fille dès que vous en aurez fini avec elle.

Streptitch haussa les épaules, sans dissimuler son mécontentement. Mais il n'avait certainement pas l'intention d'enfreindre la consigne. Il se tourna vers Jane :

— La princesse Poporensky aura l'honneur de vous présenter à Son Altesse la grande-duchesse Pauline. Ne soyez pas intimidée.

Mais Jane n'était pas intimidée le moins du monde et se réjouissait à l'idée d'être présentée à une véritable grande-duchesse. Elle n'était pas de ceux qui ont embrassé le socialisme. Elle en oublia ses problèmes de chapeau.

La princesse l'entraîna. Elle se propulsait avec un dandinement qui, malgré des circonstances peu propices, n'était pas exempt de dignité. Elles traversèrent une pièce qui semblait servir d'antichambre et la princesse gratta à une porte. Une voix acquiesça. La princesse ouvrit et s'avança, Jane sur ses talons.

— Puis-je, madame, avoir l'honneur de vous présenter miss Jane Cleveland ? débita solennellement la princesse.

Une jeune femme, enfoncée dans un fauteuil profond, jaillit du bout de la pièce et vint à elles d'un pas vif. Elle fixa longuement Jane puis rit joyeusement :

— C'est merveilleux, Anna ! s'écria-t-elle. Je n'aurais jamais pensé que nous réussirions aussi bien. Venez, il faut que nous nous voyions côte à côte.

Elle prit Jane par le bras et l'entraîna devant un grand miroir.

— Vous voyez ? dit-elle d'un ton ravi. C'est à s'y méprendre.

Jane n'avait pas eu besoin de contempler à loisir

la grande-duchesse Pauline pour comprendre. Elles étaient du même âge, à un ou deux ans près. Leurs cheveux blonds étaient coiffés de la même façon, et elles avaient la même silhouette élancée. La grande-duchesse était, peut-être, un tantinet plus grande. A les voir ensemble, la ressemblance sautait aux yeux. Jusqu'à leurs carnations, qui étaient quasiment identiques.

La grande-duchesse battit des mains. Elle semblait de caractère enthousiaste.

— On n'aurait pas pu trouver mieux, affirma-t-elle. Anna, vous transmettrez mes compliments à Feodor Alexandrovitch. Il s'est acquitté de sa mission à merveille.

— Cette jeune personne, madame, ne sait pas encore ce qui lui sera demandé, murmura la princesse.

— C'est vrai, dit la grande-duchesse qui paraissait plus calme. J'avais oublié. Je vais donc éclairer sa lanterne. Laissez-nous, Anna Michaelovna.

— Mais, madame...

— Laissez-nous, ai-je dit !

Impatiente, elle tapait du pied. Anna Michaelovna sortit sans essayer de cacher ce qu'elle pensait. La grande-duchesse prit un siège et, du geste, ordonna à Jane de l'imiter.

— Ces vieilles me lassent, confia la grande-duchesse Pauline, mais elles sont indispensables. Et je dois reconnaître qu'Anna Michaelovna n'est pas la pire. Maintenant, miss... Ah, oui, miss Jane Cleveland... Votre nom me plaît. Et vous me plaisez aussi. Vous êtes sympathique. Je sais toujours voir tout de suite si les gens sont sympathiques.

— Vous avez un don, madame, dit Jane qui prenait la parole pour la première fois.

— Vous avez raison, dit la grande-duchesse froidement. Je suis douée. Bon... Je vais vous expliquer, maintenant. Encore qu'il n'y ait pas grand-chose à dire. Vous savez ce qui s'est passé à Ostrova. Toute ma famille est morte, ou presque... Massacrée par les communistes. Je suis probablement la seule survivante. Mais je suis une femme et ce n'est évidemment pas sur ma tête que le titre reviendra. On pourrait croire qu'ils allaient me laisser tranquille. Eh bien non !... Où que j'aille, on essaie de m'assassiner ! Idiot, n'est-ce pas ?... Ces sauvages abrutis par la vodka n'ont pas le sens commun...

— Oui, bien sûr, approuva Jane.

Elle pensait qu'il lui fallait marquer quelque approbation.

— La plupart du temps, poursuivit la grande-duchesse, je vis réfugiée dans des lieux où ma sécurité n'est pas menacée. Mais de temps en temps, il faut bien que je me montre dans des cérémonies officielles. Ici, par exemple, je dois participer à différents événements plus ou moins publics. Ce sera pareil à Paris, sur le chemin du retour. J'ai un domaine en Hongrie, vous savez. Pour la chasse, c'est superbe !...

— Ah bon ?... s'enquit poliment Jane.

— Magnifique !... J'adore chasser. Mais là aussi... Je ne devrais pas vous le dire, mais vous m'êtes tellement sympathique... On fait des plans en vue de mon assassinat... Très discrètement, bien entendu. Mais il est fondamental que je ne sois pas assassinée dans les deux semaines à venir.

— Mais la police pourrait certainement..., tenta de dire Jane.

— La police ?... Ils sont parfaits, cela va de soi, dit la princesse avec dédain. Mais nous avons nos espions, nous aussi. Si quelque chose se trame contre moi, j'en serai probablement prévenue à l'avance. Mais peut-être pas...

Elle haussait les épaules.

— Je commence à comprendre, dit Jane avec lenteur. Il faut que je joue votre rôle.

— En quelques occasions seulement, corrigea vivement la grande-duchesse. Mais il faut que vous soyez toujours disponible, comprenez-vous ?... J'aurai peut-être besoin de vous deux, ou trois, ou quatre fois pendant mon séjour. Ce sera toujours pour un événement public. Bien entendu, vous n'aurez pas à me représenter pour quoi que ce soit de privé.

— Bien entendu.

— Je suis sûre que vous vous débrouillerez très

bien. Feodor Alexandrovitch a été vraiment bien inspiré de passer cette annonce. N'est-ce pas votre avis ?...

— Et si je suis assassinée ? demanda Jane.

La grande-duchesse, souriante, haussa à nouveau les épaules.

— C'est un risque à courir, je vous l'accorde, mais, selon nos agents, ils ont l'intention de m'enlever, pas de me tuer tout de suite. Je serai cependant franche avec vous : il peut toujours leur venir l'idée de lancer une bombe...

— Je vois, trancha Jane.

Elle essayait d'imiter le détachement de la grande-duchesse. Elle aurait bien voulu que soient abordées les questions d'argent, mais elle ne voyait pas très bien comment elle pourrait en parler sans paraître intéressée. La grande-duchesse vint à son secours :

— Vous serez bien payée, cela va de soi, lâcha-t-elle sans y toucher. Je ne parviens pas à me souvenir du chiffre que Feodor Alexandrovitch devait vous proposer. Entre les francs et les couronnes, je ne m'y retrouve jamais...

— Le colonel Kranine m'a parlé de deux mille livres, à peu près.

— C'est cela, dit joyeusement la grande-duchesse. Je m'en souviens maintenant. J'espère que cela vous paraît suffisant. Ou voulez-vous trois mille livres ?

— Eh bien... Si cela ne vous fait rien, je préférerais trois mille livres.

— Je vois que vous avez le sens des affaires, sourit aimablement la grande-duchesse. Je voudrais bien pouvoir en dire autant, mais je ne comprends rien à l'argent. Quand je veux quelque chose, je le veux tout de suite, c'est tout.

Jane admira la simplicité de l'apophtegme.

— Et puis vous avez raison : nous devons tenir compte du danger, poursuivit la grande-duchesse. Encore que vous ne me fassiez pas l'effet d'être femme à reculer devant le danger. Moi, je suis comme ça. Et j'espère bien que vous ne pensez pas que c'est la peur qui me pousse à vous demander de prendre ma place. Vous comprenez, l'avenir d'Ostrova est entre mes mains. Il faut que je me marie, et que j'aie deux fils au moins. Après, advienne que pourra...

— Je comprends, dit Jane.

— Et vous acceptez ?

— J'accepte, confirma Jane, le regard clair.

La grande-duchesse battit fortement des mains à plusieurs reprises. La princesse Poporensky parut sans attendre.

— Anna, je lui ai tout expliqué, dit la grande-duchesse. Elle est d'accord. Je lui ai dit aussi qu'elle aurait trois mille livres. Veuillez signifier à Feodor d'en prendre bonne note. Elle me ressemble vraiment, n'est-ce pas ? J'ai même l'impression qu'elle est plus jolie que moi...

La princesse sortit un instant pour ramener le comte Streptitch.

— Tout est réglé, Feodor Alexandrovitch, annonça la grande-duchesse.

Il s'inclina, mais posa sur Jane un œil dubitatif :

— Je me demande si elle pourra vraiment tenir son rôle...

— Laissez-moi vous montrer, intervint Jane. Avec votre permission, madame, ajouta-t-elle pour la grande-duchesse qui marqua son approbation d'un signe de tête.

Jane se leva.

— « C'est merveilleux, Anna ! » s'écria-t-elle. « Je n'aurais jamais pensé que nous réussirions aussi bien. Venez, il faut que nous nous voyons côte à côte. »

Et elle entraîna la grande-duchesse devant le miroir.

— « Vous voyez ?... A s'y méprendre... »

Sa voix, son allure, son comportement offraient une excellente imitation de la grande-duchesse. La princesse hocha la tête et grogna en signe d'approbation.

— Ce n'est pas trop mal, concéda-t-elle. Cela peut tromper la plupart des gens.

La grande-duchesse se montra plus élogieuse :

— Vous êtes vraiment très douée. Moi, je ne saurais pas imiter quelqu'un d'autre, même si ma vie en dépendait.

Jane en était persuadée. Elle avait déjà noté la forte personnalité de la grande-duchesse.

— Anna va s'occuper des détails, dit la grande-duchesse. Emmenez-la dans ma chambre, Anna, et faites-lui essayer quelques-unes de mes toilettes.

Elle prit congé, d'un sourire affable, et la princesse Poporensky entraîna Jane.

— Son Altesse portera cet ensemble pour l'inauguration de la vente de charité, expliqua la vieille dame en déposant sur le lit une création audacieuse, dans les noirs et les blancs. C'est dans trois jours. Il faudra peut-être que vous y soyez. Nous ne savons pas encore. Nous attendons les rapports de nos agents.

A sa demande, Jane se dépouilla de ses propres vêtements et passa la robe. Elle tombait à ravir. La princesse approuva :

— C'est quasiment parfait. Juste un peu trop long. Vous avez cinq centimètres de moins que Son Altesse.

— Ça peut s'arranger, intervint Jane. J'ai remarqué que la grande-duchesse porte des chaussures à petits talons. Si je mets les mêmes chaussures, mais avec des talons hauts, ça ira sans problème.

Anna Michaelovna s'empressa de lui montrer les chaussures de lézard à bride que la grande-duchesse avait l'habitude de porter avec la robe. Jane inscrivit dans un coin de sa mémoire qu'il faudrait en trouver de semblables, à talons hauts.

— Il faudrait, réfléchit Anna Michaelovna, que vous preniez l'habitude d'avoir, dans la vie courante, des vêtements d'une couleur et d'un tissu différents de ceux de Son Altesse. En cas de nécessité, on remarquerait moins la substitution.

Jane s'interrogea une seconde :

— Un jersey rouge feu, par exemple ?... Et puis je pourrais porter des lunettes en verre à vitre. Cela change complètement l'expression !

Ces deux suggestions furent approuvées sans plus attendre, et l'on passa aux détails.

Jane quitta les lieux pourvue d'un viatique de cent livres en billets, et d'instructions pour les achats qu'elle avait à faire. Elle devait en outre descendre à l'hôtel *Blitz,* sous l'identité de miss Montresor, de New York.

Le comte Streptitch vint l'y voir deux jours plus tard :

— Quelle transformation ! admira-t-il, en s'inclinant.

Jane répondit par l'esquisse d'une révérence. Elle appréciait infiniment, et la garde-robe dont elle avait pu faire l'acquisition, et tout le luxe qui entourait sa nouvelle vie.

— Tout cela est bel et bien bon, soupira-t-elle, mais j'ai le sentiment que votre visite signifie que je vais avoir enfin à travailler et à gagner mon salaire.

— Tout à fait. Nous avons reçu un rapport. Il semblerait que l'on veuille essayer d'enlever Son Altesse sur la route du retour, après la vente de charité qui se tiendra, comme vous le savez, à Orion House, à une bonne quinzaine de kilomètres de Londres. Son Altesse est contrainte de s'y rendre elle-même, car la comtesse d'Anchester, qui l'organise, la connaît personnellement. Mais j'ai conçu un plan dont vous me direz des nouvelles...

Jane se fit tout ouïe. Elle ne posa que quelques questions, et finit par affirmer qu'elle avait parfaitement assimilé le rôle qui lui était attribué.

Le lendemain fut radieux. On n'aurait pu rêver mieux pour l'un des sommets de la saison londonienne : la Vente de Charité d'Orion House, patronnée par la comtesse d'Anchester pour venir en aide aux réfugiés ostroviens qui se trouvaient en Angleterre.

On avait pris en considération le caractère capricieux du climat britannique, et la vente avait lieu dans les immenses pièces d'Orion House qui se trouvait depuis cinq cents ans dans les mains de la famille des comtes d'Anchester. Les collections les plus diverses avaient été prêtées pour exposition. Quelqu'un avait eu l'idée délicieuse de demander à une centaine de femmes de la plus haute société de donner chacune l'une des perles de leur collier. Le second jour des festivités chaque perle serait vendue aux enchères. Et dans le parc étaient prévus un grand nombre de spectacles et d'attractions.

Jane, alias miss Montresor, arriva tôt. Elle était vêtue d'un jersey rouge feu et arborait un petit chapeau cloche. Elle portait des chaussures de lézard à talons hauts.

L'apparition de la grande-duchesse constitua, à elle seule, un événement considérable. On la conduisit aussitôt sur l'estrade où une petite fille, selon le rite, lui remit un bouquet de fleurs. Elle prononça quelques mots pleins d'affabilité pour déclarer la vente ouverte. Le comte Streptitch et la princesse Poporensky l'escortaient.

Elle avait revêtu la robe que Jane avait déjà vue, d'un noir audacieux dans son contraste avec les blancs, et elle était coiffée d'une petite cloche noire ornée d'aigrettes blanches. Une demi-voilette couvrait son regard. Jane se sourit à elle-même.

La grande-duchesse fit le tour de la vente et s'arrêta, de bonne grâce, à chaque comptoir. Elle procéda à quelques achats, puis marqua son désir de se retirer.

Jane comprit instantanément le signal. Elle s'adressa à la princesse Poporensky pour solliciter l'honneur d'être présentée à Son Altesse.

— Ah, oui, dit la grande-duchesse à voix haute. Miss Montresor... Je me souviens de son nom. Une journaliste américaine, n'est-ce pas ?... Elle a fait beaucoup pour notre cause. Je ne verrais aucun inconvénient à accorder une interview à son journal... Mais... Où pourrions-nous ne pas être dérangées ?...

On s'empressa pour mettre un boudoir à la disposition de la grande-duchesse, et le comte Streptitch reçut mission d'amener miss Montresor auprès de la grande-duchesse. Dès qu'il se fut retiré, les deux femmes échangèrent leurs robes en un tournemain sous l'œil de la princesse Poporensky. Et, trois minutes plus tard, la grande-duchesse réapparut, tenant son bouquet serré contre son visage.

Saluant avec grâce, elle prit le temps de glisser en français quelques mots d'adieu à la comtesse d'Anchester, puis pénétra dans sa voiture qui avait été avancée. La princesse Poporensky s'assit à côté d'elle et le véhicule démarra.

— Eh bien, dit Jane. Voilà qui est fait. J'espère que tout va bien se passer pour miss Montresor.

— Personne ne fera attention à elle. Elle va pouvoir filer en toute discrétion.

— Vous avez raison, approuva Jane. J'ai bien tenu mon rôle, n'est-ce pas ?...

— C'était parfait. Pas une fausse note.

— Le comte n'est pas avec nous ?

— Il a dû rester. Il faut veiller à la sécurité de Son Altesse.

— J'espère que personne n'aura la mauvaise idée de nous lancer une bombe, confia Jane avec un peu d'appréhension. Mais qu'est-ce qui se passe ?... Nous quittons la grande route... Qu'arrive-t-il ?...

Sans cesser d'accélérer, la voiture s'engageait sur une route secondaire.

Jane ne fit qu'un bond jusqu'à la vitre de séparation pour essayer d'obtenir des explications de la part du chauffeur. Il se contenta de rire et appuya plus fort encore sur le champignon. Elle se renfonça dans son siège et éclata de rire :

— Vos agents étaient bien informés. Voilà l'enlèvement annoncé. J'imagine que je dois tenir le coup le plus longtemps possible. En tout cas, il faut donner un délai suffisant à la grande-duchesse pour qu'elle puisse retourner à Londres en toute sécurité.

A la vue du danger, Jane sentait monter en elle toute l'ardeur du combat. Elle avait redouté la perspective d'une bombe, mais une aventure du genre de celle qui semblait lui arriver en appelait à ses instincts guerriers.

La voiture, dans le grincement de ses freins, s'arrêta net. Un homme, revolver au poing, sauta sur le marchepied :

— Les mains en l'air, ordonna-t-il.

La princesse Poporensky se hâta de lever les bras. Mais Jane, les doigts croisés sur les genoux, se contentait de fixer l'agresseur avec dédain :

— Demandez-lui donc ce que tout cela peut bien signifier, commanda-t-elle à la dame d'honneur.

Mais avant que la princesse ait pu placer un mot,

l'homme s'était introduit à l'intérieur de la limousine et se répandait en un flot de paroles, dans une langue inconnue.

Incapable de comprendre un traître mot, Jane se contenta de hausser les épaules, sans rien dire. Le chauffeur avait abandonné son siège et s'était joint à l'inconnu.

— Son Altesse illustrissime nous fera-t-elle l'honneur de descendre de voiture ? demanda-t-il avec un rictus.

Se cachant le visage du bouquet, Jane enjamba le marchepied, la princesse Poporensky sur les talons.

— Son Altesse révérendissime voudrait-elle bien avancer dans cette direction ?...

Jane affecta de ne pas prêter attention à l'insolence du bonhomme, mais se dirigea sans plus de résistance vers une maison basse, assez délabrée, que l'on apercevait à une centaine de mètres. La route était un cul-de-sac et ne menait, apparemment, qu'à cette bâtisse abandonnée.

L'agresseur, brandissant ostensiblement son revolver, les rejoignit puis les dépassa. Il ouvrit à la volée une porte sur la gauche de la façade. Elles découvrirent une pièce déserte, meublée seulement d'une table et de deux chaises, évidemment apportées pour l'occasion.

Jane entra et s'assit, toujours suivie d'Anna Michaelovna. L'homme claqua la porte, qu'il ferma à double tour. Jane alla à la fenêtre et jeta un coup d'œil.

« Je crois que je pourrais sauter sans difficulté, remarqua-telle à part soi, mais je n'irais sans doute pas loin. Pour le moment, il vaut mieux que nous restions ici et que nous tâchions de nous débrouiller... Je me demande s'ils nous donneront quelque chose à manger. »

Sa question ne resta sans réponse qu'une demiheure. On leur apporta deux grands bols, emplis d'une soupe fumante, et deux morceaux de pain.

Jane ironisa, quand la porte eut été refermée :

— Il faut bien que les aristocrates renoncent à leur luxe... Commencez, je vous en prie.

La princesse, comme frappée d'horreur, rejeta l'idée de la moindre nourriture :

— Moi !... Manger !... Quand ma maîtresse court Dieu sait quels dangers !...

— Tout va bien pour elle, corrigea Jane. Pour l'instant, c'est de moi que je m'inquiète. Vous savez, ces gens seront furieux quand ils vont découvrir qu'il y a erreur sur la personne. J'ai même peur qu'ils ne se conduisent de manière parfaitement désagréable... Je vais continuer à jouer les princesses hautaines aussi longtemps que ce sera possible, et je tirerai ma révérence à la première occasion.

La princesse Poporensky garda le silence.

Jane avait faim. Elle avala le bol sans barguigner. La soupe avait un goût curieux, mais elle était chaude et sentait bon.

Elle sentit peu après la fatigue la gagner. Dans son coin, la princesse paraissait pleurer à petit bruit. Jane s'installa aussi confortablement qu'elle le put sur sa chaise de bois brut, et se laissa aller.

Un instant plus tard, elle dormait.

Jane s'éveilla d'un seul coup, avec un sentiment de malaise et la certitude d'avoir dormi très longtemps. Sa tête lui pesait.

Et, soudain, elle recouvra toutes ses facultés : elle venait de comprendre qu'elle était de nouveau vêtue du jersey rouge feu.

Elle se redressa et regarda autour d'elle. Elle se trouvait toujours dans la même pièce de la maison vide, et tout était resté exactement à la même place. Sauf que la princesse Poporensky avait quitté sa chaise et qu'elle-même, de façon inexplicable, avait changé de tenue.

« Ce ne peut être un cauchemar, se dit Jane. Car, si c'était un cauchemar, je ne serais pas là. »

Ce qu'elle vit par la fenêtre lui parut également digne d'intérêt. Quand elle s'était endormie, le soleil entrait à flots par la croisée. Elle ne voyait maintenant que l'ombre de la silhouette de la maison.

« La façade est à l'ouest, réfléchit-elle. Quand je me suis endormie, c'était l'après-midi. Ce qui veut dire que nous sommes demain matin. Donc, j'ai été droguée. Donc... Je ne sais plus... Tout cela est complètement fou... »

La porte avait été déverrouillée, et la maison, qu'elle explora, était silencieuse et déserte. Elle passa la main sur son front douloureux et tenta de penser un peu. Mais son regard fut attiré soudain par un journal à moitié déchiré, sur le plancher, près de la porte. Le titre, en grasses et sur cinq colonnes, la fit bondir : « *Le bandit américain en jupons est en Angleterre. Hold-up incroyable à la vente de charité d'Orion House* ». L'article qui suivait était aussi bref que précis.

Quelques minutes après le départ de la grande-duchesse Pauline, trois hommes, et une femme vêtue de rouge, avaient sorti des revolvers et tenu la foule en respect. Ils s'étaient emparés des cent fameuses perles et avaient pris la fuite sans demander leur reste, dans une voiture de sport. Pour l'instant, on avait perdu leur piste.

En dernière heure — il s'agissait d'une édition du début de soirée —, quelques lignes ajoutaient que le « bandit en jupons vêtu de rouge » était descendu à l'hôtel *Blitz* en se présentant comme une certaine miss Montresor, de New York.

— J'ai été eue, dit Jane à haute voix. J'ai été eue de bout en bout. J'ai toujours su qu'il y avait un piège là-dedans...

Un son étrange la fit sursauter. Elle l'identifia vite comme la voix d'un homme qui répétait à intervalles réguliers :

— Bon Dieu !... Bon Dieu !... Bon Dieu !...

Jane, dans son émoi, eut le temps de penser que l'inconnu exprimait ce qu'elle ressentait. Elle dévala l'escalier pour trouver, juste en bas, un jeune homme allongé. Il tentait d'arracher sa tête à l'attraction du plancher. Jane, en découvrant son visage constellé de taches de rousseur, pensa qu'elle n'avait jamais vu des traits aussi fins. Mais, pour le moment, ils n'exprimaient qu'une immense perplexité.

— Ma tête, bon Dieu ! reprit le jeune homme. Bon Dieu, ma...

Il s'interrompit et fixa Jane :

— C'est un cauchemar, je crois, laissa-t-il échapper.

— C'est ce que j'ai dit moi aussi, répondit Jane. Mais ce n'est pas un rêve, malheureusement. Qu'est-il arrivé à votre tête ?

— On a tapé dessus. Mais j'ai de la chance. Elle est solide.

Il réussit à s'asseoir en grimaçant.

— Je pense que mon cerveau va se remettre à fonctionner dans quelques instants. Je vois que je suis toujours dans le même coin.

— Comment êtes-vous arrivé ici ? interrogea Jane avec curiosité.

— C'est une longue histoire. A propos, vous n'êtes absolument pas la grande-duchesse de Je-ne-sais-plus-trop-où ?...

— Non. Je suis Jane Cleveland. Tout ce qu'il y a d'ordinaire.

— Vous n'êtes pas ordinaire le moins du monde, dit-il sans cacher sa fascination.

Jane rougit :

— Il vaudrait peut-être mieux que j'aille chercher de l'eau... Ou quelque chose...

— Je crois que c'est ce qui se fait dans ces cas-là, approuva le jeune homme. Mais si vous trouviez du whisky...

La maison ne recelait pas de whisky. Le jeune inconnu avala de l'eau, à longues lampées, et annonça qu'il se sentait définitivement mieux.

— C'est moi qui raconte mes aventures, ou bien c'est vous qui commencez ? demanda-t-il.

— Vous d'abord.

— Moi, je n'ai pas grand-chose à dire. Simplement, j'ai remarqué que la grande-duchesse était entrée dans le boudoir d'Orion House avec des talons plats et qu'elle en était ressortie avec des talons hauts. J'ai trouvé que c'était bizarre, et je n'aime pas ce qui est bizarre.

» Alors j'ai suivi la voiture avec ma moto. J'ai tout vu, quand on vous a emmenée dans cette maison. Dix minutes plus tard, une grosse voiture de sport a débarqué à fond de train, avec trois bonshommes et une fille en rouge. Elle avait, comme de bien entendu, des chaussures à talons plats. Ils sont entrés dans la maison, et miss Talons-Plats en est repartie habillée en noir. Elle s'est précipitée dans la première voiture, avec une vieille taupe et un grand type à barbe blonde. Et les autres ont sauté dans la voiture de sport. Je pensais qu'ils étaient tous partis, et je voulais seulement essayer de passer par la fenêtre pour venir à votre aide. Et puis quelqu'un m'a frappé par-derrière. Voilà, c'est tout. A vous, maintenant.

Jane se mit en devoir de faire le récit de ses aventures :

— ... et j'ai vraiment de la chance que vous nous ayez suivis, conclut-elle. Autrement, vous voyez d'ici dans quel pétrin j'aurais été. La grande-duchesse aurait eu un alibi en acier, puisqu'elle avait quitté la vente avant le hold-up et qu'elle était rentrée à Londres dans sa voiture. Qui est-ce qui aurait bien pu croire une histoire aussi fantasmagorique que la mienne ?

Le jeune homme approuva :

— Votre tête sur le billot, personne ne vous aurait crue.

Les deux jeunes gens s'étaient tellement absorbés dans leurs sagas respectives qu'ils en avaient oublié le monde extérieur. Ils n'en furent que plus surpris de voir un homme de haute taille, au visage austère, appuyé nonchalamment contre la maison, et qui commentait :

— C'est tout à fait intéressant.

— Et qui êtes-vous ? demanda Jane.

Une ombre de sourire passa sur le visage austère :

— Je suis l'inspecteur Farrell, dit-il aimablement. J'ai été passionné par le récit de cette jeune personne et par le vôtre, monsieur. C'est vrai qu'à un ou deux indices près, nous aurions eu beaucoup de peine à accorder foi à son histoire.

— Par exemple ?...

— Eh bien, voyez-vous, nous avons appris ce matin que la véritable grande-duchesse a levé le pied à Paris, en compagnie de son chauffeur.

Jane ne cachait pas son ahurissement.

— Et puis nous savions que cette Américaine, ce gangster en jupons, était arrivée dans notre pays. Et nous nous attendions naturellement à la voir commettre un de ces coups dont elle a le secret. Mais ne vous inquiétez pas. Toute la bande sera sous les verrous d'ici pas longtemps, je vous le promets. Voulez-vous m'excuser une seconde ?

Il se rua dans les escaliers.

— Sapristi ! dit Jane avec conviction. Vous avez été vraiment très doué de remarquer ce micmac de chaussures.

— Pas du tout, dit le jeune homme. J'ai, pour ainsi dire, été élevé dans la chaussure. Mon père est en quelque sorte un roi de la godasse. Il aurait bien voulu que je prenne la suite... Que je me range et que je me marie. Vous voyez le genre... Pas avec une jeune fille en particulier... Pour le principe, vous comprenez... Mais moi, j'avais choisi d'être artiste.

Il soupira.

— Je suis désolée pour vous, dit Jane avec douceur.

— Pendant six ans, j'ai essayé, mais il n'y a pas le moindre doute. Je ne serai jamais qu'un barbouilleur. Alors, toute honte bue, je m'en vais rejoindre la maison paternelle comme l'enfant prodigue. Une situation en or m'y attend...

— C'est formidable d'avoir un job, commenta Jane, un peu envieuse. Vous croyez que vous pourriez m'obtenir un stage dans la chaussure un de ces quatre matins ?...

— Je peux vous trouver mieux que ça... Si ça vous plaît...

— Qu'est-ce que vous voulez dire ?

— On verra plus tard. Je vous dirai... Vous savez, jusqu'à hier, je n'avais jamais vu une fille que je puisse avoir envie d'épouser...

— Jusqu'à hier ?...

— Oui, à cette vente de charité. C'est là que je l'ai vue. La seule et l'unique...

Il fixait Jane sans baisser les yeux.

— Ces delphiniums sont superbes, s'empressa de commenter Jane, le feu aux joues.

— Ce sont des lupins, corrigea-t-il.

— Je m'en fiche complètement, dit Jane.

— Et moi donc ! répondit le jeune homme qui, mine de rien, s'était rapproché d'elle.

8

LE FRUIT D'UN DIMANCHE

— Ma parole !... Je dois avouer que tout cela est absolument délicieux, répéta miss Dorothy Pratt pour la quatrième fois. J'imagine la tête que ferait la vieille chèvre si elle nous voyait en ce moment !... Elle et ses *Jane* à la gomme !...

La « vieille chèvre », à laquelle il était fait allusion de façon aussi peu amène, n'était autre que son estimable patronne, Mrs Mackenzie Jones, qui nourrissait des idées très arrêtées sur les prénoms qui conviennent aux femmes de chambre. Mrs Jones avait choisi d'appeler Dorothy par son second prénom, Jane, que la jeune fille détestait.

Le compagnon de miss Pratt ne répondit pas tout de suite. Il est vrai que, quand on vient d'acquérir pour la modique somme de vingt livres une Austin *Baby* de quatrième main et qu'on s'en est seulement servi à deux reprises, on est extrêmement occupé par la tâche complexe qu'exige la synchronisation de l'action des mains et des pieds en fonction des nécessités de la conduite.

— Hum, hum, se borna à commenter Mr Edward Palgrove.

Il faisait face de son mieux à une situation de crise qui se traduisait par la plainte aiguë des engrenages malmenés. Un automobiliste véritable en aurait eu les dents agacées.

— Ma parole, grinça Dorothy, tu n'as vraiment pas grand-chose à raconter aux filles.

Le chauffeur d'un autobus, qui débitait à son intention, d'une voix qui portait loin, un superbe chapelet d'injures, lui évita d'avoir à répondre.

— Ma parole, quel culot ! commenta Dorothy en secouant la tête.

— Je voudrais bien voir sa tête, s'il avait les mêmes freins que moi, ajouta son soupirant.

— Il y a un problème ?

— On peut appuyer sur la pédale jusqu'à ce que

l'enfer gèle. Il ne se passe rien, expliqua Mr Palgrove.

— Ma parole, Ted, on ne peut pas tout avoir pour vingt livres... Et puis, après tout, nous avons une vraie voiture. C'est dimanche après-midi. Et nous partons pour la campagne, comme tout le monde.

Un concert de craquements et de grincements s'ensuivit.

— Ah ! dit Edward en se rengorgeant. Ce coup-ci, j'ai bien réussi mon changement de vitesse.

Dorothy ne cacha pas son admiration :

— Tu conduis comme un chef !...

Enhardi par les compliments de sa compagne, Edward voulut tenter une traversée éclair de Hammersmith Broadway. Le policeman de service lui fit sévèrement la leçon.

C'est pourquoi ils s'engagèrent avec plus de prudence dans la direction de Hammersmith Bridge.

— Ça alors ! dit Dorothy, vexée. Je me demande ce que fait la police. A leur place, après tous les ratages de ces derniers temps, je serais un peu plus polie...

— Aucune importance, répondit Edward. Ce n'était pas mon chemin. J'ai l'intention de rejoindre la grand-route de l'Ouest et de voir ce que cette voiture a dans le ventre.

— Ça, c'est le bon moyen de se faire coincer, remarqua Dorothy. C'est ce qui est arrivé à Monsieur la semaine dernière. Cinq livres, et les frais, que ça lui a coûté.

Edward s'efforça à l'objectivité.

— Les flics ne sont quand même pas si nuls. Ils coincent aussi les richards. Pas de passe-droit !... Mais ça me rend malade de penser à ces types qui peuvent entrer dans un garage et commander deux ou trois Rolls-Royce d'un coup sans que ça leur fasse ni chaud ni froid. C'est incroyable !... Qu'est-ce qu'ils ont de plus que moi ?...

— Et ne parlons pas des bijoux, soupira Dorothy. Les boutiques de Bond Street !... Et des diamants, et des perles, et je ne sais pas quoi encore... Et moi, je me trimbale avec mon collier à quatre sous !...

Ce sujet l'entraîna loin, et tristement. Ce qui permit à Edward de se concentrer sur la conduite.

Ils parvinrent ainsi à traverser Richmond sans encombre. Depuis l'algarade du policeman, Edward se sentait les nerfs en pelote. Il opta pour la facilité, suivant aveuglément, à chaque carrefour, la voiture qui le précédait.

Et c'est ainsi qu'ils se retrouvèrent, sans l'avoir voulu, sur une de ces charmantes routes de campagne, adorablement ombragée, pour laquelle un conducteur amoureux de sa voiture donnerait son âme.

— Je suis assez content d'avoir pu aussi bien échapper à la Nationale, se félicita Edward, qui n'y était pour rien.

— Ma parole, c'est délicieusement adorable, approuva miss Pratt. Et j'affirme solennellement qu'il y a même un marchand de fruits !

Effectivement, sur un bas-côté propice, une table à tréteaux avait été dressée. Elle était couverte de cageots de fruits et, au-dessus, une banderole recommandait : « *Mangez davantage de fruits* ».

Edward sortit victorieux de son combat avec le frein à main. Et, la voiture étant enfin parvenue à l'immobilité, il demanda, non sans quelque inquiétude :

— C'est combien ?

— J'ai de belles fraises, répondit le vendeur.

Il offrait aux chalands une apparence peu engageante et un regard fuyant.

— C'est juste ce qu'il faut pour la dame, ajouta-t-il. Des fraises du coin. Cueillies ce matin. J'ai des cerises aussi. Des anglaises, des vraies, bien de chez nous. Un panier de cerises, ma petite dame ?...

— Elles ont l'air bonnes, glissa Dorothy.

— Pas bonnes, succulentes, répondit aigrement le vendeur. Et ce panier, madame, la chance il va vous apporter...

Puis il s'abaissa enfin à répondre à la question qu'Edward lui avait posée :

— Deux shillings, monsieur, et c'est donné. Et je vous dis pas ce qu'il y a dans le panier...

— Elles ont l'air absolument délicieuses, renchérit Dorothy.

Avec un soupir, Edward paya deux shillings. Il procédait à de fiévreux calculs. Le thé tout à l'heure, l'essence... Se balader en voiture le dimanche, c'était fichtrement cher. Toujours pareil : quand on baladait une fille, elle voulait à tout coup tout ce qu'elle voyait.

— Merci, monsieur, dit le vilain vendeur. Croyez-moi, avec ce panier de cerises, vous en aurez pour plus que votre argent.

Edward écrasa le champignon et la voiture bondit vers l'infortuné marchand de cerises avec la brutalité d'un berger allemand qui aurait eu l'intention de lui sauter à la gorge.

— Mille pardons, s'excusa Edward, j'avais oublié que la première était restée engagée.

— Il faut faire attention, chéri, le réprimanda Dorothy. Tu aurais pu lui faire du mal.

Edward garda le silence. Huit cents mètres plus loin, ils trouvèrent, au bord d'une rivière, le lieu idéal pour une halte. L'Austin fut garée sur le bas-côté de la route. Dorothy et Edward s'enlacèrent tendrement et commencèrent à grignoter les cerises. A leurs pieds, un inconnu avait abandonné un de ces épais journaux qui aident à tromper l'ennui des dimanches de Grande-Bretagne.

— Qu'est-ce qui se passe dans le monde ? interrogea vaguement Edward qui s'étendait sur le dos de tout son long et, pour avoir un peu d'ombre, tirait son chapeau sur les yeux.

Dorothy jeta un coup d'œil aux gros titres : « *L'épouse tragique. Une histoire extraordinaire. Un aviateur porté manquant. Incroyable vol de bijoux : un collier de rubis de cinquante mille livres s'est envolé.* »

— Tu entends ça, Ted ?... Cinquante mille livres !... Tu te rends compte ?...

Elle poursuivit la lecture de l'article : « Le collier se compose de vingt et un rubis sur monture de platine. Il avait été expédié de Paris en recommandé. A l'arrivée, l'emballage ne contenait plus que quelques cailloux, et le joyau avait disparu ».

— On l'a piqué à la poste, dit Edward. Je me suis laissé dire qu'en France, les Postes marchent n'importe comment.

— Je voudrais bien voir un collier comme celui-là, rêva Dorothy, brillant comme du sang frais. D'ailleurs, c'est comme ça qu'ils appellent sa couleur : sang de pigeon. Oui, vraiment, je voudrais bien voir quel effet ça fait d'avoir un machin comme ça autour du cou.

— Mon petit cœur, *à toi,* ça ne risque pas d'arriver, se moqua Edward.

Dorothy secoua la tête :

— Je voudrais bien savoir pourquoi. Il y a des femmes qui trouvent des moyens incroyables pour réussir dans la vie. Moi, je pourrais faire du théâtre, par exemple.

— Les filles bien n'ont pas besoin de moyens incroyables, la tança Edward.

Dorothy s'apprêtait à répliquer. Mais elle se retint et se contenta de murmurer :

— Passe-moi les cerises.

Elle ajouta :

— J'en ai mangé plus que toi. Je vais faire deux parts de ce qui reste et... Ma parole !... Qu'est-ce qu'il y a au fond du panier ?...

Et elle sortit un chapelet resplendissant de pierres rouge sang, que tous deux regardèrent, ébahis.

— Tu as bien dit que c'était dans le fond du panier ? demanda Edward.

— Oui, tout à fait au fond, sous les cerises.

Ils s'observèrent à nouveau, comme paralysés de surprise.

— Et, à ton avis, c'est arrivé là comment ?...

— Je n'en sais rien. C'est quand même bizarre, Ted, juste après avoir lu cette histoire dans le journal... à propos des rubis...

Edward éclata de rire :

— Tu n'imagines quand même pas que tu es en train de tenir cinquante mille livres dans ta main ?...

— J'ai seulement dit que c'est bizarre... Des rubis montés sur platine... Le platine, c'est cette espèce de truc argenté mat, exactement comme ça. Regarde comme les pierres brillent !... Et quelle couleur !... Tiens, je me demande combien il y en a...

Elle les compta :

— Ted, c'est pas vrai, il y en a exactement vingt et une.

— Non ?...

— Si. Le chiffre que disait le journal. Oh ! Ted, tu ne penses pas que...

— Non, c'est pas possible, dit Edward faiblement. De toute façon, il y a un système pour vérifier... En essayant de rayer du verre.

— Ça ne marche que pour les diamants. Mais tu sais, Ted, ce bonhomme qui vendait les fruits, il avait une drôle de tête. Une sale tête. Et il ricanait. Rappelle-toi quand il a dit que, dans le panier, il y en avait pour plus que notre argent.

— C'est vrai. Mais écoute un peu... Pourquoi est-ce qu'il aurait voulu nous refiler cinquante mille livres ?

Découragée, miss Pratt hocha la tête :

— Tout ça n'a aucun sens. Sauf si il avait la police à ses trousses.

— La police ?

Edward blêmissait.

— Mais oui, la police. C'est marqué dans le journal : la police est sur une piste.

Des sueurs froides roulaient le long de l'échine d'Edward :

— Oh ! ça ne me plaît pas du tout... Imagine un peu que la police soit à nos trousses...

Dorothy en resta bouche bée :

— Mais, Ted, on n'a rien fait. On l'a juste trouvé dans le panier...

— Essaye un peu de raconter cette histoire à dormir debout !... Personne ne te croira.

— C'est bien possible, reconnut Dorothy. Ted ?... Tu crois vraiment que c'est *ça* ?... On dirait un conte de fées...

— A mon avis, ça ne ressemble pas du tout à un conte de fées, trancha Edward. Ça me fait plutôt penser aux histoires où un malheureux innocent se retrouve derrière les barreaux, à Dartmoor, pendant quatorze ans.

Mais Dorothy n'écoutait plus. Elle avait mis le collier autour de son cou et jugeait de l'effet dans son miroir de poche.

— Une duchesse porterait le même, rêva-t-elle.

Edward coupa sèchement :

— Je n'y crois pas. C'est une imitation. Il *faut* que ce soit une imitation.

— Oui, mon chéri, tu as raison, dit Dorothy, toujours perdue dans la contemplation du miroir.

— Ce serait quand même fort de café, comme coïncidence.

— Sang de pigeon..., murmura Dorothy.

— C'est absurde. Voilà ce que c'est. Absurde... Eh ! Dorothy, tu écoutes ce que je dis, ou pas ?...

Dorothy rangea sa glace. Elle se tourna vers lui, une main sur le collier qui entourait son cou.

— J'ai l'air de quoi ? demanda-t-elle.

Edward, sa mauvaise humeur oubliée, l'observa, ébloui. Jamais il n'avait vu Dorothy aussi belle. Son allure nouvelle avait quelque chose de triomphal, de royal. A la seule idée qu'elle portait au cou un joyau de cinquante mille livres, Dorothy était devenue une autre femme. Elle affichait un air d'une insolente sérénité, comme si elle eût été tout à la fois Cléopâtre, Sémiramis et Zénobie.

— Tu es... tout simplement... extraordinaire, confessa Edward avec humilité.

Dorothy éclata de rire. Et son rire, lui aussi, n'était plus le même.

— Ecoute, dit Edward, il faut faire quelque chose. L'apporter à un poste de police, ou je ne sais pas quoi.

— C'est idiot, le reprit Dorothy. Tu viens de dire toi-même qu'on ne te croirait pas. Ils t'enverront probablement en prison pour l'avoir volé.

— Mais... Mais qu'est-ce qu'on peut faire d'autre ?...

— Le garder, répondit la nouvelle Dorothy Pratt.

Edward la considéra, stupéfait :

— Le garder ?... Mais tu es folle !...

— On l'a trouvé, hein ?... Qu'est-ce qui nous dit que ça a de la valeur ?... On va le garder, et je le mettrai.

— Dans ce cas, c'est *toi* que la police va coincer.

Dorothy s'accorda une minute de réflexion :

— Très bien. Alors on va le vendre. Comme ça, tu pourras t'acheter une Rolls-Royce, ou même deux Rolls-Royce. Et moi, je me payerai un de ces machins qu'on se met sur la tête, tout en diamants, et des bagues et des boucles d'oreilles pour aller avec.

Edward la fixait toujours. Elle perdit patience :

— Tu viens d'avoir une chance. A toi de la saisir. Nous n'avons pas volé ce truc. Et, d'ailleurs, je n'aurais pas marché. Il nous est tombé du ciel, et je suis sûre que c'est notre seule chance d'avoir jamais tout ce dont nous avons envie. Par hasard, Edward Palgrove, est-ce que tu manquerais de cran ?...

Edward retrouva la parole :

— Le vendre, tu dis ? Mais ça ne va pas être une partie de plaisir. N'importe quel bijoutier va vouloir savoir comment j'ai fait pour avoir ce satané truc.

— Il ne faut pas aller voir un bijoutier. Ted, tu ne lis jamais de romans policiers ? Il faut trouver un receleur, naturellement.

— Et tu crois que je connais un receleur ? J'ai été élevé comme il faut, moi !

— Les hommes doivent tout connaître. Ils sont faits pour ça.

Il la regarda. Elle affichait une tranquillité inébranlable.

— Je n'aurais pas cru cela de toi, regretta-t-il.

— Et, moi, je voudrais que tu aies un peu plus de courage.

Il y eut un moment de silence, puis Dorothy se releva.

— Parfait, ricana-t-elle. On ferait mieux de rentrer à la maison.

— Avec ce machin autour de ton cou ?

Dorothy défit le fermoir, contempla le joyau avec adoration, et le glissa dans son sac.

— Ecoute, dit Edward, il vaut mieux que tu me le donnes.

— Non.

— Si. Moi, ma douce, j'ai été élevé dans l'honnêteté.

— Eh bien, continue à être honnête. Tu n'as rien à faire avec ça.

— Allez, donne-le-moi. Je me débrouillerai, finit par dire Edward. Je trouverai un receleur. Comme tu dis, c'est la première fois qu'on a une chance. Ce truc, on l'a eu à la régulière... On l'a payé deux shillings. Il y a des messieurs très bien qui paient ça à des antiquaires tous les jours que le bon Dieu fait, et qui en sont fiers comme Artaban.

— C'est formidable ! s'exclama Dorothy. Edward, tu es génial !

Elle lui tendit le collier qu'il mit dans sa poche. Il se sentait haussé au-dessus de lui-même, plein de fougue, un diable d'homme ! L'Austin démarra en trombe. Ils étaient tant excités qu'ils en oublièrent l'heure du thé. Ils regagnèrent Londres en silence. A un carrefour, un policeman s'approcha de la voiture, et Edward crut que son cœur allait cesser de battre. Mais par miracle, ils arrivèrent à destination sans encombre.

Quand Edward raccompagna Dorothy, ses derniers mots furent l'exact reflet de son humeur combative :

— On va y arriver. Cinquante mille livres ! Ça vaut vraiment le coup !

Mais sa nuit ne fut qu'un cauchemar. Il voyait sans cesse les larges barreaux des cellules de Dartmoor. Il s'éveilla tôt, hagard et moite. Il fallait qu'il trouve le moyen de dénicher un receleur, et il n'avait pas la moindre idée de la façon de s'y prendre.

Au bureau, il travailla la tête dans les nuages et, avant le déjeuner, il s'était déjà attiré deux vives réprimandes.

« Comment diable fait-on pour trouver un receleur ? » se demandait-il. Il croyait savoir que Whitechapel était leur terrain de prédilection... A moins que ce ne soit Stepney...

A son retour au bureau, il reçut un appel téléphonique. C'était Dorothy, en larmes. Sa voix avait des accents dramatiques :

— C'est toi, Ted ? Je me sers du téléphone de la patronne, mais elle peut débarquer n'importe quand, et il faudra que j'arrête. Ted, tu n'as encore rien fait, j'espère ?

Edward confirma.

— Ecoute, Ted, il ne faut rien faire. Je n'ai pas fermé l'œil de la nuit. C'était affreux. Je me rappelais tout le temps que la Bible dit : « Tu ne voleras point. » Je crois que j'étais complètement folle, hier. Tu ne vas rien faire, hein, Ted chéri ?...

Il est bien possible que Mr Palgrove ait ressenti un vif soulagement... Mais il n'était certainement pas homme à l'admettre :

— Quand je dis que je vais faire quelque chose, je le fais jusqu'au bout, trancha-t-il avec la sécheresse d'un héros mythologique au regard d'acier.

— Oh, mais, Ted chéri, il ne faut pas !... Seigneur, la voilà qui arrive ! Ecoute, Ted, elle sort ce soir pour dîner. Je pourrai quitter la maison en douce et te retrouver. Ne fais rien d'ici là. On se retrouvera à 8 heures, au coin de la rue...

Sa voix se fit angélique :

— Oui, madame, c'était sûrement une erreur. Quelqu'un qui croyait qu'on était Bloomsbury 02 43.

Edward sortit du bureau à 6 heures. Une affichette de presse, en grasses, attira son regard :

RUBIS : LE POINT SUR L'ENQUÊTE.

Il paya en toute hâte un penny pour un exemplaire. Puis, confortablement installé dans le métro, ayant conquis de haute lutte une place assise, il se plongea dans le journal. Il n'eut aucune peine à trouver ce qu'il cherchait.

Il ne put s'empêcher de siffler :

— Eh bien, je...

Il venait de remarquer un autre article qu'il lut de bout en bout. Il en laissa tomber le journal sur le sol.

A 8 heures précises, il était au rendez-vous. Dorothy, hors d'haleine, pâle mais ravissante, se hâta de le rejoindre.

— Tu n'as rien fait, Ted ?

— Rien du tout.

Il sortit de sa poche le collier de rubis :

— Vas-y. Tu peux le mettre.

— Mais, Ted...

— Ne t'inquiète pas. La police a récupéré les rubis. Et ils ont arrêté celui qui les avait secoués. Et maintenant, lis ça !...

Il lui tendit une coupure de journal que Dorothy déchiffra avidement.

Sous le titre « UN NOUVEAU COUP DE PUBLICITÉ », l'article expliquait :

La compagnie britannique Fivepenny Fair, *qui se lance dans une compétition avec les célèbres magasins américains Woolworth, a mis au point une nouvelle stratégie publicitaire particulièrement astucieuse. Des paniers de fruits ont été mis en vente hier, comme ils le seront chaque dimanche. Un panier sur cinquante contient un superbe collier de pierres artificielles de couleurs variées, mais d'une valeur certaine. Cette initiative a rencontré un accueil extrêmement favorable de la part du public, et nous sommes sûrs que la campagne* Mangez Davantage de Fruits *aura de nouveau un très grand succès dimanche prochain. On ne peut que féliciter la* Fivepenny Fair *pour l'imagination dont elle a fait preuve, et lui souhaiter pleine réussite dans son action pour promouvoir les produits de chez nous.*

— Ma parole ! dit Dorothy. Ah, ma parole !...

— Oui, répondit Edward. Je pense la même chose que toi.

Un propagandiste religieux qui passait lui glissa un tract dans la main :

— Prenez-le, mon frère.

Le tract ne portait qu'un verset : « *Le prix d'une femme vertueuse est à cent coudées au-dessus de celui des rubis les plus précieux.* »

— Tu vois bien ! fit remarquer Edward. J'espère que ça va te redonner le sourire.

— Je ne sais pas, dit Dorothy, pensive. Je n'ai pas vraiment envie d'avoir *l'air* d'une femme vertueuse.

— Ce n'est pas le cas, sourit Edward. C'est pour cela que le bonhomme m'a donné ce tract. Avec ces rubis autour du cou, tu n'as pas l'air une seule seconde d'une femme comme il faut.

Dorothy éclata de rire :

— Tu es vraiment adorable, Ted ! Allez, viens, allons au cinéma.

9

MR EASTWOOD CHERCHE UNE HISTOIRE

Mr Eastwood regarda au plafond. Puis il fixa le plancher. Après quoi son œil se porta sur le mur de droite. Enfin, dans un effort de toute sa volonté, il parvint à fixer son regard sur la machine à écrire posée devant lui.

La page blanche était vierge, marquée seulement d'un titre en capitales :

LE MYSTÈRE DU DEUXIÈME CONCOMBRE.

Un très bon titre, certainement. Anthony Eastwood était convaincu qu'à sa seule lecture, chacun serait intrigué et mis en appétit.

« Le mystère du deuxième concombre, dirait-on. De quoi peut-il bien s'agir ? Et pourquoi un *concombre* ? Et pourquoi un *deuxième* concombre ? C'est à lire de toute urgence. » Et le lecteur serait passionné, envoûté même, par l'habileté consommée qu'aurait démontrée le maître du roman policier en tissant toute une intrigue autour de ce légume bien ordinaire.

Tout cela était bel et bon. Mieux que personne, Anthony Eastwood savait comment il devait écrire son texte. Le problème était qu'il n'y parvenait pas. Deux ingrédients de base sont essentiels à une bonne histoire policière : un titre accrocheur et une intrigue bien ficelée. Quand on les a trouvés, il n'y a plus qu'à rédiger. Il arrivait que l'intrigue lui soit inspirée tout simplement par les éléments du titre, et il n'avait plus qu'à se laisser porter sur les vagues de son imagination. Mais, pour le moment, le titre qu'il avait choisi se contentait d'orner le haut de sa page blanche, et pas la moindre piste n'était en vue.

A la recherche de l'inspiration, Anthony Eastwood leva à nouveau les yeux vers le plafond, puis les abaissa sur le plancher. Il laissa son regard errer sur le papier peint. Mais rien ne lui venait à l'esprit.

« L'héroïne doit s'appeler Sonia, réfléchit-il pour tenter de brusquer les événements. Sonia ou Dolorès, peut-être. Elle aura un teint d'ivoire, naturel, pas celui que donne la maladie. Et son regard sera profond comme un lac insondable. Quant au héros, ce sera George, ou bien John, en tout cas quelque chose de court et de très anglais. Il me faut aussi un jardinier, parce que ce sacré concombre ne peut absolument pas surgir du néant. Ce sera un jardinier écossais, et il fera sourire, avec son angoisse permanente dans l'attente des gelées précoces. »

Cette méthode réussissait quelquefois à Anthony mais, ce matin-là, elle paraissait totalement inefficace. Il n'avait pas de peine à voir en imagination Sonia, George, et le distrayant jardinier, mais ses personnages montraient une évidente mauvaise volonté à s'animer et à vivre.

« Je pourrais laisser tomber le concombre et mettre une banane à la place, décréta-t-il, à bout de ressources. Ou une laitue. Et pourquoi pas un chou de Bruxelles ?... Tiens, ce n'est pas une mauvaise idée ! Ce serait un mot de passe tout naturel pour conduire à Bruxelles... Une histoire de titres volés... Un baron belge redoutable... »

Anthony, pendant un moment, crut à une lueur d'espoir. Mais c'était illusoire. Le baron belge refusait de prendre forme, et la culture des concombres est incompatible avec les gelées précoces, ce qui éliminait toute possibilité de faire sourire aux dépens du pessimisme du jardinier écossais.

— Et puis zut ! s'écria Mr Eastwood.

Il quitta sa table de travail et s'empara du *Daily Mail.* Il y trouverait peut-être un fait divers croustillant susceptible de ranimer le génie créateur d'un écrivain en panne. Mais le quotidien, ce jour-là, paraissait voué à la politique et aux nouvelles de l'étranger. De dégoût, Mr Eastwood jeta son journal dans un coin.

En désespoir de cause, il prit un roman qui traînait sur la table, ouvrit une page au hasard et, sans regarder, posa l'index sur le premier mot venu. Le destin avait choisi le substantif « mouton ». Sans plus attendre, avec une facilité prodigieuse, un récit complet se déroula dans le cerveau de Mr Eastwood : une adorable jeune fille... Un fiancé tué pendant la guerre... L'esprit un peu dérangé... Elle s'exile dans les montagnes d'Ecosse pour élever des moutons... Des rencontres surnaturelles avec le fiancé disparu... Et grande scène finale, avec moutons et clair de lune dignes d'une peinture académique, le corps sans vie de la jeune fille gisant dans la neige, *et les traces de deux pas en route vers nulle part...*

Cela faisait vraiment un canevas superbe. Mais, si beau soit-il, Anthony, secouant la tête avec tristesse, devait convenir que son éditeur n'en voudrait certainement pas. Ce qu'il exigeait, et qu'il payait par ailleurs un tarif tout à fait convenable, devait comporter, par exemple, une mystérieuse jeune femme aux cheveux de nuit poignardée en plein cœur, un jeune héros injustement soupçonné, un coup de théâtre qui dénouait l'énigme et permettait de démasquer le véritable coupable — absolument inattendu, cela va de soi —, grâce à des indices ahurissants. Très exactement ce que devait être *Le mystère du deuxième concombre.*

— Et encore, gémit Anthony, je parie dix contre un qu'il changera mon titre, et mettra quelque chose d'aussi bête que *Le crime abominable* sans même me demander mon avis !... Ce téléphone, quelle barbe !

Il attrapa nerveusement l'écouteur. En une heure, il avait déjà été dérangé à deux reprises. La première fois, c'était un faux numéro. La seconde fois, il n'avait pu résister, malgré toutes sortes de fausses bonnes raisons, à l'invitation à dîner d'une évaporée très obstinée de la meilleure société, qu'il détestait cordialement.

— Allô ! grogna-t-il dans l'appareil.

C'est une femme qui répondit, d'une voix feutrée et caressante, avec une pointe d'accent étranger.

— C'est vous, amour de moi ? demanda-t-elle doucement.

— Eh bien... euh... je ne sais pas, dit Mr Eastwood avec prudence. Qui est à l'appareil ?

— C'est moi. Carmen. Ecoutez, amour de moi. On traque moi... En danger je suis... Venir vous tout de suite ! C'est de vie ou de mort question...

— Je vous demande pardon, fit remarquer Mr Eastwood avec courtoisie. Mais il me semble que vous vous êtes trompée...

— *Madre de Dios,* coupa-t-elle. Ils arrivent. Si téléphoner ils me voient ils me tueront !... N'abandonnez pas moi. Tout de suite venez. Mourir sinon, je vais. Vous savez bien, au 320 Kirk Street. Le mot de passe il est *Concombre...* Chut !...

Il perçut un faible déclic quand elle reposa l'écouteur.

— Par les cent mille diables ! s'écria tout haut Mr Eastwood, au comble de la stupéfaction.

Il approcha son pot à tabac, et se mit en devoir de bourrer sa pipe avec le plus grand soin.

« Je suis bien obligé de croire, pensa-t-il, que mon inconscient m'a joué un drôle de tour. Elle n'a sûrement pas dit concombre. C'est une histoire de fou... Mais, enfin, a-t-elle dit concombre ou pas ?... »

Dans sa confusion il arpentait son bureau à grands pas :

« 320 Kirk Street... Qu'est-ce que ça peut bien être ?... Elle espère évidemment l'arrivée d'un autre bonhomme... si seulement j'avais pu m'expliquer... 320 Kirk Street et mot de passe *concombre...* C'est complètement impossible... c'est absurde... Mon cerveau fatigué a des hallucinations. »

Il regarda sa machine à écrire avec haine :

« Je voudrais bien savoir à quoi tu me sers !... Je t'ai contemplée toute la matinée, et on ne peut pas dire que tu m'aies apporté quoi que ce soit !... Un écrivain doit trouver ses sujets dans la vie réelle... Dans la vie réelle, tu comprends ?... Je sors à l'instant pour en trouver un... »

D'un geste, il enfonça son chapeau sur sa tête, et sortit, non sans avoir jeté un regard affectueux à sa précieuse collection d'émaux anciens.

Kick Street, comme le savent tous les habitants de Londres, est une artère interminable et zigzagante, vouée pour l'essentiel aux antiquités et à la brocante. On y trouve toutes sortes d'objets en mauvais état à des prix astronomiques. Des ferrailleurs, des chiffonniers, et des fripiers y tiennent également boutique.

Au 320, on vendait de la verrerie d'occasion. Les objets en verre les plus hétéroclites s'entassaient à déborder. Anthony fut contraint de prendre les plus grandes précautions pour parvenir au fond du magasin sans heurter les verres ou les chandeliers, sous un dais de lustres qui oscillaient en tintinnabulant. La boutique était tenue par une très vieille femme qui arborait une moustache arborescente susceptible de rendre jaloux bien des adolescents. Elle affichait une aisance souveraine.

— Eh bien ? croassa-t-elle en toisant Mr Eastwood.

Il était encore jeune, et perdait facilement contenance. Il préféra s'enquérir du prix de verres à vin du Rhin.

— Quarante-cinq shillings les six.

— Ah bon ! dit Anthony, ils sont très beaux. Et ça ?

— Superbe, je peux vous le dire, c'est du vieux Waterford. Je vous laisse la paire à dix-huit guinées.

Mr Eastwood comprit qu'il était en train de se mettre dans une situation infernale. Encore une minute et, comme hypnotisé par le regard aigu de la vieille femme, il achèterait n'importe quoi. Mais il ne pouvait pas se résoudre à quitter la boutique.

— Et ça ? demanda-t-il en montrant du doigt un lustre.

— Trente-cinq guinées.

— C'est bien dommage, dit-il. C'est plus que ce que je peux mettre.

— Vous cherchez quoi, exactement ? demanda la vieille. C'est pour un cadeau de mariage ?

— Tout à fait, dit Anthony, ravi de cette explication. Mais c'est très difficile de trouver quelque chose qui puisse leur plaire.

La vieille se leva, autoritaire :

— Bon ! De la verrerie ancienne ne fait jamais de peine à personne. J'ai là quelques très belles carafes à vin... Ou bien ce service à liqueur. C'est le cadeau idéal pour une jeune mariée.

Pendant dix minutes, Anthony fut à la torture. La vieille avait pris la direction des opérations et s'obstinait à lui montrer tous les échantillons possibles de l'art des maîtres verriers. Il était au désespoir.

— Somptueux, somptueux, se contraignit-il à dire, en reposant un gobelet de cristal qu'elle l'avait forcé à examiner.

Puis il coupa court :

— Dites-moi, avez-vous le téléphone ?

— Non, mais il y a une cabine, dans le bureau de poste juste en face. Bon ! Vous prenez le gobelet ou les petits verres anciens ?

Anthony ne possédait pas la maîtrise de ce savoir-faire exclusivement féminin qui permet de quitter une boutique la tête haute, sans avoir procédé à la moindre acquisition.

— Je crois que je vais opter pour le service à liqueur, dit-il d'un air sombre.

A tout prendre, c'était un moindre mal. L'idée qu'il aurait pu se retrouver coincé avec le lustre lui donnait des frissons.

Il régla son achat avec un sourire amer. Et soudain, alors que la vieille faisait un paquet, le courage lui revint. Elle le trouverait peut-être original, mais ce qu'elle en penserait n'était pas son affaire.

— Concombre, articula-t-il d'une voix forte.

La vieille marqua un temps d'arrêt dans ses travaux d'emballage :

— Hein ?... Qu'est-ce que vous avez dit ?...

— Moi ?... Mais rien du tout...

— Je croyais que vous aviez dit concombre ?...

— C'est bien ce que j'ai dit, confirma Anthony en la regardant droit dans les yeux.

— Vous auriez pu le dire plus tôt, jappa la vieille. M'avez fait perdre mon temps. Cette porte, et l'étage au-dessus. Elle vous attend.

Comme un somnambule, Anthony franchit la porte et grimpa des escaliers d'une saleté repoussante. En haut, une porte entrouverte révélait un salon minuscule.

Une jeune femme, les yeux fixés sur le vantail, s'impatientait sur une chaise.

Une jeune femme, et quelle jeune femme ! Son teint possédait en vérité cette pâleur d'ivoire dont Anthony avait tant de fois doté ses héroïnes. Et des yeux !... On voyait tout de suite qu'elle n'était pas anglaise. La coûteuse simplicité de son ensemble confirmait sans erreur possible des origines étrangères.

Un peu ahuri, Anthony marqua un temps d'arrêt

sur le palier. Le moment des explications définitives lui semblait arrivé. Mais la jeune femme lui sauta au cou avec des cris de joie :

— Voilà vous !... Voilà enfin vous !... Bénis soient la Madone et tous les saints !...

Anthony, qui savait saisir l'occasion par les cheveux, fit preuve d'une égale ferveur. Elle prit quelque recul, et le contempla avec une sorte de timidité :

— Jamais j'aurais reconnu vous, déclara-t-elle. Sûrement pas.

— Ah bon !... souffla Anthony.

— Non. Même vos yeux ils sont différents. Et dix fois plus beaux que tout ce que j'avais imaginé vous êtes.

— C'est vrai ?...

« Du calme, mon garçon, du calme ! s'ordonnait Anthony. La tournure que prennent les événements est tout à fait charmante. Mais il est urgent de garder la tête froide... »

— Embrasser vous encore je peux, oui ?...

— Ça, bien sûr, répondit Anthony du fond du cœur. Aussi souvent que vous voulez.

L'interlude ne fut que délices...

« Je me demande bien ce que je fais là, se disait Anthony. J'espère que le type qu'elle attend vraiment ne va pas débarquer... Elle est réellement merveilleuse... »

Soudain, elle s'écarta de lui. La peur se lisait sur son visage :

— Suivi vous n'avez pas été ?

— Grands dieux, non !

— Ils sont méchants, rusés. Vous pas les connaître comme moi. Boris, il est un fanatique !

— Pour vous, je réglerai le cas de Boris.

— Un lion vous êtes. Un lion. Eux, tous des canailles ce sont. Tous... Ecoutez !... *Je l'ai...* Tuée ils m'auraient s'ils avaient su. J'avais peur. Quoi pouvais faire je savais pas... Et puis j'ai pensé à vous... Chut ! Qu'est-ce que c'est ?...

Des bruits confus montaient de la boutique. Elle lui fit signe de ne pas bouger et marcha sur la pointe des pieds jusqu'à l'escalier. Elle se retourna, le visage blême, les yeux éteints par la peur :

— *Madre de Dios !...* C'est la police. Monter ils vont... Un couteau, vous avez ?... Un revolver ?... Je ne sais quoi ?...

— Ma petite fille, vous ne pensez pas sérieusement que je vais descendre un policier ?

— Fou c'est vous qui êtes. Vous emmener ils vont, et par le cou ils vont vous pendre jusqu'à la mort.

— Ils vont *quoi* ?

Des sensations très désagréables couraient le long de la colonne vertébrale d'Anthony. On entendit des pas dans l'escalier.

— Ils arrivent, murmura la jeune femme. A tout dites non. C'est seul espoir qui pour vous reste.

— Ce ne sera pas trop difficile, glissa Mr Eastwood, *sotto voce.*

L'instant suivant, deux hommes entrèrent dans la pièce. Ils portaient la tenue bourgeoise, mais leur attitude très officielle démontrait un long entraînement. C'est le moins grand des deux, un petit homme brun, aux yeux gris placides, qui prit la parole :

— Conrad Fleckman, je vous arrête pour assassinat sur la personne d'Anna Rosenberg. Tout ce que vous direz pourra être retenu contre vous. Voici le mandat d'amener. Je vous conseille de nous suivre sans faire d'histoires.

Les lèvres de la jeune femme laissèrent échapper une sorte de cri. Anthony s'avança, avec un sourire un peu artificiel :

— Vous vous trompez, inspecteur. Je m'appelle Anthony Eastwood.

Cette déclaration laissa les deux policiers complètement froids.

— On verra plus tard, dit celui qui s'était tu jusque-là. En attendant, suivez-nous.

— Conrad !... gémit la jeune femme. Conrad, te laisser faire il ne faut pas !

Anthony fixa les deux policiers :

— Vous me permettrez, j'en suis convaincu, de prendre congé de cette jeune personne ?...

Avec plus de pudeur, ou de pitié, qu'il n'en aurait attendu, les deux hommes se dirigèrent vers la porte. Anthony entraîna la jeune femme vers le coin, près de la fenêtre et lui parla à mi-voix :

— Ecoutez ! J'ai dit la vérité. Je ne suis pas Conrad Fleckman. Quand vous avez téléphoné, ce matin, on vous a donné un faux numéro. Je m'appelle Anthony Eastwood. Je suis venu parce que... Parce que...

Elle le regardait, désemparée :

— Conrad Fleckman vous n'êtes pas ?

— Non.

— Et moi qui embrassé vous ai !...

— Ne vous en faites pas. Chez les premiers chrétiens, c'était une pratique courante. Pas bête, d'ailleurs... Ecoutez-moi, maintenant. Je vais me débarrasser de ces messieurs dès que j'aurai prouvé mon identité. Ils ne s'occuperont pas de vous pendant ce temps-là, et vous pourrez alerter votre cher Conrad. Après...

— Oui ?

— C'est tout. Mon numéro, c'est Northwestern 17 43. Et j'espère que l'opératrice ne se trompera pas...

A travers ses larmes, elle lui adressa un sourire enjôleur :

— M'en souvenir, sûre j'en suis.

— Alors c'est parfait. Au revoir. A propos...

— A propos ?...

— Puisque nous parlions des premiers chrétiens... Verriez-vous une objection à un autre baiser ?...

Elle l'enlaça, et leurs lèvres s'effleurèrent.

— J'aime beaucoup vous. Vraiment. Quoi qu'il arrive, vous vous en souviendrez ?

A regret, Anthony s'arracha à son étreinte et s'approcha des deux hommes :

— Je suis à votre disposition, messieurs. Vous n'avez pas l'intention d'arrêter cette jeune personne, j'imagine ?...

— Non, monsieur, ça ira comme ça, répondit le plus petit avec politesse.

« Ils sont très bien, à Scotland Yard », pensa Anthony en descendant les marches.

La vieille semblait s'être éclipsée du magasin. Mais, en passant près de la porte de l'arrière-boutique, Anthony crut entendre une respiration profonde. Elle s'était sans doute cachée pour ne rien perdre de la marche des événements.

Dès qu'ils furent dehors, Anthony, prenant son souffle, s'adressa au plus petit :

— Ecoutez-moi, inspecteur... Vous êtes bien inspecteur, je suppose ?...

— C'est cela, monsieur. Je suis l'inspecteur Verrall. Et voilà l'officier de police Carter.

— Inspecteur Verrall, il est temps de parler sérieusement. Et d'écouter sérieusement. Je ne suis pas Conrad Je-ne-sais-pas-trop-quoi. Comme je vous l'ai dit, je m'appelle Anthony Eastwood, et je suis écrivain. Si vous voulez bien m'accompagner à mon appartement, je me fais fort de vous prouver mon identité.

Anthony s'était exprimé d'un ton parfaitement égal. Les deux hommes parurent impressionnés. Et, pour la première fois, un voile de doute passa dans le regard de l'inspecteur Verrall.

Mais Carter, apparemment, n'était pas si facile à convaincre :

— Peut-être bien, dit-il en reniflant. Mais la jeune dame n'a pas cessé de vous appeler Conrad.

— Ah !... Ça, c'est une autre histoire... Pour des raisons qui me sont propres, je me suis fait passer auprès de cette demoiselle pour un certain Conrad. C'est un peu intime, vous comprenez...

— Et puis quoi encore..., observa Carter aigrement. Désolé, monsieur, vous venez avec nous. Arrête ce taxi, Joe.

Les trois hommes montèrent. Anthony essaya une dernière tentative, en s'adressant à Verrall qui, des deux policiers, paraissait le plus accessible à ses arguments :

— Mon cher inspecteur, quel mal y aurait-il à faire un détour par mon appartement ? Vous verriez que je vous dis la vérité. Vous pourrez même garder le taxi, si vous voulez. Reconnaissez que c'est un marché honnête. Et cinq minutes de plus ou de moins ne font pas une grande différence...

Verrall le scruta attentivement :

— C'est ce que nous allons faire, dit-il tout d'un coup. Aussi bizarre que cela puisse paraître, je vous crois. Et nous n'avons pas envie de nous pointer au commissariat dans le rôle des deux idiots qui se sont trompés de coupable. Quelle est votre adresse ?

— 48 Brandenburg Mansions.

Verrall se pencha pour crier l'adresse au chauffeur à travers la vitre de séparation. Les trois hommes demeurèrent silencieux. A l'arrivée, Carter sauta du taxi, et Verrall fit signe à Anthony de le suivre.

— Ce n'est pas la peine de faire du cinéma, expliqua-t-il. Nous allons entrer tout gentiment, comme si Mr Eastwood avait invité deux bons amis à prendre un verre.

Anthony apprécia vivement cette façon de voir les choses. Son estime pour la Brigade criminelle progressait de minute en minute.

Ils eurent la bonne fortune de croiser Rogers, le concierge, dans le vestibule de l'immeuble. Anthony s'arrêta :

— Ah ! bonsoir, Rogers, dit-il d'une voix égale.

— Bonsoir, Mr Eastwood, répondit respectueusement le concierge.

Il appréciait beaucoup Anthony, et il aurait bien voulu que ses pourboires munificents soient imités par les autres habitants de l'immeuble.

Le pied à peine posé sur la première marche de l'escalier, Anthony marqua un temps d'arrêt :

— A propos, Rogers, combien de temps y a-t-il que j'habite ici ? J'avais une petite controverse avec mes amis à ce sujet.

— Laissez-moi réfléchir, monsieur... Ça doit faire pas loin de quatre ans, maintenant.

— C'est bien ce que je pensais.

Anthony lança un regard de triomphe aux deux policiers. Carter restait renfrogné tandis que Verrall affichait un large sourire :

— C'est un bon point, monsieur, dit-il, mais ce n'est pas suffisant. Nous montons ?

Sortant son trousseau de clefs de sa poche, Anthony ouvrit la porte. Il se souvint avec joie que c'était le jour de congé de Seamark, son valet. Tant mieux, pensa-t-il, moins mes déboires auront de témoins, mieux cela vaudra.

La machine à écrire était toujours à sa place. Carter se pencha sur le bureau et lut le titre d'une voix sépulcrale :

— *Le mystère du deuxième concombre*... Qu'est-ce que c'est que ce truc-là ?

— Une histoire que je suis en train d'écrire, expliqua Anthony, l'air très dégagé.

— Un autre bon point pour vous, monsieur, dit Verrall.

Il hochait la tête et ses yeux brillaient.

— Mais, monsieur, de quoi cela parle-t-il ? Le mystère du deuxième concombre, c'est quoi au juste ?

— Là, je rends les armes, avoua Anthony. Mais je dois reconnaître que ce deuxième concombre est à l'origine de tous mes malheurs.

Carter ne le lâchait pas des yeux. Tout à coup, il secoua la tête en se frappant le front de l'index :

— Je crois qu'on est tombés sur un fêlé de première..., susurra-t-il à la cantonade.

— Maintenant, messieurs, passons aux choses sérieuses, déclara Mr Eastwood d'un ton sec. Voici des lettres qui me sont adressées, mon chéquier, ma correspondance avec des éditeurs. Qu'est-ce qu'il vous faut de plus ?

Verrall examina attentivement les documents :

— En ce qui me concerne, monsieur, conclut-il solennellement, je n'ai plus besoin de rien. Vous m'avez convaincu. Mais je ne peux pas prendre sous mon bonnet la responsabilité de vous remettre en liberté sans autre forme de procès. Voyez-vous, il est certain que vous résidez ici depuis quatre ans sous le nom d'Anthony Eastwood. Mais rien ne me dit qu'Anthony Eastwood et Conrad Fleckman ne sont pas une seule et même personne. Je dois procéder à une perquisition complète du domicile, prendre vos empreintes digitales, et contacter par téléphone l'état-major de la brigade criminelle.

— Vaste programme !... observa Anthony. Je vous promets que tous mes misérables petits secrets vous sont ouverts.

L'inspecteur esquissa un sourire. Pour un policier, il faisait preuve d'une humanité peu commune.

— Passez dans la pièce du fond avec Carter, monsieur, pendant que j'accomplis ma tâche.

— Très bien, bougonna Anthony. Mais on ne pourrait pas faire le contraire ?

— Le contraire ?

— Oui. Nous pourrions nous réunir dans la pièce du fond, vous, moi, et un peu de whisky et du soda, pendant que notre ami, l'officier de police Carter, se coltinerait tout le travail...

— Vous préféreriez ça, monsieur ?

— Absolument.

Ils abandonnèrent Carter à une fouille très professionnelle du bureau. Au moment où ils quittaient la pièce, ils l'entendirent décrocher l'appareil et appeler Scotland Yard.

Ayant satisfait aux désirs de son hôte, Anthony s'installa le plus confortablement possible en compagnie d'un whisky soda.

— Voulez-vous que je boive le premier, pour être sûr que mon whisky n'est pas empoisonné ?

L'inspecteur eut un large sourire :

— Ce n'est pas très réglementaire. Mais, dans notre métier, on finit par apprendre un truc ou deux. J'ai compris tout de suite que nous nous étions trompés de client. Mais il faut faire les choses dans l'ordre... Pas moyen d'échapper au règlement, vous comprenez ?...

— Je crois que oui, admit Anthony. Mais on ne peut pas dire que notre ami Carter soit vraiment très cordial...

— Ne vous y trompez pas. L'officier de police Carter est quelqu'un de très bien. Et il n'est pas facile à rouler.

— Je crois l'avoir remarqué, dit Anthony. Pour changer de sujet, je voudrais bien savoir deux ou trois choses qui paraissent me concerner.

— Vous, monsieur ?

— Allons, vous voyez bien que je meurs de curiosité !... Qui était cette Anna Rosenberg ?... Et pourquoi aurais-je voulu la tuer ?...

— Tout sera dans les journaux demain, monsieur.

— Demain est un autre jour. Inspecteur, je suis

persuadé que ma curiosité est parfaitement légitime. Laissez tomber le côté officiel et dites-moi tout.

— C'est contre le règlement, monsieur...

— Inspecteur... Nous sommes en train de devenir des amis...

— Eh bien, monsieur, Anna Rosenberg était une Allemande d'origine juive installée à Hampstead. Ses moyens d'existence n'étaient pas connus, mais elle était chaque jour plus riche...

— Moi, c'est juste le contraire, remarqua Anthony. Mes moyens d'existence sont parfaitement connus mais, chaque année, je suis plus pauvre que la précédente. Je ferais peut-être mieux de partir vivre à Hampstead. On m'a toujours dit que l'atmosphère y est tonique.

— A une certaine époque, poursuivit Verrall, elle avait un commerce de vêtements d'occasion...

— Je comprends, coupa Anthony. Quand je suis rentré de la guerre, j'ai vendu mon uniforme. Pas le kaki, mais tout le reste... Le bazar était bourré à refus de culottes rouges et de galons dorés. Un gros bonhomme en costume à carreaux a débarqué en Rolls-Royce, suivi d'un larbin qui portait un sac. Il a proposé une livre pour mes frusques. Moi, j'en avais assez. Pour que cela fasse deux livres, j'ai rajouté à mon lot mon vieil habit de chasse à courre et une paire de jumelles Zeiss. Au signal de son patron, le larbin a tout fourré dans le sac, et le gros m'a glissé un billet de dix livres. Et il a exigé la monnaie !...

— Il y a dix ans, reprit l'inspecteur, Londres était plein de réfugiés espagnols. Parmi eux se trouvait un certain Don Fernando Ferrarez. Il avait une jeune femme et une petite fille. Ils n'avaient pas un sou, et la jeune femme était malade. Anna Rosenberg alla chez eux pour voir s'ils n'avaient rien à vendre. A ce moment précis, Don Fernando était sorti, et la jeune femme décida de se séparer de son bien le plus cher, un de ces magnifiques châles espagnols, somptueusement brodé, qui avait été l'un des derniers cadeaux de son mari avant qu'ils ne soient contraints de fuir l'Espagne. Quand Don Fernando rentra à la maison, il fut pris d'une colère noire en découvrant que le châle avait été vendu, et il tenta en vain de le récupérer. Quand il réussit enfin à mettre la main sur Anna Rosenberg, elle lui affirma qu'elle avait déjà revendu le châle en question à une femme dont elle ignorait le nom. Don Fernando fut au désespoir. Deux mois plus tard, il était poignardé dans la rue et succomba à ses blessures. À partir de ce moment-là, Anna Rosenberg, de façon pas très catholique, parut gagner beaucoup d'argent. Ce qui n'empêcha pas sa maison de Hampstead d'être cambriolée pas moins de huit fois en dix ans. Dans quatre cas, la tentative a été infructueuse et rien n'a été volé. Mais, dans les quatre autres, il y avait toujours un châle brodé dans la liste des objets volés.

L'inspecteur marqua une pause. Mais Anthony, d'un geste d'impatience, lui demanda de poursuivre son récit, et il reprit :

— Il y a une semaine, Carmen Ferrarez, la fille de Don Fernando, est arrivée dans ce pays. Elle était pensionnaire en France, dans un couvent. Elle est allée tout droit chez Anna Rosenberg, à Hampstead. D'après les témoignages, elle a eu une scène violente avec la vieille femme. A en croire les domestiques, au moment de partir, elle a dit à Anna Rosenberg : « Je sais que vous l'avez encore. Pendant toutes ces années, vous vous êtes enrichie grâce à lui... Mais croyez-moi, ça ne va pas vous porter bonheur... Vous n'avez pas le droit de le garder. Un de ces quatre matins, vous regretterez amèrement d'avoir seulement vu de vos yeux le Châle aux mille Fleurs. »

» Trois jours après, Carmen Ferrarez disparaissait mystérieusement de l'hôtel où elle était descendue. Dans sa chambre, on a retrouvé un nom et une adresse. Le nom était celui de Conrad Fleckman. Il y avait aussi un petit mot d'un homme qui se présentait comme un courtier en antiquités. Il demandait à Carmen Ferrarez si elle serait éventuellement prête à envisager la vente d'un certain châle brodé qu'il croyait être en sa possession. L'adresse qu'il donnait était fausse.

» Il est évident que ce fameux châle est au centre de toute l'affaire. Hier matin, Conrad Fleckman s'est rendu chez Anna Rosenberg. Ils sont restés enfermés ensemble pendant au moins une heure. Quand il est parti, elle avait été tellement émue qu'elle était blême et qu'elle s'est mise au lit. Mais elle a donné à ses domestiques la consigne de le laisser entrer s'il revenait la voir. Hier soir, elle s'est relevée, et elle est sortie, aux environs de 9 heures. Elle n'est pas rentrée. Et, ce matin, son cadavre a été découvert dans l'appartement de Conrad Fleckman. Elle avait été poignardée, en plein cœur. Sur le plancher, à côté du corps, on a trouvé... Devinez quoi ?

— Le châle ? Le châle aux mille fleurs ?

— Non, quelque chose de bien plus macabre. Quelque chose qui expliquait tout le mystère du châle et permettait de comprendre enfin son exceptionnelle valeur... Mais excusez-moi, j'ai l'impression que le patron arrive.

Effectivement, on avait sonné à la porte. Anthony prit son mal en patience du mieux qu'il put. En ce qui le concernait personnellement, il se sentait tout à fait tranquille. Il suffirait de prendre ses empreintes digitales pour que son identité soit clairement établie.

Et peut-être bien que Carmen téléphonerait...

Le Châle aux mille Fleurs !... Quel beau mystère !... Qui s'accordait presque trop parfaitement à la sombre beauté de cette délicieuse jeune femme...

Carmen Ferrarez...

Il s'arracha à sa rêverie. L'inspecteur mettait bien du temps à revenir. Il ouvrit la porte. L'appartement était curieusement silencieux. Ils n'étaient quand même pas partis sans le prévenir !...

La pièce était vide. Il bondit dans le salon : vide lui aussi. Etrangement vide... Et étrangement nu... Dieu du Ciel ! pensa-t-il, mes émaux, mon argenterie !...

Il visita en hâte l'appartement tout entier. C'était partout le même spectacle de désolation, comme après un pillage. Tous les objets de quelque valeur — et Anthony se flattait d'être un collectionneur au goût très sûr — avaient été emportés.

Il se laissa tomber sur une chaise avec un gémissement et prit sa tête à deux mains. La sonnerie de la porte d'entrée le fit sursauter. Il se trouva nez à nez avec Rogers.

— Pardonnez-moi, monsieur, dit Rogers, mais ces

messieurs m'ont envoyé voir si Monsieur n'avait besoin de rien.

— Ces messieurs ?

— Oui, monsieur. Les deux amis de Monsieur. Je les ai aidés de mon mieux à emballer les objets. Encore une chance qu'il me restait deux bonnes caisses dans la cave.

Il jeta un coup d'œil au plancher :

— Et puis j'ai enlevé la paille comme j'ai pu.

— Vous voulez dire que vous avez fait l'emballage ici même ? gronda Anthony.

— Oui, monsieur. C'est bien ce que Monsieur souhaitait ? C'est le grand monsieur qui m'a dit de le faire. Et comme j'ai vu que Monsieur était très occupé à parler avec l'autre monsieur dans le petit salon je n'ai pas voulu déranger Monsieur.

— Je ne lui parlais pas, siffla Anthony. C'est lui qui me parlait. Ah ! le salopard...

Rogers toussota discrètement :

— Je regrette bien que Monsieur se soit trouvé dans cette triste nécessité.

— Quelle nécessité ?

— De se séparer de tous les chers trésors de Monsieur.

— Hein ?... Ah ! oui...

Anthony éclata d'un rire sans joie :

— Je suppose qu'ils sont partis... Je veux dire mes... Mes amis.

— Oh oui ! monsieur. Il y a un bon bout de temps. J'ai mis les caisses dans le taxi, le grand monsieur est remonté chez vous, ils sont redescendus tous les deux à toute vitesse, et puis ils sont partis avec le taxi. Que Monsieur m'excuse, mais Monsieur ne se sent pas bien ?...

La question de Rogers était inspirée par une vive inquiétude. Car le râle profond qu'avait laissé échapper Anthony aurait alerté qui que ce soit.

— Tout va de travers, Rogers, je vous remercie. Mais je vois bien qu'il n'y a aucun reproche à vous faire. Vous pouvez me laisser, maintenant. J'ai quelques appels téléphoniques à donner.

Cinq minutes plus tard, Anthony faisait le récit complet de ses mésaventures à l'inspecteur Driver, assis en face de lui, son carnet de notes à la main. Anthony le trouvait fort antipathique. En plus, il n'avait même pas l'air d'un vrai policier. On aurait pu croire, en fait, qu'il jouait un rôle. Bel exemple de supériorité de l'Art sur la Nature !...

Quand Anthony eut achevé son histoire, l'inspecteur referma son carnet d'un mouvement sec.

— Alors ?... interrogea Anthony, anxieux.

— Clair comme le jour, répondit l'inspecteur. C'est la bande à Patterson. Ces derniers temps, ils ont vraiment fait du joli travail. Un grand blond, un petit brun, et la fille...

— La fille ?

— Oui. Brune et plutôt bien balancée. En général, c'est elle qui sert d'appât.

— Elle est... Elle est espagnole ?...

— Quand ça l'amuse. En fait, elle est née à Hampstead.

— Et moi qui disais que c'était un endroit tonique, soupira Anthony.

L'inspecteur se leva pour prendre congé :

— Oh ! il n'y a pas à se casser la tête. Elle vous a eu au téléphone et elle vous a servi un joli petit conte de fées, en pariant que vous vous précipiteriez. Et puis elle est allée chez la vieille mère Gibson qui ne refuse jamais un honnête pourboire pour mettre son entresol à la disposition des malheureux qui ont des difficultés à se rencontrer dans des lieux publics... Le genre amants, vous voyez ce que je veux dire. Rien d'illégal. Vous vous êtes pointé comme prévu. Ils vous ont ramené ici. Et pendant qu'un des bonshommes vous concoctait ses fariboles, l'autre raflait toutes vos petites affaires. Ça, c'est les Patterson, garanti sur facture. Je reconnais leur patte.

— Et mes objets ? demanda Anthony avec anxiété.

— Nous ferons de notre mieux, monsieur, mais les Patterson sont sacrément forts...

— Ça m'en a bien l'air, remarqua Anthony, amer.

A peine l'inspecteur était-il parti que l'on sonna à la porte. Anthony alla ouvrir. Il trouva un petit garçon qui portait un paquet.

— Un paquet pour vous, monsieur.

Anthony s'en empara, non sans surprise. Il n'attendait aucun paquet. Dans le salon, il défit l'emballage.

C'était le service à liqueur !

— Et m..., lâcha l'écrivain.

Au fond d'un des verres, il aperçut une toute petite rose artificielle. Sa pensée le ramena aussitôt à l'entresol de Kirk Street.

— *J'aime beaucoup vous. Vraiment. Quoi qu'il arrive vous vous en souviendrez ?...*

C'était ce qu'elle avait dit. *Quoi qu'il arrive...* Voulait-elle lui faire comprendre que...

Il se reprit fermement en main.

— Ah ! ça ne va pas recommencer, se morigéna-t-il.

Il regarda la machine à écrire, et s'assit à son bureau, le visage décidé.

LE MYSTÈRE DU DEUXIÈME CONCOMBRE...

Son expression redevint rêveuse. Le Châle aux mille Fleurs... Que pouvait-il donc bien y avoir à côté du cadavre d'Anna Rosenberg ?... La chose macabre qui éclairait toute l'affaire ?...

Rien du tout, bien sûr. Ce n'avait été qu'un attrape-nigaud, destiné seulement à détourner son attention, et le petit brun avait utilisé le vieux truc des Mille et Une Nuits, en s'interrompant juste avant le dénouement. Mais, quand même, pouvait-il bien y avoir quelque chose de sinistre qui expliquait toute l'affaire ? On pouvait peut-être le découvrir, si on s'y appliquait...

Anthony arracha de la machine la feuille blanche et en glissa une autre. Il tapa comme titre :

LE MYSTÈRE DU CHÂLE ESPAGNOL.

Il resta en contemplation quelques instants.

Puis ses doigts commencèrent de courir fébrilement sur le clavier...

10

LE BALLON D'OR

Immobile au beau milieu de la City, George Dundas méditait sombrement.

Le flot sans cesse renouvelé des employés et des hommes d'affaires le contournait, comme la vague que divise un rocher. Mais George, qui arborait un veston impeccable et des pantalons au pli en lame de couteau, ne leur prêtait pas la moindre attention. Il se demandait tout simplement ce qu'il allait faire.

C'est que sa situation personnelle avait notablement évolué ! George et son oncle, le richissime Mr Ephraïm Leadbetter, de la compagnie Leadbetter & Gilling, avaient eu ce que le langage des classes inférieures de la société appelle « des mots ». Pour être plus précis, les mots en question étaient exclusivement sortis de la bouche de Mr Leadbetter. Ils avaient franchi ses lèvres comme un torrent de colère indignée. Mr Leadbetter n'avait pas pris en considération une seule seconde le fait qu'il s'était répété à plusieurs reprises. Il n'était pas de ceux qui pensent que ce qui est dit est dit, et qu'il est inutile d'y revenir.

Le thème du discours de l'oncle avait été des plus simples. Il s'en était pris au comportement criminel et pervers d'un jeune homme qui avait jugé bon, de son propre chef et sans demander l'autorisation de qui que ce soit, de prendre une journée entière de congé en pleine semaine, alors qu'il n'était qu'un débutant. Ayant exhalé, et maintes fois réitéré, tout ce que son imagination lui dictait, Mr Leadbetter n'avait repris son souffle que pour demander à George quels avaient été ses motifs.

George s'était borné à répondre qu'il avait ressenti le besoin irrépressible d'un jour de congé. De repos, en quelque sorte.

Et à quoi servent donc les samedis après-midi et les dimanches ? s'était enquis Mr Leadbetter. Sans parler de la Pentecôte, encore toute proche, et des jours fériés d'août, attendus d'un instant à l'autre ?...

George avait précisé qu'il n'avait cure des samedis après-midi, des dimanches et des jours fériés d'août. Il avait voulu une vraie journée de détente, pendant laquelle il aurait pu trouver un endroit qui ne serve pas de lieu de rassemblement à la moitié de la population londonienne.

Mr Leadbetter avait alors déclaré qu'il était convaincu d'avoir agi de son mieux en faveur du fils de sa défunte sœur. Personne ne pouvait dire qu'il ne lui avait pas donné l'occasion de faire ses preuves. Mais il n'était que trop clair que tout cela n'avait servi à rien. A l'avenir, George pourrait, s'il lui en prenait fantaisie, bénéficier de cinq jours de congé par semaine, sans préjudice des samedis et des dimanches.

— Mon garçon, avait conclu Mr Leadbetter en recourant à une comparaison d'une poésie inattendue, le destin, dans le grand match de la vie, t'a lancé le ballon d'or de la chance. Tu n'as pas été capable de l'attraper.

George avait fait valoir qu'il avait très précisément le sentiment d'avoir saisi la balle au bond. Mr Leadbetter, sans plus de poésie, en était revenu à sa colère et lui avait ordonné sans ambages de ficher le camp.

Cet épisode douloureux formait le point focal de la méditation de George. L'oncle reviendrait-il sur sa décision, ou persévérerait-il dans sa volonté de le bannir ?... Nourrissait-il pour George quelque affection ou, au contraire, un mépris glacé ?...

George en était là de ses réflexions quand il entendit la plus improbable des voix l'appeler d'un « hello ! » sonore.

Une limousine écarlate, au capot long comme l'éternité, venait de se ranger le long du trottoir. Au volant, George reconnut celle que les magazines illustrés, qui publiaient sa photo au moins quatre fois par mois, avaient pris l'habitude de célébrer comme « la plus ravissante parure de la bonne société », Mary Montresor. Elle lui adressait un sourire longuement mis au point.

— Je ne savais pas, dit Mary Montresor, qu'un

homme pouvait à ce point ressembler à un îlot solitaire. Qu'est-ce que vous diriez de monter ?

— Rien ne me plairait davantage, affirma George.

Et, sans plus hésiter, il prit place à côté d'elle.

Ils roulaient à l'allure nonchalante qu'imposait une circulation intense.

— Je suis lasse de cette ville, déclara Mary Montresor. J'ai voulu savoir de quoi cela avait l'air, mais je préfère retourner à Londres.

George approuva chaudement le projet, sans prendre pour autant la peine de corriger la curieuse conception de la géographie que semblait nourrir sa conductrice. Ils continuaient de circuler lentement mais, quand Mary Montresor croyait apercevoir une occasion de doubler, elle écrasait le champignon. George jugea qu'elle était parfois un peu trop optimiste dans son appréciation des distances, mais se consolait en pensant qu'on ne meurt qu'une fois. Il considéra toutefois que mieux valait ne pas entretenir la conversation pour ne pas distraire son chauffeur à la blonde chevelure.

C'est elle qui choisit de reprendre leur dialogue, alors même qu'elle négociait un virage complexe à Hyde Park Corner :

— Qu'est-ce que vous diriez de m'épouser ? interrogea-t-elle comme en passant.

George sursauta, ce qui était peut-être dû à l'arrivée inopinée d'un énorme bus qui paraissait les vouer à une destruction inévitable. Mais il se félicita de la vivacité de sa réponse :

— J'adorerais, dit-il.

— Bon, répondit Mary Montresor sans s'engager. Ça vous arrivera peut-être un de ces jours.

Ils rejoignirent l'avenue sans encombre et, à ce moment précis, George aperçut, accrochées aux grilles de la station de métro de Hyde Park Corner, les affichettes annonçant les titres des journaux. Coincées entre *SITUATION POLITIQUE ALARMANTE* et *UN COLONEL AU BANC DES ACCUSÉS*, l'une d'entre elles proclamait *UNE JEUNE FILLE DU MONDE VA ÉPOUSER UN DUC* et une autre *LE DUC D'EDGEHILL FIANCÉ AVEC MISS MONTRESOR*.

— Qu'est-ce que c'est que cette histoire à propos du duc d'Edgehill ? demanda George sans sourire.

— Bingo et moi ? Nous sommes fiancés.

— Mais alors... Ce que vous venez de me dire...

— C'est une autre affaire, dit Mary Montresor. Vous savez, je n'ai pas encore décidé qui je vais finir par *épouser.*

— Mais alors, pourquoi vous être fiancée avec lui ?

— Seulement pour voir si je pouvais y arriver. Tout le monde avait l'air de penser que c'était une mission impossible, mais avec moi, cela a marché comme sur des roulettes.

— Ce n'est vraiment pas de chance pour... euh... ce pauvre Bingo, déplora George, qui maîtrisait mal sa gêne d'oser appeler par son surnom un des plus hauts pairs du royaume.

— Mais pas du tout, affirma Mary Montresor, cela fera beaucoup de bien à Bingo. Si tant est que quoi que ce soit puisse lui faire du bien, ce dont je ne suis pas convaincue.

Grâce à une autre affichette propice, George fit une nouvelle découverte.

— Mais, dites-moi, c'est le jour du Grand Prix à Ascot. Comment se fait-il que vous n'y soyez pas ?

— J'avais bien besoin d'un jour de vacances.

— J'ai ressenti la même envie que vous, dit George, enthousiasmé. Et, comme conséquence, mon oncle m'a fichu à la porte, et je n'ai plus qu'à mourir de faim.

— Autrement dit, si nous nous marions, mes vingt mille livres par an pourront nous rendre quelques services ?

— Cela pourra certainement apporter à notre foyer un peu de confort, confirma George.

— A propos de foyer, dit Mary, faisons un saut à la campagne, et tâchons de trouver la demeure de nos rêves.

C'était un plan aussi simple qu'agréable. Sitôt franchi Putney Bridge, ils atteignirent la déviation de Kingston et Mary, soupirant d'aise, appuya sans retenue sur l'accélérateur. Ils arrivèrent bientôt en pleine campagne. Au bout d'une demi-heure, Mary poussa un grand cri et pointa sur l'horizon un doigt théâtral.

Devant eux, au flanc d'une colline, se dressait une de ces constructions que les agents immobiliers rangent en général — mais bien rarement à juste titre — sous la rubrique « Manoir Ancien. Charme et Raffinement ». Pour une fois, la description répondait à la réalité.

Mary gara la voiture devant une barrière blanche.

— Montons, et jetons un coup d'œil. Voilà notre maison.

— Vous avez raison, acquiesça George, c'est notre maison. Pour le moment, malheureusement, d'autres humains semblent y avoir élu domicile.

D'un geste de la main, Mary balaya cette regrettable contingence. Ils remontèrent l'allée. De près, la maison paraissait plus belle encore.

— Allons jeter un coup d'œil par les fenêtres, décida Mary.

George hésitait :

— Vous ne pensez pas que ces gens...

— Je ne veux pas en entendre parler. Ils n'habitent ici que par hasard. De toute façon, il fait un temps superbe, et ils sont certainement partis se balader. Et si on nous surprend, je dirai... Je dirai... Je dirai que je croyais qu'il s'agissait de la demeure de Mrs... De Mrs quoi ?... Oui, de Mrs Pardonstenger, et que je suis infiniment désolée de m'être trompée.

— J'espère que cela suffira, concéda George qui n'en était pas sûr.

Ils regardèrent au travers des fenêtres. Tous les meubles étaient superbes. Ils en étaient à examiner un bureau quand des pas crissèrent sur le gravier. Ils se trouvèrent en face d'un maître d'hôtel impassible.

Mary reprit rapidement ses esprits et lui adressa un sourire enjôleur.

— Mrs Pardonstenger est-elle chez elle ? Je me demandais si elle n'était pas dans le bureau.

— Oui, Mrs Pardonstenger est bien là. Si mademoiselle et monsieur veulent bien se donner la peine de me suivre...

Il aurait été bien difficile de ne pas obtempérer. George calculait mentalement la probabilité d'un événement pareil. Il estima qu'avec un nom comme Pardonstenger, elle devait se situer aux environs d'une chance sur vingt mille. Sa compagne lui murmura :

— Laissez-moi faire. Tout ira bien.

George n'était que trop heureux de lui confier les rênes. La situation, à son avis, exigeait une subtilité toute féminine.

Le maître d'hôtel les fit entrer dans un salon. A peine s'était-il retiré qu'entra une dame corpulente, aux cheveux décolorés, qui paraissait étonnée.

Mary Montresor fit deux pas vers elle, puis s'immobilisa, feignant la surprise :

— Ça alors !... Vous n'êtes pas Amy ?... C'est vraiment extraordinaire.

— C'est extraordinaire, en effet, dit une voix lugubre.

Un homme était entré derrière Mrs Pardonstenger. D'une stature de colosse, il avait un visage de bouledogue et arborait une mine sinistre. George décida que jamais de sa vie il n'avait rencontré une brute aussi antipathique. L'homme ferma la porte et s'y adossa.

— C'est tout à fait extraordinaire, répéta-t-il. Mais je crois que nous avons compris votre petit jeu...

Il brandit soudain un revolver de gros calibre.

— Haut les mains ! Les mains en l'air, ai-je dit !... Fouillez-les, Bella.

Quand il lisait des romans policiers, George se demandait toujours à quoi une fouille au corps pouvait bien ressembler. Maintenant il le savait. Bella, également connue sous le nom de Mrs Pardonstenger, s'assura avec soin que ni Mary ni lui-même ne dissimulaient sur leur personne d'armes dangereuses.

— Vous vous êtes crus malins, n'est-ce pas ? siffla l'homme. Vous avez pensé que vous n'aviez qu'à vous amener comme des fleurs ?... Mais vous avez fait une fâcheuse erreur, une très fâcheuse erreur. J'ai bien peur que vos parents et vos amis n'aient plus jamais de vos nouvelles.

George esquissa un mouvement.

— On ne bouge pas ! aboya l'homme. Pas la peine

de jouer à ce petit jeu ! Au premier geste, je vous descends.

— Soyez prudent, George, balbutia Mary.

— Faites-moi confiance pour ça, répondit George avec beaucoup de conviction.

— Et maintenant, allons-y, dit le colosse. Bella, ouvrez la porte. Vous deux, gardez les mains en l'air. La demoiselle d'abord... Très bien... Je ne vous quitte pas de l'œil. Traversez le vestibule... L'escalier maintenant...

Ils n'avaient pas d'autre ressource que d'obéir. Mary commença de gravir les marches et George lui emboîta le pas. La grosse brute les suivait, l'arme à la main.

Mary parvint en haut de l'escalier et s'engagea dans un corridor. Au même instant, sans que rien n'ait pu le laisser prévoir, George décocha un formidable coup de pied en arrière. La pointe de sa chaussure cueillit, en plein plexus solaire, l'homme qui partit aussitôt à la renverse. D'un bond, George lui écrasa la poitrine du genou et saisit dans sa main droite le revolver qu'il avait laissé échapper dans sa chute.

Bella poussa un hurlement et disparut derrière une porte capitonnée. Mary dévala les marches, blême :

— George, j'espère que vous ne l'avez pas tué.

L'homme ne bougeait pas. George se pencha.

— Non, je ne pense pas l'avoir tué, regretta George. Mais il est certainement au tapis pour le compte.

— Dieu soit loué !

— C'était un joli coup, remarqua George avec une vanité bien excusable. Une bonne vieille mule peut vous enseigner deux ou trois trucs bien utiles... Eh bien, qu'est-ce qui se passe ?...

Mary l'entraînait par la main :

— Venez. Venez vite.

— J'aimerais bien avoir quelque chose pour ligoter ce bonhomme, dit George qui voulait aller jusqu'au bout. Vous ne pourriez pas trouver une corde, ou de la ficelle ?

— Il n'en est pas question, coupa Mary. Allez, venez, je vous en prie... J'ai si peur !...

— Il n'y a aucune raison d'avoir peur, assura George avec une arrogance toute masculine. *Je suis là,* voyons !...

— George chéri, je vous en prie... Pensez à moi. Je ne veux pas être mêlée à une sale histoire !... *Je vous en prie,* partons !...

Elle avait eu des intonations exquises pour dire « pensez à moi », et la résolution de George en fut ébranlée. Il se laissa entraîner hors de la maison, jusqu'à la voiture qui attendait.

— Prenez le volant. Je ne crois pas que je pourrai conduire, dit Mary d'une voix mourante.

— Je voudrais bien tirer toute cette histoire au clair, dit George. Dieu seul sait quelle sorte de brigandage préparaient ces truands. Si vous ne le voulez pas, je n'avertirai pas la police, mais je vais faire ma petite enquête personnelle. C'est bien le diable si je ne retrouve pas leur piste...

— Non, George, il n'en est pas question.

— Ecoutez ! Nous sommes embarqués dans une formidable aventure, et vous voudriez que j'en reste là ? Jamais de la vie !...

— Je ne vous imaginais pas aussi sanguinaire, gémit-elle, les larmes aux yeux.

— Mais je ne suis pas sanguinaire ! C'est ce sacré salopard qui a commencé... En nous menaçant avec son revolver gros comme un canon. Entre parenthèses... Comment se fait-il que le coup ne soit pas parti quand je l'ai balancé dans l'escalier ?...

Il gara la voiture sur le bas-côté et sortit l'arme du vide-poches. Il y jeta un coup d'œil et siffla entre ses dents :

— Ma parole !... Ça, c'est fort. Ce machin n'est pas chargé. Eh bien, si j'avais su...

Il observa la jeune femme des pieds à la tête :

— Mary, cette affaire n'est vraiment pas catholique...

— Je sais. C'est pourquoi je vous demande de tout laisser tomber.

— Jamais, rétorqua-t-il.

Mary laissa échapper un profond soupir :

— Je vois qu'il faut que je vous explique tout. Le problème, c'est que vous risquez de très mal le prendre.

— Je ne comprends rien...

— Oh ! c'est assez simple. J'ai toujours pensé qu'à notre époque, les femmes doivent essayer de connaître à fond les hommes qu'elles rencontrent.

— Et alors ?... interrogea George, visiblement abasourdi par ce préambule.

— Pour une femme, ce qu'il y a de plus important, c'est de savoir comment un homme va réagir devant un cas d'urgence. S'il aura du courage, du sang-froid, de la présence d'esprit. En général, on ne le découvre que quand il est déjà trop tard. On peut rester mariés des années sans qu'il ne se passe rien de grave. En fait, des tas de filles épousent des garçons en connaissant seulement leurs capacités comme danseurs et leur aisance à dénicher un taxi les soirs de pluie.

— Voilà des talents qui ne sont pas à négliger, fit remarquer George.

— Certes. Mais on préfère sentir qu'un homme est véritablement un homme.

— « Les immensités vierges où les hommes sont des hommes », cita George, l'esprit ailleurs.

— C'est tout à fait ça. Mais en Angleterre, nous n'avons guère d'immensités vierges. Il faut les créer artificiellement. C'est ce que j'ai fait.

— Vous ne voulez pas dire que...

— Si. Il se trouve que la maison m'appartient, à moi. Nous n'y sommes pas arrivés par hasard. Je vous y ai amené. Et l'homme, celui que vous avez failli tuer...

— Oui ?...

— C'est Rube Wallace, qui joue au cinéma des rôles de boxeur. C'est le plus gentil et le plus doux des hommes. Je l'ai engagé pour l'occasion avec sa femme, Bella. C'est pour cela que j'avais si peur que vous l'ayez tué. Et naturellement le revolver n'était pas chargé. C'est un accessoire de théâtre. Oh ! George, dites-moi que vous n'êtes pas fâché contre moi...

— Et suis-je la première personne que vous... que vous mettez à l'épreuve de cette façon ?

— Oh ! non ! Si je compte bien, il y en a déjà eu... neuf et demi !

— Et qui est le... demi ? demanda George avec curiosité.

— Bingo, dit Mary froidement.

— Et aucun de ces messieurs n'a pensé au coup de pied de mule ?

— Aucun. Certains ont essayé de faire de l'esbroufe et les autres ont abandonné tout de suite, mais tous se sont laissé emmener au premier étage, ligoter et bâillonner. Naturellement, comme dans les livres, je parvenais toujours à détacher mes liens et à les délivrer. Pour trouver la maison désertée par nos agresseurs.

— Et aucun d'eux n'a essayé le truc de la mule, ou un tour du même tonneau ?

— Non.

— Dans ce cas, dit George, grand seigneur, je vous pardonne.

— Merci, George, répondit-elle avec humilité.

— Eh bien, reprit George, il n'y a plus qu'une question à régler. Où allons-nous maintenant ? A Lambeth Palace ou à Doctor's Common, où que ça puisse être, d'ailleurs ?

— Mais de quoi parlez-vous ?

— De notre licence de mariage. Et je crois que nous aurons besoin d'une licence spéciale. Vous êtes un peu trop portée à vous fiancer avec un monsieur, et à demander immédiatement après à un autre homme de vous épouser.

— Je ne vous ai pas demandé de m'épouser !

— Mais si ! A Hyde Park Corner. Ce n'est pas exactement l'endroit que j'aurais moi-même choisi pour une déclaration de ce genre mais, dans ce domaine, chacun a droit à ses petites fantaisies.

— C'est un malentendu. Je vous ai demandé, et ce n'était qu'une plaisanterie, ce que vous penseriez si je vous demandais de m'épouser. Ce n'était pas sérieux.

— Si nous en venons à demander l'avis d'un juriste, je suis convaincu qu'il estimera que vos propos constituaient bel et bien une demande en mariage. Et, de toute façon, vous savez bien que vous voulez m'épouser.

— Pas du tout !

— Quoi ? Après neuf échecs et demi ? Vous rendez-vous compte du sentiment de sécurité que vous donnera tout au long de votre vie un homme qui peut vous sortir des situations les plus dangereuses ?

Cet argument parut faire fléchir un peu les réticences de la jeune femme. Mais elle déclara d'un ton sans appel :

— Je n'épouserai jamais un homme qui ne serait pas agenouillé devant moi.

George la regarda. Elle était décidément adorable. Mais la mule qui avait enseigné au jeune homme l'art des coups de pied en arrière lui avait également appris l'entêtement :

— S'agenouiller aux pieds d'une femme, c'est dégradant, dit-il, lui aussi d'un ton sans appel. Il n'est pas question que je le fasse.

— C'est bien dommage, constata Mary avec une douceur un peu moqueuse.

Ils reprirent le chemin de Londres. George se tenait raide et silencieux. L'ombre de son chapeau dissimulait l'expression du visage de Mary. Au moment où ils arrivaient à Hyde Park Corner, elle murmura tendrement :

— Vous ne voulez vraiment pas vous mettre à genoux ?

A quoi George, qui sentait en lui la ténacité d'un surhomme, répliqua :

— Non !

Elle admira sa fermeté. Malheureusement pour elle, George soupçonnait qu'elle avait elle-même l'entêtement d'une mule. Il freina brutalement et sauta hors de la voiture.

— Excusez-moi un instant, dit-il.

Il courut vers un marchand des quatre saisons qu'ils venaient de dépasser et en revint si vite que le policeman qui venait s'enquérir des causes d'une halte au beau milieu de la circulation n'eut pas le temps de faire ouf.

George redémarra et posa délicatement une pomme sur les genoux de la jeune femme.

— Selon la publicité, il faut manger davantage de fruits, expliqua-t-il. Mais c'est aussi un symbole.

— Un symbole ?

— Mais oui. Dans l'histoire que toute le monde connaît, c'est Eve qui fait croquer la pomme à Adam. Mais, à notre époque, c'est Adam qui offre la pomme à Eve. Vous voyez ce que je veux dire ?

— Pas très bien.

— Où voulez-vous que je vous conduise ? s'enquit-il selon les règles de la courtoisie.

— A la maison, je vous prie.

Ils arrivèrent à Grosvenor Square. Le visage de marbre, George fit le tour de la voiture pour venir ouvrir la porte de la jeune femme. Elle osa une ultime tentative :

— George chéri, vous ne voulez vraiment pas ? Seulement pour me faire plaisir ?

— Jamais !

Il n'avait pas fermé la bouche que son pied glissa. Il essaya, sans y parvenir, de retrouver l'équilibre. Et il se retrouva à ses pieds, les deux genoux dans le caniveau. Mary battit des mains en poussant de petits cris de ravissement.

— George chéri ! Maintenant, nous allons nous marier ! Vous pouvez courir à Lambeth Palace pour tout arranger avec l'archevêque de Canterbury.

— Mais je ne l'ai pas fait exprès ! s'exclama George. C'est à cause de cette mer... de cette peau de banane !

Furieux, il exhibait l'objet du délit.

— Cela n'a aucune importance, dit Mary. Ce qui est fait est fait ! Quand nous nous disputerons et que vous me jetterez à la tête que c'est moi qui vous ai demandé en mariage, je pourrai toujours vous répondre que vous avez dû vous traîner à genoux pour pouvoir m'épouser. Et tout cela grâce à cette merveilleuse peau de banane ! Vous alliez bien dire merveilleuse, n'est-ce pas ?

— Oui, ça y ressemble, dit George.

Cet après-midi-là, à 5 heures et demie, on vint dire à Mr Leadbetter que son neveu demandait à être reçu.

« Il vient implorer mon pardon, se dit Mr Leadbetter. Je dois reconnaître que j'ai été vraiment dur avec ce garçon, mais c'était pour son bien. »

Il fit entrer George qui pénétra dans son bureau d'un pas désinvolte.

— Quelques mots seulement, mon oncle, déclara-t-il. Ce matin, vous avez commis à mon égard une grande injustice. Mais je voudrais bien savoir si, à mon âge, vous auriez pu être jeté à la rue, renié par votre famille, et vous débrouiller pour trouver, entre 11 heures et quart et 5 heures et demie, un revenu de vingt mille livres par an. Eh bien, moi, c'est ce que j'ai fait !

— Tu es devenu fou, mon garçon !

— Pas fou, non ! Débrouillard ! Je vais épouser une jeune fille du meilleur monde, riche et ravissante. Et, pour mes beaux yeux, elle renonce à une couronne de duchesse !

— Tu épouses une jeune fille pour son argent ? Je n'aurais pas cru cela de toi !

— Vous n'auriez pas eu tort. Je n'aurais jamais osé faire ma demande mais, très heureusement, elle l'a faite à ma place. Après, elle s'est ravisée, mais je suis parvenu à la ramener à de meilleurs sentiments. Et savez-vous, mon oncle, comment je suis arrivé à ce résultat ? Par un habile investissement de deux pence, et en saisissant au bond le ballon d'or de la chance.

— Pourquoi deux pence ? interrogea Mr Leadbetter, intéressé comme toujours par les questions financières.

— C'était le prix d'une banane. Chez un marchand des quatre saisons. Je pense que tout le monde n'aurait pas été capable de calculer comme moi le profit que j'ai pu retirer de cette banane... Et maintenant, mon oncle, dites-moi : où doit-on aller pour obtenir une licence de mariage ? A Doctor's Common ou à Lambeth Palace ?

11

L'ÉMERAUDE DU RADJAH

James Bond se contraignit à prêter à nouveau attention au petit fascicule jaune qu'il avait en main. Le titre en était simple, mais prometteur : « Comment augmenter votre salaire de 300 livres par an ». Et le tout ne coûtait qu'un shilling.

James venait d'achever la lecture de deux pages dont les courts paragraphes lui ordonnaient de regarder son patron droit dans les yeux, de cultiver son dynamisme et de donner à tous une impression d'efficacité. Il en arrivait maintenant à un sujet plus complexe : « Il y a un temps pour la franchise, et un temps pour la retenue, conseillait le fascicule jaune. Un homme doté d'une forte personnalité ne révèle pas toujours *tout* ce qu'il sait. »

Il referma l'opuscule et, relevant la tête, fixa sans le voir l'horizon marin. Il se sentait assailli par le doute insupportable de n'être pas vraiment un homme doté d'une forte personnalité. Quand on a une forte personnalité, on domine les événements. On n'en est pas le jouet. Et, peut-être pour la soixantième fois de la matinée, James tenta d'établir le catalogue de ses erreurs.

Il était en vacances, pensa-t-il avec un sourire amer, et quelles vacances !... Mais qui donc l'avait convaincu de choisir la très élégante station balnéaire de Kimpton-on-Sea ? Grace ! Qui l'avait entraîné dans des dépenses bien supérieures à ses moyens ? Grace ! Il n'avait été que trop heureux de suivre le plan qu'elle avait établi. Et pour quel résultat ?... Il se morfondait dans une pension de famille minable à deux kilomètres de la plage, tandis que Grace, qui aurait dû descendre dans un établissement aussi peu coté — mais pas le même : dans la famille de James, on avait encore de la moralité —, l'avait froidement délaissé, et avait tout bonnement élu domicile à l'*Esplanade Hôtel*, sur le front de mer.

Elle y avait des amis, à ce qu'il semblait... Des

amis ! ricana James au souvenir de la cour assidue qu'il avait faite à la jeune fille pendant trois longues années. Au début, elle avait été extrêmement flattée qu'il l'eût remarquée. Mais cela, c'était avant qu'elle ne pense avoir couronné sa carrière en entrant au service de Bartles père et fils, qui tenaient, sur High Street, un magasin très chic d'articles de mode. En ces temps réculés, c'était lui, James, qui pouvait afficher des airs de supériorité. Mais, hélas ! les atouts avaient changé de main... Grace, aujourd'hui, pouvait se présenter comme quelqu'un « qui gagne bien sa vie ». Elle s'y croyait !... Elle s'y croyait vraiment !... Du fond de sa mémoire, James essaya de se souvenir d'un poème qui célébrait le jeûne, « Cadeau du ciel, quand une femme est aimée d'un homme de bien »... Mais Grace n'avait, à n'en pas douter, aucune intention de jeûner. Rassasiée par les grandioses petits déjeuners de l'*Esplanade Hôtel,* elle ne prêtait aucune attention à l'amour de l'Homme de Bien. Et, pis encore, elle tolérait sans plus de manières les assiduités d'un sombre crétin, du nom de Claud Sopworth, qui, au jugement de James, n'avait aucune moralité.

Du talon, James fouailla le sable et jeta sur les vagues un regard sombre. Kimpton-on-Sea !... Seul un démon pouvait l'avoir conduit dans un lieu pareil !... Il n'y en avait que pour les snobs et les nantis... Deux hôtels gigantesques, et des kilomètres de villas, propriétés d'actrices à la mode, de juifs pleins aux as et d'aristocrates qui avaient fait des mariages d'argent. Pour la moindre de ces villas, meublée il est vrai, il fallait sortir trente-cinq guinées la semaine. Pour les plus grandes, on pouvait imaginer tout ce qu'on voulait...

Pour ruminer ses déconvenues, James s'était installé juste devant l'un de ces châteaux au petit pied. Il était la propriété de lord Edward Campion, grand chasseur devant l'Eternel, qui y recevait pour la saison une compagnie très choisie, en particulier le radjah de Maraputna dont la fortune était légendaire. Ce matin même, le quotidien local n'avait pas lésiné sur les détails au sujet de Sa Sérénissime Grandeur : l'étendue des territoires de sa principauté, ses palais innombrables, et son extraordinaire collection de joyaux dont le plus beau, à en croire les journalistes, était une émeraude grosse comme un œuf de pigeon. James, londonien cent pour cent, n'était pas sûr d'apprécier exactement la taille d'un œuf de pigeon, mais la comparaison avait laissé dans son esprit une empreinte durable.

— Moi, si j'avais une émeraude comme ça, dit James en lançant à l'horizon un regard haineux, je montrerais à Grace qui je suis !...

C'était un peu nébuleux. Mais James, ayant laissé parler son inconscient, se sentit mieux.

Dans son dos, des voix rieuses le hélaient. Il se retourna d'une seule pièce pour découvrir Grace. Elle était accompagnée de Clara Sopworth, d'Alice Sopworth, de Dorothy Sopworth et — malédiction !... — de Claud Sopworth. Ces demoiselles, bras dessus bras dessous, se trémoussaient de fou rire :

— Ma parole, vous tombez de la lune, dit Grace, ironique.

— Exactement, répondit James.

Il regretta aussitôt de n'avoir pu trouver une réponse plus spirituelle. L'emploi du mot *exactement* ne constitue certes pas le signe évident d'un dynamisme à toute épreuve. Il tâcha de mettre toute sa haine dans le regard qu'il adressa à Claud Sopworth, qui était aussi élégant qu'un premier rôle dans une comédie musicale. Et James espéra passionnément qu'un des chiens fous qui couraient sur la plage ne tarderait pas à poser des pattes humides et pleines de sable sur ses pantalons de flanelle immaculée. Il ne portait lui-même qu'un pantalon de la même étoffe, merveilleusement confortable, mais qui avait connu des jours meilleurs.

Grace gonfla ses poumons :

— L'air ici n'est-il pas merveilleux ? minauda-t-elle en gonflant les narines. Tout ce qu'il y a de tonique, n'est-ce pas ?...

Elle gloussait.

— C'est à cause de l'ozone, expliqua Alice Sopworth, en gloussant, elle aussi. C'est formidablement vivifiant !...

« Je voudrais bien écraser leurs petites têtes l'une

contre l'autre, pensa James. Et qu'est-ce qu'elles ont à rire tout le temps ?... Si seulement elles pouvaient dire quelque chose de drôle... »

— Nous pourrions aller nous baigner, si cela ne doit pas trop vous fatiguer, proposa Claud Sopworth d'une voix traînante.

L'idée fut accueillie par des cris d'excitation. James décida de se joindre au groupe, et il réussit à manœuvrer pour retenir Grace derrière les autres.

— Ecoute, se plaignit-il, je ne te vois pratiquement pas.

— Eh bien, nous voilà enfin tous ensemble, répliqua Grace. Tu n'as qu'à venir déjeuner avec nous à l'hôtel. Mais...

Elle examinait le pantalon de James d'un œil critique.

— Qu'est-ce qui ne va pas ? demanda James, furieux. Tu trouves que je ne suis pas assez chic pour toi ?

— Je pense que tu devrais faire un effort. Ici, tout le monde est tellement élégant. Regarde Claud Sopworth !

— J'ai regardé, grimaça James, et je n'ai jamais vu quelqu'un de plus ridicule et de plus prétentieux que lui !

— Je te défends de critiquer mes amis, James, rétorqua Grace. C'est très mal élevé. Claud est habillé convenablement, comme tous ces messieurs qui sont à l'hôtel.

— Bof !... J'ai lu l'autre jour dans la chronique mondaine que le duc de... Le duc de Je-ne-sais-plus-quoi, mais un vrai duc, est l'homme le plus mal habillé d'Angleterre. Alors...

— Quand on est duc, remarqua Grace, on fait ce qu'on veut.

— Tu crois que je ne pourrais pas devenir duc un jour ? Ou en tout cas pair du Royaume ?

Du plat de la main, il frappa le petit fascicule jaune qui était dans sa poche, et lui démontra que beaucoup de ceux qui siégeaient à la Chambre des lords avaient commencé dans la vie dans des conditions bien plus obscures que lui, James Bond. Grace se contenta de glousser :

— Ne dis pas de bêtises, James. Tu t'imagines en comte de Kimpton-on-Sea ?...

James lui jeta un regard où se mêlaient la colère et le désespoir. L'air de Kimpton-on-Sea était monté à la tête de Grace.

La plage de Kimpton n'est qu'un ruban de sable, long et étroit, bordé sur près de deux kilomètres d'un alignement continu de cabines de bain. Le groupe s'arrêta devant une rangée de six cabines. Un écriteau précisait : « *Réservé aux clients de l'*Esplanade Hôtel ».

— Nous y voilà ! s'écria Grace gaiement. Mais, mon pauvre James, tu ne peux pas venir avec nous. Tu n'as qu'à aller te changer dans les cabines de toile municipales, là, un peu plus loin. On se retrouve dans l'eau ! A tout de suite !

— A tout de suite ! dit sombrement James en s'éloignant.

Douze tentes usagées faisaient face à l'océan, sous la garde d'un matelot à la retraite porteur d'un rouleau de tickets bleus. Le mathurin accepta la pièce que James lui tendait, lui donna un ticket en échange et, d'un mouvement du pouce par-dessus l'épaule, lui fit signe de se mettre dans la queue.

Il y avait de la concurrence. James n'était pas le seul à avoir projeté de se baigner. Toutes les tentes étaient occupées et, devant chacune d'elles, un groupe piétinait, l'air déterminé. James s'agglutina à celui qui lui parut être le moins nombreux, et attendit. La portière de la tente s'écarta et on vit en sortir une jeune beauté en léger maillot qui s'arrêta pour ajuster son bonnet de bain avec toute la langueur d'une femme qui pense avoir la matinée devant elle. Elle trottina enfin jusqu'au bord de l'eau et s'assit sur le sable en affectant une expression rêveuse.

« C'est vraiment impossible », se dit James en rejoignant un autre groupe.

Et cinq minutes après, la toile de la tente se marqua soudain de bosses et d'ondulations, et il en sortit quatre jeunes enfants suivis de leurs parents. La tente était si minuscule que l'apparition de cette famille au grand complet faisait irrésistiblement penser à un tour de prestidigitation. Aussitôt, deux femmes se précipitèrent, empoignant chacune l'un des pans de la portière.

— Excusez-moi ! siffla la première.

— C'est moi qui m'excuse ! grinça la seconde.

— Vous avez remarqué que j'étais là dix minutes avant vous.

— Non, madame, je suis là depuis un bon quart d'heure, et j'ai des témoins !

— Hé là ! on se calme, ordonna le vieux marin.

Les deux femmes l'assaillirent sur-le-champ de propos confus. Il les laissa parler puis, toujours du pouce, désigna la seconde de ces dames :

— A vous ! ordonna-t-il.

Il s'éloigna, sourd à toute récrimination. Il se moquait de savoir qui avait eu raison, mais sa décision, comme dit le règlement des concours organisés par les journaux, était sans appel. James, qui sentait monter en lui le désespoir, le harponna au passage.

— Une seconde, s'il vous plaît.

— Ouais, m'sieur ?

— Combien de temps va-t-il falloir attendre ?

L'homme estima du regard la foule des postulants :

— P'têt' bien une heure, p'têt' bien une heure et d'mie, j'peux pas dire.

Au même instant, James aperçut Grace et la tribu des Sopworth qui s'élançaient dans les vagues :

— Zut et rezut ! cracha-t-il.

Il fit une nouvelle tentative auprès de l'ancien serviteur de Neptune :

— N'y a-t-il pas moyen de trouver une autre tente ailleurs ? Et celles-là ? Elles m'ont l'air vide.

— Ces cabines sont *privées,* fit observer le retraité avec dignité.

Ayant signifié son interdiction, il s'en alla. James avait le sentiment amer d'avoir été floué. Il quitta la queue et arpenta la plage à grandes enjambées nerveuses. C'était le comble !... Vraiment le comble !... Il lançait des regards de haine aux cabines de bain qui passaient dans son champ de vision et, lui qui se sentait habituellement proche du Parti libéral, devint d'un seul coup un ardent socialiste. Pourquoi les riches ont-ils des cabines pour eux seuls ce qui leur permet de se baigner sans avoir à faire la queue ?

« C'est tout notre système politique qui est à revoir », songea-t-il.

De l'océan lui arrivaient les petits cris de coquette éclaboussée que poussait Grace, immédiatement suivis du rire idiot de Claud Sopworth.

— Et zut ! dit James en grinçant des dents, exercice auquel il ne s'était encore jamais essayé, mais qui lui avait été révélé par ses lectures.

Il s'arrêta, exécuta quelques moulinets sauvages de sa badine et tourna délibérément le dos à la mer. Il concentra un œil plein de haine sur *Eagle's Nest, Buena Vista* et *Mon Désir.* A Kimpton-on-Sea, les propriétaires avaient coutume de donner à leurs cabines de bain privées des noms de fantaisie. James jugea *Eagle's Nest* parfaitement stupide. *Buena Vista* dépassait ses compétences linguistiques. Mais sa maîtrise du français était suffisante pour comprendre que *Mon Désir* était exactement approprié à la situation.

— Mon désir, lut-il tout haut. Eh bien, c'est ce que je ressens !

Il vit alors que, si la porte de deux des cabines était hermétiquement close, celle de *Mon Désir* s'entrouvrait. James regarda autour de lui. A cet endroit, la plage était occupée pour l'essentiel par des mères de famille qui consacraient leur temps à surveiller leur progéniture. Il n'était que 10 heures du matin, bien trop tôt dans la matinée pour que l'aristocratie de Kimpton-on-Sea descende faire trempette.

— Ils sont encore dans leurs lits à manger des cailles sur canapé et des champignons, servis par leurs laquais à perruque. Grrr !... Il n'y en a pas un qui mettra le pied ici avant midi, c'est sûr !

Il regarda la mer. Comme un *leitmotiv* parfaitement orchestré, les petits cris de plaisir de Grace revenaient à intervalles réguliers, aussitôt suivis du rire beuglé de Claud Sopworth.

— Ce coup-ci, j'y vais, siffla James entre ses dents.

Il ouvrit la porte de *Mon Désir* et entra. Il s'inquiéta en voyant des vêtements divers accrochés aux patères, mais il se rassura vite. La cabine était divisée en deux parties. A droite, il repéra un cardigan jaune canari, un chapeau de paille bosselé et des chaussures de plage. À gauche un vieux pantalon de flanelle, un pull à col roulé et un ciré démontraient que la séparation des sexes était respectée. En hâte, il pénétra dans le compartiment masculin de la cahute et se déshabilla rapidement. Trois minutes plus tard, soufflant comme un phoque de haut rang, il faisait une brillante démonstration de ses talents de nageur, tête sous la surface et bras en métronome.

— Oh, te voilà ! s'écria Grace. Avec tout ce monde qui attend, j'avais peur que tu n'arrives pas avant des siècles !

— Ah, bon ?... lâcha James.

Il eut une pensée reconnaissante pour le petit fascicule jaune : « Un homme doté d'une forte personnalité ne révèle pas toujours *tout* ce qu'il sait »... Cela lui rendit quelque bonne humeur, et il s'offrit même le plaisir de dire d'un ton cordial mais froid à Claud Sopworth, qui enseignait à Grace la technique du crawl :

— Non, non, mon vieux. Ce n'est pas comme ça. Je vais lui montrer.

Devant tant d'assurance, Claud se retira, l'air bien déconfit. Malheureusement, le triomphe de James fut de courte durée. La température des mers qui entourent les îles Britanniques n'est pas de celles qui permettent les baignades prolongées. Grace et les sœurs Sopworth claquaient déjà des dents. Elles s'élancèrent vers les cabines de l'*Esplanade Hôtel,* tandis que, solitaire, James s'en retournait à *Mon Désir.* Il se sécha vigoureusement et, pendant qu'il passait sa chemise, se sentit content de lui-même. Il avait fait preuve, lui semblait-il, d'une personnalité dynamique.

Il s'immobilisa soudain, glacé de terreur. De l'extérieur lui parvenaient des voix féminines qui n'avaient rien à voir avec celles de Grace et de ses compagnes. Il lui fallut un instant pour comprendre que les propriétaires légitimes de *Mon Désir* arrivaient. Si James avait été habillé de pied en cap, il aurait fait face à l'événement avec dignité et aurait tenté quelque explication. Mais sa tenue encore sommaire le poussa à une réaction de panique. Pudiquement, les hublots de *Mon Désir* étaient voilés d'épais rideaux verts. James se précipita vers la porte dont il cramponna le bouton de ses deux mains serrées. A l'extérieur, on essayait, sans succès, de le faire tourner.

— C'est fermé, dit l'une des voix. Pug nous avait pourtant bien dit que c'était ouvert.

— Ce n'était pas Pug, c'était Woggle.

— Woggle est un petit crétin ! Il va falloir retourner chercher la clef. Quelle barbe !...

James reprit sa respiration en entendant leurs pas qui s'éloignaient. Sans perdre une seconde, il enfila le reste de ses vêtements et, en deux minutes, d'un air un peu trop innocent pour être honnête, il pouvait arpenter la plage avec nonchalance.

Grace et la tribu Sopworth le retrouvèrent au bout d'un quart d'heure, et la matinée se passa à faire des ricochets, à écrire sur le sable et à entretenir un badinage anodin. Mais Claud regarda sa montre :

— C'est l'heure du déjeuner, dit-il. Nous ferions mieux de remonter.

— J'ai une faim de loup, affirma Alice Sopworth.

Avec un ensemble touchant, les trois autres jeunes filles firent chorus.

— Tu viens, James ? demanda Grace.

Elle l'avait vexé, et il était bien décidé à relever l'offense.

— Certainement pas si tu trouves que mes vêtements ne sont pas assez bien pour toi, gronda-t-il. Si tu es aussi délicate, il vaut mieux que je ne vienne pas.

Grace aurait dû balbutier quelque excuse, mais l'air marin avait produit un effet négatif sur son humeur. Elle répliqua donc froidement :

— Très bien. Comme tu veux. A cet après-midi, alors.

Et James, abasourdi, regarda le groupe s'éloigner.

— Ma parole ! Si j'avais pensé...

Remâchant sa colère, il remonta en ville. A Kimpton-on-Sea, il n'y a que deux restaurants, aussi mal aérés, bruyants et bondés l'un que l'autre. Le drame des cabines de bain s'y rejouait, et James dut attendre son tour, et même davantage, car une grosse dame sans scrupules lui passa devant le nez au moment où se libérait la table qui aurait dû être pour lui. On lui trouva finalement un siège à côté de trois écervelées qui massacraient un opéra italien. James, qui n'avait pas l'oreille musicale, examina sans joie le menu, les mains dans les poches.

« Veinard comme je suis, pensa-t-il, on me répondra que c'est fini, quoi que je commande. »

Sa main droite, atteignant le fond de sa poche, y trouva un objet. Quelque chose de dur, oblong comme un galet. Il le prit dans ses doigts, mais la serveuse arrivait :

— Des filets de limande et des frites, s'il vous plaît, dit James.

— C'est fini pour les filets de limande, déclara la serveuse qui rêvassait, les yeux au plafond.

— Alors je prendrai du bœuf au curry.

— C'est fini pour le bœuf au curry.

James se fit menaçant :

— Y a-t-il quelque chose sur ce fichu menu qui ne soit pas encore fini ?

La serveuse pointa un index douteux sur le haricot de mouton. James se résigna à l'inévitable et commanda le haricot de mouton. Maudissant intérieurement l'incompétence du personnel des restaurants, il sortit de sa poche sa main refermée sur le galet. Puis il ouvrit machinalement les doigts et, l'esprit ailleurs, jeta un coup d'œil à l'objet. Ce fut comme un choc électrique et il ne put plus en détacher son regard. Il ne tenait pas un galet, mais une émeraude, une énorme émeraude d'un vert resplendissant. James se sentit paralysé par l'horreur. Il tenta de se raisonner : ce ne pouvait pas être une émeraude véritable, seulement du verre teint. En plus, une émeraude de cette taille, cela n'existe pas sauf... Il relut en pensée l'article du quotidien local : « Le radjah de Maraputna... La fabuleuse émeraude de la taille d'un œuf de pigeon... » Etait-ce par hasard cette émeraude-là qu'il avait en main ?...

La serveuse apportait le haricot de mouton. Un spasme referma les doigts de James. Des ruisseaux de sueur froide descendaient le long de son échine pourtant tremblante de fièvre. Il se sentait pris au piège d'un dilemme sans issue. Si c'était bien l'émeraude... Il entrouvrit le pouce et l'index et glissa jusqu'au joyau un regard inquiet.

James n'était certes pas un expert, mais l'éclat profond de la pierre précieuse s'imposait. C'était bien l'émeraude du radjah. La tête dans les mains, coudes sur la table, il voyait sans le voir le haricot de mouton se figer lentement sur son plat. Il fallait réfléchir. Que faire si c'était vraiment l'émeraude du radjah ? Le mot « police » s'imposa à son esprit. James avait été élevé dans les bons principes : quand on trouve un objet de valeur, on l'apporte au poste de police le plus proche.

Bon... Mais par quel sortilège la pierre s'était-elle retrouvée dans son pantalon ? Les policiers poseraient sûrement la question. Et c'était une question embarrassante, à laquelle il n'était pas en mesure d'apporter la moindre réponse. Comment diable l'émeraude était-elle entrée dans la poche de son pantalon, auquel il jeta un regard accusateur ? Il fut saisi d'un doute. Rien ne ressemble plus à un vieux pantalon de flanelle qu'un autre vieux pantalon de flanelle mais, d'instinct, James sut que le pantalon qu'il portait n'était pas le sien. Cette découverte le laissa pantois. Il comprenait maintenant ce qui avait pu se passer. Dans sa hâte à sortir de la cabine de bain, il avait passé le pantalon accroché là quand il y était entré. A son arrivée, il s'en souvenait, il avait suspendu le sien à la patère d'à côté. Jusque-là, les choses étaient claires : il s'était trompé de pantalon. Mais, d'autre part, que pouvait bien faire dans un vieux pantalon de flanelle une émeraude valant des centaines de milliers de livres ? Plus il y réfléchissait, plus c'était incompréhensible. Naturellement, il pourrait toujours expliquer à la police...

Mais c'était embarrassant, vraiment embarrassant. Il faudrait confesser s'être introduit délibérément dans une cabine de bain privée. Et si cela ne pouvait constituer un délit grave, c'était un très mauvais début.

— Quelque chose d'autre, monsieur ?

C'était de nouveau la serveuse, qui considérait d'un œil sévère le haricot de mouton intact. James en servit à tout hasard quelques cuillerées dans son assiette, et demanda l'addition. Dès qu'il l'eut obtenue, il paya et sortit. Il hésitait encore quand il vit, de l'autre côté de la rue, une affichette de presse. Harchester, la ville voisine, possédait un quotidien du soir, et James était en train d'en lire la manchette : *L'Emeraude du Radjah Volée.*

— Mon Dieu ! s'écria-t-il.

A la limite de l'évanouissement, il dut prendre appui contre un pilier. Il se ressaisit et acheta un exemplaire du journal. Il n'eut pas de peine à trouver ce qu'il cherchait, car une nouvelle aussi extraordinaire n'est pas fréquente dans la presse locale. De grands titres en grasses barraient la une : « Vol à sensation chez lord Edward Campion. La fameuse émeraude a disparu. Le radjah de Maraputna au désespoir. »

Les articles qui détaillaient l'événement étaient simples et courts. La veille, lord Edward Campion avait organisé une réception pour ses nombreux amis. Voulant montrer l'émeraude à l'une des invitées, le radjah l'avait envoyé chercher. On s'était alors aperçu de la disparition de l'inestimable joyau. La police, prévenue sur-le-champ, n'avait pour le moment aucune piste.

James laissa le journal glisser à terre. Il ne comprenait toujours pas comment l'émeraude avait pu échouer au fond de la poche d'un vieux pantalon de flanelle pendu dans une cabine de bain, mais il devenait de plus en plus évident que les policiers ne manqueraient pas de juger son récit hautement suspect. Au nom du Ciel, que faire ?... Pour le moment, il était là, bien tranquille, dans la grand-rue de Kimpton-on-Sea, avec, en poche, le fabuleux butin d'un vol que toute la police de la région recherchait frénétiquement. L'alternative était nette : soit il se rendait sans attendre au poste de police et expliquait son histoire — mais James, il faut bien l'admettre, n'en avait pas le courage. Soit il trouvait un moyen de se défaire de l'encombrant objet. Il pensa, un instant, à en faire un paquet qu'il adresserait au radjah sans autre forme de procès. Mais il avait lu trop de romans policiers pour ignorer que n'importe quel fin limier, avec toute l'aide que peut apporter la police scientifique, mettrait moins d'une heure pour analyser tous les éléments de l'emballage et en déduire la profession, l'âge, les habitudes et jusqu'au signalement de l'expéditeur. Son arrestation ne serait plus alors que l'affaire de quelques heures.

Il pensa alors à un stratagème dont la simplicité le séduisait. Puisque c'était l'heure du déjeuner, la plage serait relativement déserte. Il n'avait qu'à retourner à *Mon Désir*, à remettre le pantalon où il l'avait trouvé et à reprendre le sien.

James se dirigea d'un pas décidé vers le front de mer. Mais sa conscience le turlupinait. Il fallait que l'émeraude soit rendue à son légitime propriétaire. Il avait envie de mener sa petite enquête personnelle. Mais pas avant, bien sûr, d'avoir récupéré son pantalon. Pour mettre ce projet à exécution, il s'en fut voir le vieux marin qui, à son avis, connaissait son Tout-Kimpton par cœur :

— Je vous demande pardon, dit James poliment, mais je crois qu'un de mes amis, Mr Charles Lampton, a une cabine de bain ici. Il me semble qu'elle s'appelle *Mon Désir*.

La pipe à la bouche, le matelot retraité, assis très droit sur sa chaise, surveillait l'horizon. Sans détourner les yeux, avec seulement un bref mouvement de sa pipe, il répondit brièvement :

— *Mon Désir* appartient à Sa Seigneurie lord Edward Campion. Tout le monde sait ça. Et j'ai jamais entendu parler de ce Mr Charles Lampton. Doit être nouveau dans le coin.

— Je vous remercie, dit James.

Le renseignement changeait tout. On ne pouvait pas imaginer que le radjah ait lui même glissé l'émeraude dans un vieux pantalon pour l'oublier ensuite. Il fallait donc admettre, bien que l'hypothèse soit parfaitement déplaisante, que le voleur faisait partie des familiers de lord Edward Campion. C'était une situation qui rappelait à James quelques-uns de ses romans préférés.

Il n'en avait pas pour autant perdu son plan de vue, et tout se passa sans anicroche. Comme prévu, la plage était presque vide et, par chance, la porte de

Mon Désir encore entrouverte. Se glisser à l'intérieur fut un jeu d'enfant. James décrochait son pantalon de la patère quand une voix forte le fit se retourner :

— Vous êtes pris, mon bonhomme !

James l'observa bouche bée. Le nouveau venu, assez élégant, portait la quarantaine. Ses traits reflétaient l'intelligence et l'énergie.

— Vous êtes pris, répéta-t-il.

— Qui... qui êtes-vous ? bégaya James.

— Inspecteur Merrilees, de Scotland Yard, si vous voulez bien avoir l'amabilité de me rendre l'émeraude...

— Quelle... quelle émeraude ? bredouilla James pour tenter de gagner du temps.

— Vous m'avez parfaitement compris, dit l'inspecteur d'une voix nette et dépourvue d'émotion.

James fit un effort pour reprendre ses esprits. Il joua l'innocence outragée :

— Je ne vois pas de quoi vous parlez.

— Oh ! si, mon garçon. Je suis sûr que vous voyez très bien.

— Tout cela n'est qu'un malentendu. Je peux vous expliquer...

L'inspecteur Merrilees le toisait. Son visage exprimait une méfiance dédaigneuse :

— C'est ce qu'ils disent tous, trancha-t-il sèchement. Vous allez me raconter que vous avez trouvé l'émeraude en vous promenant sur la plage ? Quelque chose dans ce genre ?

En son for intérieur, James reconnut qu'il y avait effectivement pensé, mais il essaya encore une fois de gagner du temps :

— Qu'est-ce qui me prouve que vous êtes vraiment de la police ?

Merrilees retourna d'un geste preste le revers de son veston pour montrer un petit insigne argenté. James en resta comme abasourdi.

— Bon, reprit le policier, presque aimable, vous voyez ce qui vous attend. Vous n'êtes qu'un débutant, ça se voit. Votre premier coup, hein ?...

James avoua d'un hochement de tête.

— Je m'en doutais. Et maintenant, mon petit père,

vous me donnez cette émeraude sans faire d'histoire, ou je serai contraint de vous fouiller.

James réfléchissait désespérément. La parole lui revint :

— Je... je ne l'ai pas sur moi.

— Vous l'avez laissée dans votre chambre, c'est cela ?

James hocha la tête.

— Parfait, dit l'inspecteur. Nous allons y faire un tour ensemble.

Le policier empoigna James par le bras :

— Je ne veux pas courir le risque de vous laisser filer. Nous allons chez vous, vous me donnez la pierre, et l'affaire est faite.

— Après, vous me laisserez partir ? interrogea James d'une voix incertaine.

La question semblait embarrasser Merrilees :

— Eh bien, nous savons comment l'émeraude a été volée, et nous connaissons aussi l'identité de la dame qui est dans le coup. Pour le reste... Eh bien, le radjah préférerait que nous soyons discrets... Avec les princes indigènes, vous savez...

James ne savait rien des princes indigènes, mais il s'empressa de manifester, de la tête, son acquiescement.

— Ce serait vraiment contre le règlement, dit le policier, mais il est *possible* que vous vous sortiez de tout cela sans inculpation...

Ils avaient parcouru toute l'avenue du front de mer et s'enfonçaient à l'intérieur de la localité. James montrait le chemin, mais l'autre ne relâchait pas sa prise.

A un moment donné, James marqua un temps d'hésitation, et sembla vouloir dire quelque chose. Ils arrivaient devant le poste de police et le jeune homme regardait la façade avec angoisse. Merrilees eut un rire jovial :

— Ne vous en faites pas, mon garçon ! Je vous donne votre chance d'abord.

Soudain, avec un grognement, James s'arracha à son étreinte et cria à pleine voix :

— Au secours ! Au voleur ! Au voleur !

Un attroupement se forma autour d'eux en un clin

d'œil, et c'était Merrilees, maintenant, qui essayait d'échapper à James.

— J'accuse cet homme ! hurlait James. C'est un voleur à la tire !

— Vous êtes cinglé ! beuglait l'autre.

Un policeman prit les choses en main. Il les fit entrer dans le poste de police. James réitéra sa plainte :

— Cet homme vient de me voler mon portefeuille. Il est là, dans sa poche de droite.

— Vous voyez bien que ce type est fou, riposta l'autre.

— Inspecteur, vérifiez vous-même. Vous constaterez que je dis la vérité.

Sur un signe de l'inspecteur, un policeman glissa courtoisement sa main dans la poche de Merrilees, et il en sortit un objet qu'il fixa avec un haut-le-corps.

— Bon Dieu de bois ! lâcha l'inspecteur, dans un oubli complet des règles de comportement professionnel. Ce ne peut être que l'émeraude du radjah !...

Merrilees paraissait le plus surpris de toute l'assistance :

— Ça, c'est monstrueux ! Tout simplement monstrueux. Ce type a fourré ça dans ma poche quand il marchait à côté de moi ! C'est un coup monté !...

Merrilees s'exprimait avec tant de conviction que l'inspecteur en fut ébranlé. Il jeta à James un regard soupçonneux, puis il donna à mi-voix un ordre au policeman qui sortit.

— Maintenant, messieurs, vos dépositions. L'un après l'autre, je vous prie.

— C'est tout simple, inspecteur, expliqua James. Je me promenais sur la plage. J'ai rencontré cet homme qui a prétendu que nous nous connaissions. Je ne me souvenais pas l'avoir déjà rencontré, mais j'ai trouvé plus poli de faire comme si. Nous avons discuté en marchant. Je le trouvais bizarre. Au moment où nous passions devant le poste de police, je me suis aperçu qu'il fouillait ma poche. Je l'ai ceinturé, et j'ai appelé à l'aide. C'est tout.

L'inspecteur accorda toute son attention à Merrilees :

— A vous maintenant, monsieur.

— Ce que monsieur vient de dire est presque vrai, articula-t-il sans cacher un certain embarras, mais presque vrai seulement. Ce n'est pas moi qui l'ai abordé, c'est lui. A mon avis, il avait l'intention de fourrer l'émeraude dans ma poche pendant notre conversation.

Cessant de prendre des notes, l'inspecteur sourit avec froideur.

— Dans une minute, nous bénéficierons de l'aide d'une personne qui nous permettra d'aller au fond des choses.

Merrilees jeta à sa montre un coup d'œil contrarié :

— Je n'ai pas le temps d'attendre, inspecteur. Vous ne poussez quand même pas le ridicule au point de supposer que j'ai volé l'émeraude et que je me suis baladé en la gardant dans ma poche.

— C'est en effet une hypothèse improbable, concéda l'inspecteur. Mais tout sera réglé dans cinq ou dix minutes. Ah ! voici Sa Seigneurie...

Un homme de haute taille, d'une quarantaine d'années, entra dans le bureau. Il était vêtu d'un pantalon élimé et d'un chandail qui avait connu des jours meilleurs :

— Eh bien, inspecteur, qu'est-ce que j'entends ?... On me dit que l'émeraude a été retrouvée. Mes félicitations, c'est du beau travail ! Et qui sont ces gens ?...

Il accorda à James une seconde d'attention distraite et toisa Merrilees dont l'air bravache s'était évanoui.

— Mais !... Qu'est-ce que vous faites là, Jones ?...

— Vous reconnaissez cet individu, lord Edward ? demanda l'inspecteur.

— Je pense bien, reprit vivement lord Edward. C'est mon nouveau valet de chambre. Il n'est à mon service que depuis un mois. Votre collègue qui est venu de Londres l'a soupçonné tout de suite, mais on a fouillé ses affaires, et l'émeraude n'y était pas.

— Il la portait dans la poche de son veston. C'est ce jeune homme qui nous l'a signalé, dit l'inspecteur en montrant James.

Lord Edward Campion se précipita pour lui serrer la main :

— Nous vous devons une fière chandelle, cher ami. Ainsi, vous l'avez suspecté au premier coup d'œil ?

— Oui, dit James. Mais j'ai dû inventer cette histoire de portefeuille volé pour pouvoir le faire arrêter.

— Eh bien, c'est formidable ! dit lord Edward. Superbement formidable ! Il faut absolument que vous veniez déjeuner avec nous, mon cher, si ce n'est déjà fait. Je sais bien qu'il est tard, presque 2 heures...

— Non, dit James, je n'ai pas déjeuné. Mais...

— Pas un mot, très cher, pas un mot ! Vous savez, le radjah tiendra à vous exprimer lui-même sa gratitude pour avoir retrouvé son émeraude. Certains points, cependant, me paraissent encore obscurs...

Ils sortirent du poste de police.

— Je dois vous avouer, mylord, dit James, que je préférerais vous raconter l'exacte vérité.

Son récit enchanta Sa Seigneurie :

— C'est la meilleure histoire que j'aie entendue depuis des années, mon bon ! s'exclama-t-il. Et je pige tout, maintenant. Sitôt le caillou barboté, Jones s'est précipité dans la cabine de bain. Il savait bien que la police fouillerait la villa de la cave au grenier. Mais personne ne serait allé renifler ce vieux falzar que je mets quelquefois pour aller à la pêche, et il pourrait récupérer l'émeraude quand ça lui chanterait. Il a dû éprouver le choc de sa vie quand il s'est aperçu qu'elle avait joué les filles de l'air !... Dès qu'il vous a vu, il a subodoré que c'était vous qui aviez mis le grappin dessus. Je n'arrive quand même pas à comprendre comment vous vous y êtes pris pour le percer à jour et voir que ce n'était pas un véritable flic.

« Un homme doté d'une forte personnalité, se dit James *in petto,* sait être franc quand il le faut, et discret quand c'est nécessaire. »

Il eut un sourire entendu, et effleura du bout des doigts le revers de son veston qui dissimulait le petit insigne argenté du Club des randonneurs cyclistes de Merton Park. Par une incroyable coïncidence, ce Jones en était membre, lui aussi !...

— Hello ! James...

Il se détourna. Grace et les sœurs Sopworth le hélaient de l'autre côté de la rue.

— Voulez-vous m'excuser une seconde ? demanda-t-il à lord Edward.

— Nous allons au cinéma, dit Grace. Si le cœur vous en dit...

— Je suis désolé, répondit James, mais je m'en vais déjeuner avec lord Edward Campion. Vous voyez, c'est ce type, là, troussé comme l'as de pique. Il veut me présenter le radjah de Maraputna.

Et, soulevant courtoisement son chapeau, il traversa pour rejoindre lord Edward.

12

LE CHANT DU CYGNE

Ce matin de mai, Big Ben venait de sonner 11 heures, et Mr Cowan se penchait à la fenêtre du salon, au luxe un peu chargé, d'une suite de l'hôtel *Ritz*. Madame Paula Nazorkov, la célèbre cantatrice, qui venait d'arriver à Londres, y était descendue. Mr Cowan, qui était, entre autres, chargé des intérêts de la vedette, attendait patiemment qu'elle veuille bien lui accorder un entretien. La porte qui s'ouvrit le fit se retourner rapidement, mais ce n'était que miss Read, teint pâle et allure décidée, la secrétaire de Mme Nazorkov.

— Ah ! c'est vous, ma chère, dit Mr Cowan. Madame n'est pas encore levée, n'est-ce pas ?

Miss Read secoua la tête.

— Elle m'avait convoqué pour 10 heures, reprit Mr Cowan. Et cela fait une heure que j'attends.

Il ne manifestait pas plus de mauvaise humeur que d'étonnement, tant avait été longue sa fréquentation d'artistes aux tempéraments divers. Mr Cowan était un homme de haute taille, rasé de près, un peu trop élégant et vêtu d'un complet-veston à la coupe si parfaite qu'il en devenait presque voyant. Il avait des cheveux de jais et une denture d'une blancheur agressive. Quand il parlait, sa façon de prononcer les *s* ressemblait de très près à un zézaiement. Point n'était besoin d'être grand clerc pour deviner que le père de Mr Cowan avait, en réalité, porté le nom de Cohen.

La porte située à l'autre bout de la pièce s'ouvrit, et une pimpante jeune Française entra en trombe :

— Madame s'est enfin levée ? demanda Cowan avec espoir. Dites-nous tout, Elise.

Elise leva les bras au ciel :

— Madame, ce matin, elle est vraiment de mauvais poil ! Rien ne lui plaît ! Les superbes roses thé que monsieur lui a fait envoyer hier soir, eh bien elle a dit que c'était peut-être parfait pour New York, mais que pour Londres, c'était grotesque. A Londres, elle a dit, il n'y a que les roses rouges qui font l'affaire. Sur quoi elle a ouvert la porte et elle a jeté les roses jaunes dans le couloir. Un monsieur *très comme il faut*, un officier, je crois les a prises en pleine figure, et il n'est vraiment pas content !...

Cowan fronça les sourcils, puis sans manifester d'autre émotion, il sortit de sa poche un petit carnet, et nota avec soin « roses rouges ».

Elise repartie dans la chambre de sa maîtresse, Cowan retourna à sa fenêtre, et Vera Read, assise devant le secrétaire, commença d'ouvrir les enveloppes du courrier du matin et d'en sortir les lettres. Dix minutes s'écoulèrent en silence, puis la porte s'ouvrit à la volée et Paula Nazorkov fit son entrée. Les dimensions de la pièce parurent rétrécir, Vera Read sembla plus pâle encore, et Mr Cowan ne fut plus qu'une silhouette effacée en arrière-plan.

— Ah, ah, mes enfants ! s'écria la prima donna. Que dites-vous de ma ponctualité !...

Elle était grande et, pour une cantatrice, sans guère d'embonpoint. Ses bras et ses jambes restaient minces, tout comme son cou élancé. Ses cheveux roux flamboyaient, rassemblés à mi-nuque en un lourd chignon. Peut-être devaient-ils une part de leur éclat au henné, mais le résultat n'en était pas moins impressionnant. Paula Nazorkov n'était plus toute jeune — la quarantaine, au moins —, mais elle avait conservé des traits d'une extrême séduction, quoique l'on discernât quelques rides autour des yeux noirs et brillants. Elle riait comme une enfant. Elle jouissait d'un estomac à toute épreuve. Elle faisait tous les jours la démonstration d'un caractère démoniaque. Et tout le monde la tenait pour la plus grande soprano dramatique de son époque.

Elle se tourna vers Cowan :

— Avez-vous fait ce que j'ai exigé ? M'avez-vous débarrassée de cet abominable piano anglais ? L'avez-vous jeté dans la Tamise ?

— J'ai pu vous en trouver un autre, répondit Cowan en montrant du geste le coin de la pièce.

Paula Nazorkov courut à l'instrument dont elle souleva le couvercle :

— Un Erard. Voilà qui est mieux !... Voyons un peu...

La splendide voix de soprano s'éleva d'abord en un arpège, puis, avec un peu plus d'ampleur, remonta et descendit les octaves à deux reprises. Elle s'enfla encore, et encore, sur la note la plus haute pour s'atténuer peu à peu jusqu'au néant.

— Ah ! s'écria Paula Nazorkov avec une satisfaction candide, j'ai vraiment une voix magnifique ! Même à Londres, je chante comme une déesse !

— Comme vous avez raison ! approuva Cowan, admiratif. Tout Londres sera à vos pieds, comme New York.

— Vous le pensez vraiment ? s'enquit la cantatrice.

Elle avait esquissé un petit sourire, et il était évident que, pour elle, la question n'était que de pure forme.

— Sûr, comme deux et deux font quatre, répondit Cowan.

Paula Nazorkov referma le couvercle du piano et se dirigea vers la grande table, de cette démarche ondulante qui avait tant de succès auprès des spectateurs.

— Bien, bien, dit-elle, il est temps de passer à nos affaires. Avez-vous apporté tous les contrats, mon ami ?

De sa serviette posée sur une chaise, Cowan sortit quelques dossiers :

— Il n'y a pratiquement pas de changements, fit-il remarquer. Vous aurez cinq représentations à Covent Garden : trois dans *La Tosca,* et deux dans *Aïda.*

— *Aïda !* Pouah. Ce sera d'un insupportable ennui. Mais *La Tosca,* ça, c'est différent.

— Ah, oui, approuva Cowan. *La Tosca,* c'est votre rôle !

Paula Nazorkov gonfla la poitrine :

— Je suis la meilleure Tosca du monde, affirma-t-elle avec simplicité.

— Vous avez raison, constata Cowan. Personne ne peut vous arriver à la cheville.

— C'est Roscari qui chantera le rôle de Scarpia, je suppose ?

Cowan approuva de la tête :

— Et aussi Emile Lippi.

— Quoi ! hurla la Nazorkov. Lippi ! Ce crapaud abominable ! Croâ ! Croâ ! Croâ !... Je refuse de chanter avec lui. Je vais le mordre ! Le griffer jusqu'au sang !...

— Allons, allons, dit Cowan, apaisant.

— Je vous le dis, mon ami. Lippi ne sait pas chanter. Il aboie comme un chien bâtard.

— Bon. Eh bien, nous verrons.

Une longue expérience avait enseigné à Cowan qu'il ne faut jamais discuter avec une cantatrice au caractère fantasque.

— Et pour Cavaradossi ? interrogea Paula Nazorkov.

— Hensdale, le ténor américain.

— C'est un gentil petit jeune homme. Il a un charmant filet de voix.

— Et Barrère chantera le rôle pour une représentation, je crois.

— Lui, c'est un artiste, concéda la Nazorkov, magnanime. Mais pas question de laisser ce crapaud baveux de Lippi chanter Scarpia ! Je ne chanterai pas avec lui !

— Je tâcherai d'arranger ça, promit Cowan.

Il s'éclaircit la gorge, et s'empara d'un autre dossier :

— Je termine les arrangements pour un récital à l'Albert Hall.

Elle fit la grimace.

— Je sais, je sais, continua Cowan. Mais tout le monde le fait.

— Alors, dit Paula Nazorkov, je me surpasserai. La salle sera bondée jusqu'au plafond. Et ça va me rapporter beaucoup d'argent. *Ecco !*

Cowan remuait d'autres papiers :

— Et puis j'ai là une proposition d'un genre très différent. Elle vient de lady Rustonbury. Elle voudrait que vous alliez chanter chez elle, dans son château.

— Rustonbury ?

La prima donna fronçait les sourcils, comme si elle fouillait dans ses souvenirs :

— J'ai lu ce nom il n'y a pas longtemps. Pas longtemps du tout. C'est une ville, ou un village, n'est-ce pas ?

— C'est cela. Un petit coin charmant, dans le Hertfordshire. Lord Rustonbury y a sa maison, Rustonbury Castle. C'est un superbe vieux château tout ce qu'il y a de féodal, avec fantômes, portraits de famille, escaliers dérobés, sans parler d'un bijou de théâtre privé. L'argent coule à flots, et ils sont toujours en train de monter des spectacles très exclusifs. Lady Rustonbury souhaiterait faire représenter un opéra dans son intégralité, de préférence *Madame Butterfly.*

— *Madame Butterfly* ?

— Et elle est disposée à payer tout ce qu'on voudra. Evidemment, il faudra un peu abréger Covent Garden mais, financièrement parlant, cela vaut vraiment la peine. Il y a toutes les chances que des membres de la famille royale soient là. Ça va vous faire une publicité de première classe !

— Ai-je vraiment besoin de publicité ? interrogea la Nazorkov en pointant un menton encore impérieux.

— On n'a jamais trop de ce qui est bon, répondit Cowan sans se démonter.

— Rustonbury..., murmurait la cantatrice. Mais où donc ai-je lu...

Elle sauta soudain sur ses pieds pour saisir, sur la table, un magazine illustré. Elle le feuilleta fébrilement et s'arrêta sur une page, puis le reposa et retourna s'asseoir à pas lents. Dans une de ses sautes d'humeur coutumières, elle paraissait avoir changé de personnalité. Elle était devenue discrète, austère presque.

— Préparez les contrats pour Rustonbury, dit-elle. Je suis d'accord pour aller y chanter. Mais j'y mets une condition : l'opéra doit être *La Tosca*.

— Cela va être assez difficile, remarqua Cowan, dubitatif. Vous savez, pour une représentation privée, les décors et tout ça...

— Ce sera *La Tosca* ou rien.

Cowan la scruta intensément. Ce qu'il découvrit sur son visage dut le convaincre, car il marqua son acquiescement d'un bref signe de tête et se leva :

— Je vais voir comment je peux arranger cela, dit-il tranquillement.

La Nazorkov se leva, elle aussi. Elle semblait plus soucieuse que de coutume d'expliquer les raisons de sa décision :

— C'est mon plus grand rôle, Cowan. Je le chante comme personne ne l'a jamais chanté.

— C'est un rôle superbe, approuva Cowan. La Jeritza en a fait un triomphe, l'an dernier.

— La Jeritza ! cria Paula Nazorkov, verte de rage.

Et elle entreprit sur-le-champ de développer longuement son opinion sur la Jeritza. Cowan, habitué à entendre ce que les chanteurs peuvent penser les uns des autres, attendit patiemment, et sans écouter le moins du monde, que le réquisitoire de la Nazorkov soit achevé.

— C'est vrai, mais la Jeritza chante le *Vissi d'Arte* étendue sur le ventre, persista-t-il.

— Et pourquoi pas ? demanda Paula Nazorkov avec quelque truculence. Rien ne peut l'en empêcher ! Moi, si j'en ai envie, je le chanterai couchée sur le dos en tricotant des gambettes !...

Cowan hocha la tête avec plus grand sérieux :

— Je ne suis pas sûr que cela plairait à votre public. Mais il y a peut-être là un défi à relever, vous savez.

— Personne n'est capable de chanter *Vissi d'Arte* aussi bien que moi, dit-elle, très sûre d'elle-même. Moi, je le chante comme un cantique. Comme les bonnes sœurs de mon couvent m'ont appris, il y a bien des années. Avec la voix d'un ange, ou d'un petit chanteur d'une manécanterie, sans exprimer le moindre sentiment trouble, la moindre passion.

— Je le sais, approuva Cowan avec chaleur. Je vous ai déjà entendue. Vous êtes tout bonnement merveilleuse.

— Voyez-vous, reprit la prima donna, l'Art, c'est cela. On paie cher, on souffre, il faut supporter bien des choses. Et, tout au bout, il y a non seulement tout ce que vous savez, mais aussi ce pouvoir magique de revenir en arrière, aux vraies origines, et de retrouver la pureté perdue de son cœur d'enfant.

Cowan la fixa, interloqué. Elle paraissait le regarder sans le voir, d'un regard mat et vide. Cowan en eut la chair de poule. Quand elle entrouvrit les lèvres, il eut peine à saisir ses paroles :

— Enfin, murmurait-elle, enfin... *Après tant d'années...*

Le goût de lady Rustonbury n'avait d'égal que son ambition. Elle utilisait ces deux traits de sa personnalité avec le plus grand succès. Sa bonne fortune l'avait conduite à épouser un homme qui ne se souciait ni d'art ni d'ambition et qui, par conséquent, ne la gênait en rien. Le comte de Rustonbury, carré et de forte stature, consacrait sa vie à encourager les progrès de la race chevaline, et à rien d'autre. Il admirait sa femme. Il en était très fier. Et il se montrait enchanté que son immense fortune permette à son épouse de satisfaire à toutes ses volontés. Le théâtre de Rustonbury Castle avait été construit par son grand-père, vers le milieu du XIXe siècle. C'était le jouet favori de lady Rustonbury. Elle y avait déjà fait représenter un drame d'Ibsen, et un spectacle d'avant-garde où il n'était question que de divorce et de drogue, sans parler d'un conte poétique joué dans un décor cubiste. L'annonce de la représentation de *La Tosca* avait fait sensation. Lady Rustonbury s'apprêtait à accueillir un public des plus choisis, et le Tout-Londres s'était mis en route pour ne pas manquer l'événement.

Mme Nazorkov et sa troupe étaient arrivées juste avant le déjeuner. Hensdale, le jeune ténor américain, chanterait le rôle de Cavaradossi. Celui de Scarpia serait tenu par Roscari, le célèbre baryton italien.

Monter le spectacle avait exigé des sommes folles, mais nul ne s'en souciait. Paula Nazorkov faisait preuve d'une humeur charmante. Elle se montrait sous son meilleur jour, tour à tour enjôleuse, affable, élégante sans coquetterie, en femme qui sait être à l'aise où que ce soit dans le monde entier. Cowan en éprouvait un sentiment d'agréable surprise, et adressait au Ciel de ferventes prières pour que ces heureuses dispositions perdurent.

Après déjeuner, toute la troupe s'en fut au théâtre pour inspecter les décors et les dispositifs scéniques. Les musiciens obéissaient à la baguette de Mr Samuel Ridge, l'un des chefs d'orchestre les plus réputés de toute la Grande-Bretagne. Tout semblait devoir se dérouler sans la moindre anicroche et, bizarrement, Mr Cowan en concevait quelque souci. Il se sentait plus à l'aise dans une ambiance de crise, et ce calme inhabituel le dérangeait.

« Tout cela va fichtrement trop bien, se murmura Mr Cowan. Notre vedette se comporte comme un chat qui a mangé de la crème. C'est trop beau pour durer. Je sens qu'il va y avoir un pépin. »

Nul ne saurait dire si une vie tout entière passée dans le monde de l'opéra avait développé un sixième sens chez l'honorable Mr Cowan. Mais le fait est que ses sombres pronostics ne manquèrent pas de se réaliser : quelques minutes avant 7 heures du soir, Elise, la femme de chambre française, surgit, en plein désarroi :

— Ah, Mr Cowan ! Venez vite ! Venez vite, je vous en supplie !

— Que se passe-t-il ? interrogea Cowan. Madame a trouvé une occasion de se mettre en colère ? Il y a du grabuge ?

— Non, non, pas du tout ! Ce n'est pas madame. C'est le signor Roscari. Il est malade ! Il va mourir !

— Mourir ? Allons donc !

Il n'en suivit pas moins avec célérité la jeune fille jusqu'à la chambre où l'Italien se tordait de douleur. Etendu sur son lit, le petit baryton s'agitait en contorsions qui auraient provoqué le fou rire si elles n'avaient pas été le signe d'une intense douleur. Paula Nazorkov se penchait sur lui.

— Vous voilà enfin, dit-elle à Cowan d'un ton sec. Ce pauvre Roscari souffre horriblement. Il a certainement mangé quelque chose qui ne passe pas.

— Je meurs, gémissait le petit homme. La douleur... est insupportable... Aïe !...

Un spasme lui contractait tout le corps. Les deux mains crispées sur l'abdomen, il se tortillait sur le lit.

— Il faut envoyer chercher un médecin, dit Cowan.

Il se dirigeait déjà vers la porte, mais Paula Nazorkov l'arrêta :

— Le docteur a été prévenu. Il est en route. Il va faire tout ce qui sera en son pouvoir pour apaiser les souffrances de ce malheureux. Mais jamais Roscari ne pourra chanter ce soir.

— Je ne chanterai plus jamais, gémit l'Italien. Je vais mourir.

— Mais non, mais non, dit Paula Nazorkov, apaisante. Vous n'allez pas mourir. Ce n'est qu'une indigestion. Mais, en tout cas, vous ne chanterez pas ce soir.

— On m'a empoisonné.

— Mais non. Ce n'est que la ptomaïne causée par une viande pas assez fraîche, expliqua la Nazorkov. Elise, restez avec lui jusqu'à l'arrivée du médecin.

Elle entraîna Cowan dans le couloir :

— Qu'allons-nous faire ? demanda-t-elle.

Cowan secoua la tête en signe d'impuissance. A une heure aussi avancée de la journée, il n'était plus possible de faire venir de Londres un chanteur capable de remplacer Roscari au pied levé. On avait prévenu lady Rustonbury des troubles de son hôte et elle surgit, au comble de l'inquiétude. Comme Paula Nazorkov, elle redoutait que la représentation de *La Tosca* ne soit définitivement compromise.

— Si seulement nous avions quelqu'un sous la main ! regretta la cantatrice.

— Mais... J'y pense ! s'écria alors lady Rustonbury. Bréon, bien sûr !

— Bréon ?

— Mais oui, Edouard Bréon, le fameux baryton français ! Il habite juste à côté d'ici, vous savez. Il y avait d'ailleurs une photo de sa maison dans *Résidences campagnardes* de cette semaine. C'est lui l'homme qu'il nous faut !

— Voilà une bénédiction tout droit tombée du ciel, se félicita la cantatrice. Je me souviens très bien de Bréon dans Scarpia. C'était l'une de ses plus belles interprétations. Mais n'a-t-il pas abandonné la scène ?

— Eh bien, il va la retrouver ! Je m'en charge, annonça lady Rustonbury.

Elle demanda, en femme de décision, que l'on prépare l'Hispano-Suiza sur-le-champ. Et, quelque dix minutes plus tard, la comtesse, en proie à une vive agitation, faisait irruption dans la paisible retraite de M. Edouard Bréon. Quand son parti était pris, rien ne pouvait empêcher lady Rustonbury d'arriver à ses fins, et M. Bréon comprit très vite qu'il devrait se soumettre à sa volonté. Il nourrissait, il est vrai, un faible pour cette aristocratique mécène. D'origine modeste, il s'était élevé peu à peu jusqu'aux cimes de l'art lyrique. Il avait alors frayé, sur un pied d'égalité, avec des princes et des ducs, et il en avait toujours retiré de vives satisfactions. Et depuis qu'il avait quitté la scène pour cette retraite trop paisible de la campagne anglaise, il souffrait en silence. Les applaudissements et l'adulation de ses admirateurs lui manquaient, et ses voisins, lui semblait-il, avaient un peu tardé à lui accorder la place qui lui était due : la requête insistante de lady Rustonbury ne pouvait que le séduire et le flatter.

— Je vais essayer de faire de mon mieux, dit-il, tout sourires. Mais, comme vous le savez, il y a bien longtemps que je n'ai plus chanté en public. Je n'ai même pas accepté de prendre des élèves. Enfin, un ou deux peut-être, à titre de faveur toute particulière. Mais évidemment... Puisque vous me dites que ce pauvre Roscari est souffrant...

— Croyez-moi, c'est un épouvantable contretemps ! déplora lady Rustonbury.

— D'un autre côté, reprit-il, on ne peut pas dire que Roscari soit ce qu'on appelle une vraie voix...

Et il entreprit de développer son point de vue. A l'en croire, depuis les adieux d'Edouard Bréon, il n'était plus au monde aucun baryton digne de ce nom.

— C'est Mme Nazorkov qui sera notre Tosca, ce soir. Vous la connaissez, j'en suis sûre ? dit lady Rustonbury.

— Pas personnellement, répondit Bréon. Mais je suis allé l'entendre un soir, à New York. Une grande artiste !... Elle a véritablement le sens de la scène.

Lady Rustonbury respira plus librement. Avec les chanteurs, on ne sait jamais... Tant de jalousie, et d'incroyables antipathies...

A son retour à Rustonbury Castle, elle leva les deux bras en signe de triomphe :

— J'y suis arrivée ! cria-t-elle dans un rire. Ce cher M. Bréon a eu la bonté d'accepter. Je ne l'oublierai pas, croyez-moi !

Et chacun de se précipiter pour congratuler chaudement le baryton français, aussitôt grisé par les hommages et les expressions de gratitude. Edouard Bréon, tout proche de la soixantaine, était resté bel homme, grand et brun, au charme quelque peu hypnotique.

— Voyons, dit lady Rustonbury, mais où est donc Mme Nazorkov ? Ah, la voilà !

Paula Nazorkov n'avait pas participé à la ruée générale vers le chanteur français. Elle était demeurée sans bouger, assise sur une cathèdre de chêne, au coin de la cheminée. Le feu n'avait pas été allumé et la soirée était si tiède qu'elle agitait lentement devant son visage un immense éventail de feuilles de palmier. Elle paraissait si distante, si réservée, que lady Rustonbury redouta que la cantatrice n'ait pris ombrage de la chaleur de l'accueil réservé à Bréon.

— Monsieur Bréon, dit-elle au chanteur, vous m'avez dit que vous n'aviez jamais été présenté à Mme Nazorkov...

Après un dernier mouvement, comme une arabesque tracée en l'air, de son éventail, Paula Nazorkov le reposa et tendit la main. Il la saisit et s'inclina très bas pour un baisemain. Les lèvres de la prima donna laissèrent échapper un soupir.

— Madame, dit Bréon, je n'ai jamais eu le plaisir de chanter à vos côtés. Cela faisait partie des châtiments que m'inflige mon âge. Mais le Destin a été bon pour moi et m'accorde aujourd'hui le bonheur qu'il me refusait.

Paula Nazorkov rit avec douceur.

— Vous êtes bien trop aimable, monsieur Bréon. Quand je n'étais encore qu'une petite choriste inconnue, je me suis assise à vos pieds. Votre Rigoletto ! Quel art ! Quelle perfection !... Nul ne pourra jamais vous égaler !...

— Hélas ! répondit Bréon dans un soupir bien imité. Mon temps est achevé. Scarpia, Rigoletto, Radamès, Sharpless... Combien de fois ne les ai-je pas chantés ! Et maintenant... C'est fini...

— Oui. Mais ce soir...

— Vous avez raison, madame. Ce soir... Je n'y pensais plus...

— Vous avez chanté avec bien des Tosca. Mais jamais avec moi, dit-elle, hautaine.

Bréon s'inclina :

— Je ressens cela comme un honneur. C'est un très grand rôle, madame.

— La voix d'une cantatrice n'y suffit pas, fit remarquer lady Rustonbury. Il y faut aussi le talent d'une actrice.

— Comme vous avez raison, approuva Bréon. Je me souviens d'un soir en Italie, quand j'étais encore jeune. J'étais allé dans un petit théâtre, plutôt populaire. Ma place ne m'avait coûté que quelques lires, mais ce que j'entendis valait toutes les représentations du Metropolitan de New York. C'était une très jeune fille qui chantait Tosca, et elle le chantait comme un ange. Je n'oublierai jamais sa voix dans *Vissi d'Arte...* Une clarté ! Une pureté ! Mais elle manquait encore du sens dramatique.

Paula Nazorkov hocha la tête :

— Cela vient plus tard, dit-elle doucement.

— C'est vrai. Cette jeune fille, une certaine Bianca Capelli... Disons que je me suis intéressé à sa carrière. Grâce à moi, elle a pu trouver de gros contrats. Malheureusement, c'était une insensée. Une écervelée, vraiment.

— Insensée ? Que voulez-vous dire ?

C'était Blanche Amery, la fille de lady Rustonbury, qui avait posé la question. A vingt-quatre ans, c'était une jeune femme très mince, aux immenses yeux bleus.

Bréon, courtoisement, se tourna vers elle :

— Hélas ! mademoiselle, elle s'est acoquinée avec un homme des plus vils, un truand, quelqu'un de la Camorra. La police l'a pris sur le fait, et il a été condamné à mort. Elle vint alors me supplier d'agir pour sauver la tête de son amant.

— Et qu'avez-vous fait ? interrogea Blanche Amery d'une voix sans timbre, en le regardant droit dans les yeux.

— Moi, mademoiselle, qu'aurais-je pu faire ? Je n'étais qu'un étranger dans ce pays.

— Vous auriez pu faire jouer votre influence, intervint Paula Nazorkov, d'une voix riche et vibrante.

— Même si j'avais eu quelque influence, je ne pense pas que je l'aurais jetée dans la balance. Cet homme n'en valait pas la peine. Pour la jeune fille, j'ai fait ce que j'ai pu.

Il souriait en disant cela, et Blanche Amery trouva son sourire particulièrement odieux. Elle eut le sentiment que les paroles du chanteur dissimulaient ses véritables pensées.

— Vous avez fait ce que vous pouviez, dit la Nazorkov. C'était bien de votre part, et je suppose que la jeune fille vous en a été reconnaissante ?

Bréon haussa les épaules :

— L'homme a été exécuté, dit-il, et la jeune fille est entrée au couvent. Et voilà comment le monde a perdu une grande cantatrice !...

La Nazorkov émit un rire sourd :

— Nous autres, Russes, nous sommes plus volages, dit-elle, d'un ton de gaieté.

A cet instant, Blanche Amery regardait Cowan. Elle le vit sursauter de stupéfaction, ouvrir la bouche comme pour dire quelques mots, mais se taire sur l'injonction d'un regard impérieux de Paula Nazorkov.

Le maître d'hôtel apparaissait à la porte.

— C'est l'heure du dîner, dit lady Rustonbury en se levant. Mes pauvres amis, je vous plains. Ça doit être horrible de mourir de faim avant chaque représentation. Mais je vous promets un magnifique souper, après.

— Nous ne manquerons pas d'y faire honneur, dit Paula Nazorkov avec un petit rire. *Après...*

Le rideau venait de tomber sur le premier acte de *La Tosca*. La salle du théâtre bruissait du murmure des conversations à mi-voix du public. Assis au premier rang, dans des fauteuils de velours, les représentants de la famille royale se montraient affables et gracieux. Chacun chuchotait à l'oreille de son voisin pour faire part du sentiment général : la Nazorkov n'avait pas été réellement à la hauteur de sa réputation. Bien rares étaient ceux qui comprenaient qu'au contraire, Paula Nazorkov, tout au long de ce premier acte, avait donné la preuve éclatante de sa maîtrise en économisant sa voix et ses effets. Elle avait choisi d'incarner une Tosca légère, frivole, jouant avec l'amour, d'une coquetterie jalouse et exigeante. En dépit d'une voix qui avait perdu la splendeur d'autrefois, Bréon restait un superbe Scarpia. Il ne concevait pas le rôle comme celui d'un débauché sur le retour. Il campait en Scarpia encore beau, aimable même, qui laissait cependant entrevoir la noirceur raffinée que cachait son apparence. Dans la dernière scène, celle de la procession qui se déroule au son de l'orgue, pendant que Scarpia, perdu dans ses pensées, se félicite avec une joie mauvaise de ses plans pour asservir la Tosca, Bréon avait démontré tout son talent. On attendait maintenant le second acte, qui se déroule dans les appartements de Scarpia.

Cette fois, dès qu'elle parut sur la scène, tout le génie de la Nazorkov se déploya. Une actrice, au sommet de son art, jouait le rôle d'une femme en proie à une angoisse mortelle : quelle subtilité dans sa manière de saluer Scarpia sans rien laisser paraître ! Quelle nonchalance voulue ! Et le sourire qu'elle mettait dans chaque réplique ! Pour cette scène, Paula Nazorkov jouait de ses yeux, d'une sérénité mortelle, d'un visage impassible et souriant. Seul le regard perçant que la Tosca portait sur Scarpia pouvait trahir ses véritables sentiments...

L'action progressait, scène après scène. La salle des tortures. L'effondrement de la Tosca. Et le moment où, s'abandonnant, elle se roule aux pieds de Scarpia pour implorer en vain son pardon... Le vieux lord Leconmere, en amateur éclairé, ne cachait pas son enthousiasme. Un ambassadeur, assis à côté de lui, lui glissa :

— Vraiment, ce soir, la Nazorkov se surpasse !... Je n'en connais pas une seule qui pourrait à ce point libérer son jeu !...

Lord Leconmere approuva.

Scarpia, maintenant, faisait connaître son prix, et la Tosca, saisie d'horreur, fuyait jusqu'au balcon. Mais voici que, du lointain, parvenait le roulement des tambours et que la Tosca, désespérée, s'effondrait sur le divan. Debout, la toisant, Scarpia se délectait à lui décrire la construction de l'échafaud... Puis le silence... Et, à nouveau, le roulement du tambour...

La Nazorkov, de tout son long, s'étendit lentement, son visage qui touchait presque le sol dissimulé par sa chevelure. Et alors, en un contraste presque insoutenable avec la passion et l'angoisse des minutes précédentes, sa voix s'éleva, haute et pure. La voix, comme elle l'avait annoncé, d'un ange, ou d'un petit chanteur d'une manécanterie :

Vissi d'arte, vissi d'amore, no feci mai male ad anima viva.

Con man furtiva quante miserie conobbi, aiutai.

C'était la voix d'un enfant émerveillé, en plein étonnement.

La Tosca s'agenouillait, implorant encore. Puis entrait Spoletta. La Tosca, épuisée, consentait enfin et Scarpia prononçait les paroles à double sens qui signifiaient la mort. Spoletta sortait de scène. Et venait le moment dramatique où la Tosca, serrant une coupe de vin dans ses mains tremblantes, apercevait soudain le poignard sur la table, et le dissimulait derrière son dos.

Bréon se dressa, superbe, sombre, embrasé par la passion :

Tosca, finalmente mia !

Puis l'éclair du poignard. La Tosca sifflait sa vengeance :

Questo e il baccio do Tosca ! (Voilà le baiser de la Tosca !)

Jamais encore la Nazorkov n'avait donné un tel poids à la vengeance de la Tosca. Elle chanta encore d'une voix ardente :

Muori dannato !

Puis son ton s'apaisa, jusqu'à exprimer la paix intérieure, pour :

Or gli perdono ! (Maintenant, je lui pardonne !)

Le lent chant de mort s'élevait pendant que la Tosca accomplissait le cérémonial, posant un cierge de chaque côté de la tête de Scarpia et un crucifix sur sa poitrine. Elle eut pour lui un ultime regard avant de quitter la scène, tandis que retentissait toujours le roulement des tambours.

Le rideau tomba.

Le public, soulevé par l'émotion, éclatait en applaudissements. Mais cela ne dura pas. Des coulisses, quelqu'un surgit qui parla à l'oreille de lord Rustonbury. Ce dernier ne fut pas long à faire signe à sir Donald Calthorp, l'éminent praticien. La rumeur se répandit dans le public comme une traînée de poudre : il s'était passé quelque chose, un accident, quelqu'un était gravement blessé. L'un des chanteurs apparut devant le rideau et annonça que M. Bréon venait, hélas ! d'être victime d'un accident et qu'il fallait interrompre la représentation. La rumeur reprit de plus belle : Bréon avait été poignardé, la Nazorkov avait vécu son rôle avec tant d'intensité qu'elle en avait perdu la tête et qu'elle avait réellement frappé son partenaire. Lord Leconmere, en grande conversation avec son ami l'ambassadeur, sentit qu'on lui touchait le bras et croisa le regard de Blanche Amery :

— Ce n'était pas un accident, dit la jeune femme.

J'en suis sûre. Vous n'avez pas entendu, juste avant le dîner, l'histoire que Bréon racontait à propos de cette fille, en Italie ? Eh bien, cette fille, c'était Paula Nazorkov. Et juste après, elle a dit je ne sais quoi à propos des Russes et Mr Cowan a paru abasourdi. Elle a eu beau prendre un pseudonyme russe, il savait parfaitement qu'elle est italienne !

— Ma chère Blanche, voyons !... dit lord Leconmere.

— J'en suis sûre. Dans sa chambre, elle avait un magazine ouvert à une page qui montrait M. Bréon dans sa maison de campagne, ici, en Angleterre. Et elle le savait avant de venir. Je suis persuadée qu'elle a donné quelque chose à ce pauvre petit Italien pour le rendre malade...

— Mais pourquoi ? s'écria lord Leconmere. Pourquoi ?

— Vous ne comprenez pas ? Mais c'est toute la trame de *La Tosca* !... Quand Bréon était en Italie, il a voulu la posséder, mais elle est demeurée fidèle à son amant. Pourtant, elle lui a demandé de l'aider à le sauver, et il lui a fait croire qu'il le ferait. Mais il l'a laissé mourir sans lever le petit doigt. Et maintenant, elle a pris enfin sa revanche. Vous n'avez pas remarqué comme sa voix était sifflante quand elle chantait « *Je suis la Tosca* ». J'ai vu le visage de Bréon à ce moment-là : *il savait.* Il l'avait reconnue !...

Dans sa loge, Paula Nazorkov restait assise, immobile, une cape d'hermine sur les épaules. On frappa à la porte.

— Entrez, dit la prima donna.

Elise arriva, en sanglots :

— Madame ! Madame ! Il est mort ! Et puis...

— Oui, Elise ?

— Je ne sais pas comment vous le dire, madame. Il y a là deux messieurs de la police qui veulent vous parler.

Paula Nazorkov se dressa, majestueuse :

— Je vais les voir, dit-elle avec calme.

Elle défit le fermoir du rang de perles qui ornait son cou et le tendit à la jeune camériste :

— Prenez-le, Elise, il est pour vous. Vous avez été très bien. Et moi, là où je vais, je n'en aurai plus besoin. Vous comprenez, Elise ? Je ne chanterai plus jamais *La Tosca.*

Elle s'attarda une seconde devant la porte et son regard balaya la loge, comme si elle revoyait les trente années de sa carrière.

Alors, les lèvres presque closes, elle murmura le dernier vers d'un autre opéra :

La commedia e finita !

Composition réalisée par JOUVE
IMPRIMÉ EN ESPAGNE PAR LIBERDÚPLEX
Sant Llorenç d'Hortons (08791)
Edit : 65371-08/2007
Édition : 10